Louisa May Alcott

「若草物語」の
ルイザのヨーロッパ旅物語

ルイザ・メイ・オルコット ❀ 著
谷口由美子 ❀ 構成・訳

悠書館

Aunt Jo's Scrap-Bag Vol.1, My Boys (a part of the text)
Aunt Jo's Scrap-Bag Vol.2, Shawl-Straps
by Louisa May Alcott, 1872

Tranlated by Yumiko Taniguchi©, 2024

序

谷口由美子

この本の出版を思い立ったのは、二〇二一年の春頃である。コロナ禍で巣ごもりをしているさなか、どこへも行かれないと思えば思うほど、遠い国へ行きたい気持ちが募ったが、とうてい外国へなど行かれない状況だったので、それなら本の世界で旅心を満足させようと思いついたのだ。

子どもの頃から、『若草物語』の作者ルイザ・メイ・オルコットの作品が好きで、手に入る翻訳本は次々に愛読してきた。そして、一九九二年に、写真集『若草物語――ルイザ・メイ・オルコットの世界』（求龍堂）をアメリカの作家と写真家とのコラボで出版した。そのときに、ルイザが十九世紀後半にヨーロッパへの長い旅を二回も経験していることに胸をうたれ、当時の写真や、ルイザの旅のルートを調べて作った地図をその本に載せた。その後、わたしはルイザの旅を実際にたどってみたいと思うようになり、ヨーロッパへ行くたびに、地図の場所を何か所か訪れたりしてきたが、だからといって、まとまった旅行記など書けるはずもなく、あこがれを持ち続けてきた。

しかし、それがコロナ禍で巣ごもりを余儀なくされたとき、それならいっそ、ルイザの旅の本を手がけてみてはどうか、と思うようになったのである。しかし、実際にルイザが訪れたヨーロッパ各地をすべてこの目で見てきたわけではないので、ひとつ思いついたのは、ルイザが書いた旅行記を訳すことだった。これがビンゴだった！ ルイザは、二回目のヨーロッパの旅物語を、『ショール・ストラップス（*Shawl-Straps*）』として出版しているのである。一八七二年に出されたもので、その原書は持っていたから、久しぶりに読んでみたら、おもしろかった。引き込まれた。そこで、これを訳そうとまず決めた。

だが、ルイザの一回目の旅にも触れないわけにはいかないだろう。ルイザは何冊も短編集を出しているのだが、「ジョーおばさんのお話かご（*Aunt Jo's Scrap-Bag*）」という六冊の短編集シリーズの中に、ヨーロッパの旅に触れたものがあり、そのうちの一冊が、先に述べた第二巻『ショール・ストラップス』であり、もう一冊が『わが少年たち（*My Boys*）』である。『わが少年たち』の中には十四編の短編があるが、その第一編「わが少年たち」の一部を、わたしは訳すことにした。理由はただひとつ、『若草物語』のローリー（のモデル）とルイザが第一回目の旅のスイスで出会ったことが書いてあるからである。

序が長くなってしまったので、もうやめることにするが、この本は、ルイザのヨーロッパへの旅について、写真や地図を入れて簡単に説明し、彼女が書いた旅物語を初訳するという試みである。無事の出発をどうか祈っていただきたい。

――もくじ――

§ ジョーおばさんのお話かご　第二巻『ショール・ストラップス』……39

I. 最初の旅

『わが少年たち』より

＊ルイザの第一回ヨーロッパの旅（一八六五年〜六六年）について

ルイザが初めてヨーロッパを訪れたのは、一八六五年七月のことである。ルイザが『若草物語』を書く数年前、三十二歳のときのことだ。旅のチャンスをくれたのは、ボストンのウィリアム・フレッチャー・ウェルドという裕福な貿易商だった。病弱な娘アンナ（二十九歳）が腹違いの弟ジョージ（二十五歳）と一緒に外国へ行きたがっているので、看護師として働いた経験のあるルイザに、付き添いとして行ってほしいというのだ。ルイザは、南北戦争（一八六一年〜六五年）のとき、ワシントンの病院で傷病兵の世話をするため、志願して看護の仕事をしたことがあったのだ。ルイザはそのときの体験を『病院のスケッチ』（一八六三年刊）として出版している。

当時、多くの女性たちが、旅の付き添いを引き受けて、費用は相手持ちの外国旅行をしていたので、ルイザもそんな夢を見ていた。最初はどうしようと迷ったものの、結局、ルイザはこのチャンスに飛びついたのだった。まだ、作家としての収入は大したことはなかったので、自分で旅行費用を捻出する余裕はなかったからだ。

ルイザが『若草物語』で大ブレイクするのは、帰国後のことであるが、この旅の収穫はことのほか大きかった。特筆すべきは、「ローリー」との出会いである。

ルイザ（1858年）
Louisa May Alcott's Orchard House

レマン湖でボートを漕ぐローリーとエイミー。ルイザは自分がスイスで出会った「ポーランド青年」の面影をローリーに映し、『若草物語第2巻』でローリーとエイミーのロマンスを美しく描いた。／フランク・T・メリル画（『若草物語第1巻＆第2巻』1880年版より）

第1回ヨーロッパの旅　1865年7月～66年7月

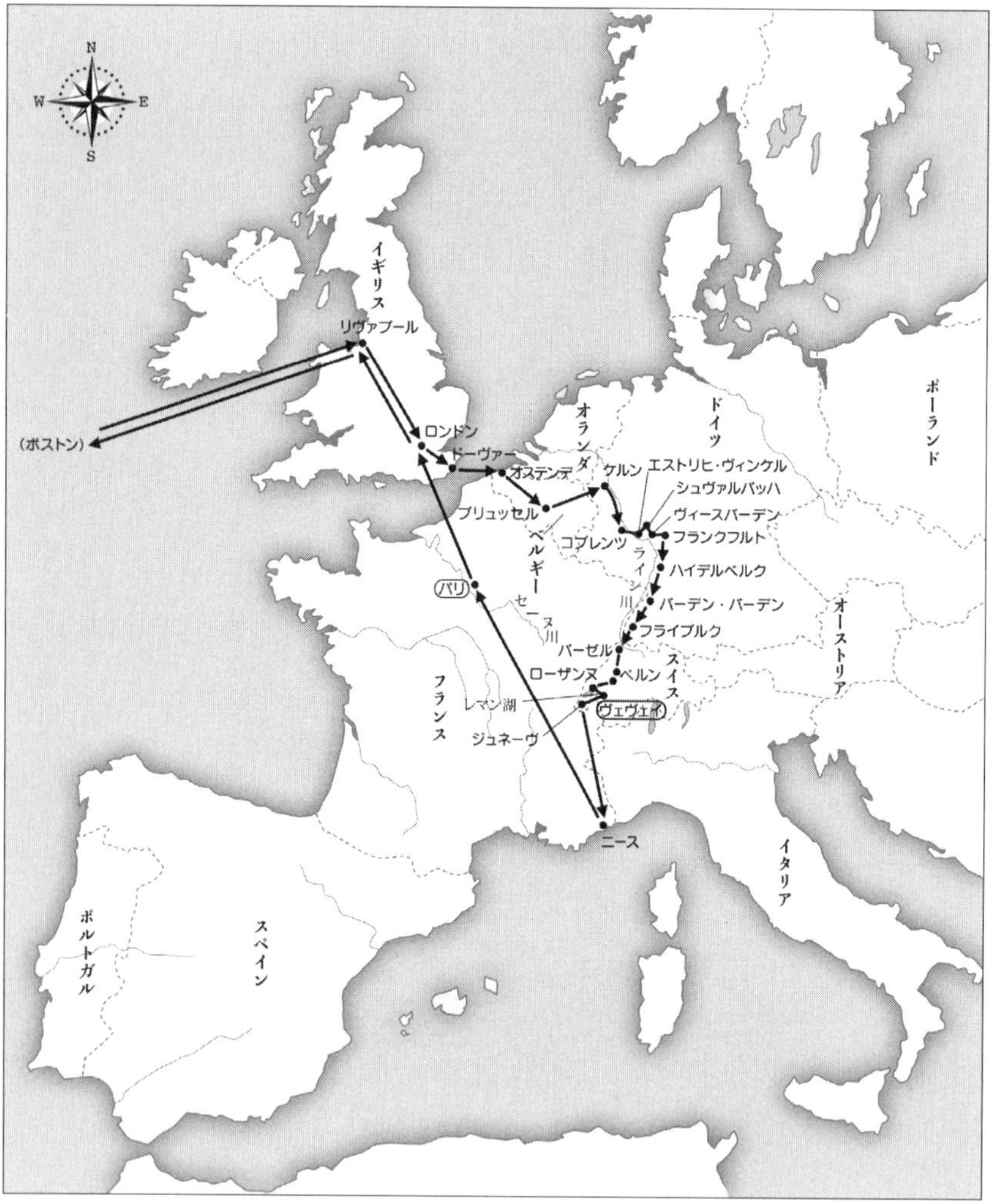

国名や国境は現在のもの（『若草物語――ルイザ・メイ・オルコットの世界』を参考に作成）

ジョーおばさんのお話かご
第一巻『わが少年たち』より

まえがき

＊

「ローリー」

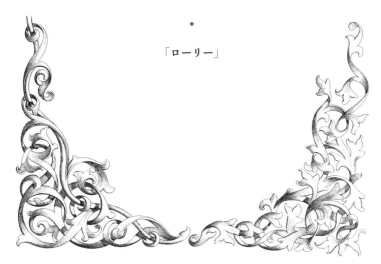

まえがき

クリスマス・イブが近づくと、おばあさんたちは、小切れを入れた袋やかばんの中をごそごそ探りはじめます。いろいろ工夫して、楽しいプレゼントをこしらえて、クリスマス・イブにずらりと並んで吊るされた長靴下の中に入れるのです。わたしもあれやこれや、小さな物語を書いて、このところぐんぐん育って大きくなってきた、身近な子どもたちや家族を喜ばせたいと思いました。

子どもたちが、ナイト・キャップをかぶったパジャマ姿で、そっとやってきて、ふくらんだ長靴下の中を探り、みんな一斉にかわいい声で「やったあ！」と叫び、大喜びで跳ね回ってくれたら、と思います。この「ジョーおばさんのお話かご」という小さなプレゼントをどうか楽しんでくださいね。

一八七一年〜七二年のクリスマス休暇に

（ルイザ・メイ・オルコット）

＊――――

「ジョーおばさんのお話かご」は、全六巻の短編集シリーズである。その第一巻に『わが少年たち』というタイトルがついている。出版は一八七二年。『若草物語』(一八六八年刊)が書かれたあとで出された。「ジョーおばさん」とは『若草物語』の中のジョー、すなわちルイザ自身ともいえる。この中には、ルイザが子ども時代から大人になるまでに出会った少年たちのうち、とても気に入って「わが少年たち」と呼んでいた少年たちのことを書いた短編や、その他の短編を合わせて十四編が収録されている。第一編は巻と同じタイトルで「わが少年たち」といい、何人かお気に入りの少年たちの記述があるが、本書では、ルイザが第一回ヨーロッパの旅で訪れたスイスで出会ったポーランド青年について書かれたところから数ページを「ローリー」と題して訳すことにした。

「ローリー」

……しかし、中でもわたしにとっていちばん大切で、いとしい少年は、あの「ポーランド青年」である。名前は、ラディスラス・ヴィシニェフスキー〔ヴァディスワフ・ビィシニエブスキ〕という。あまりにややこしい名前なので、とうてい正しくは伝えられないがご勘弁願いたい。

六年前のこと〔一八六五年〕、スイスのヴェヴェイのペンション〔ペンション・ヴィクトリア〕で早めの朝食を取ろうとしたとき、新しい旅客が来ているのに気づいた。背が高く、年齢は、十八か二十歳くらいだろうか。細面の、賢そうな顔つきの青年で、外国人らしい、遠慮がちの態度がとても丁寧だ。他の旅客たちも次々に食堂に入ってきて、とびらが開けっ放しになったので、冷たい秋風が、石床の廊下をすべるように吹き込んできた。新来の青年はゴホゴホと咳き込み、ぶるっと体を震わせ、部屋の隅にある暖かいストーブの方をうらやましそうに眺めた。実はそこはわたしの席だったのだが、少し熱気が強かったので、彼に席を譲りたいと思った。

そこでマダム・ヴォードーズにひとことといったのが功を奏した。昼食のとき、わたしはその気

の毒な青年から、感謝のほほえみを受けたのだ。ストーブのそばの暖かい席にすっとおさまった彼は、見ず知らずの女性の親切に、ちょっと驚きつつも、うれしそうににっこりしたのである。でも、わたしたちは離れたところにいたので、話をするには遠かった。でも、そのポーランド青年はグラスをあげて、わたしに向かって頭を下げ、小声のフランス語でこういった。

「マドモワゼルの健康に乾杯します」

さっそく、わたしもグラスをあげ、同じことをいった。すると、彼は首を振り、さっと顔を曇らせた。まるで、わたしのことばに単なる挨拶以上の意味を感じたかのように。

午後、彼に会ったときに、彼が青と白の軍服風の格好をしているのに気づいた。彼は帽子に手をあてて、にっこりした。わたしは青い制服*を着た少年に弱いのだ。あとで、この彼が先のポーランド革命に参加した人だとわかったとき、わたしは一気に彼に心ひかれるものを感じたのだった。

「あの人はきっと病気なのだ。お世話をしてあげたい」わたしは独りごとをいった。

その晩、彼はサロンに入ってきて、わたしに向かって、英語で感謝の気持ちを伝えてくれたのだが、なんともはや、かわいらしい、初めて耳にするブロークン・イングリッシュだった。しかし、彼は正直に、シンプルに、感謝を込めてしゃべったので、わたしも興味がわいて、ひとこと、ふたこといったら、どんどん話をしてくれた。そして、ものの半時間もたたないうちに、わたしたちは友だちになった。彼はこんな話をしてくれた。

このないだの反乱時〔一八六三年〕*に仲間と一緒にロシア軍と戦って、降伏するくらいならと思い、収監されて苦難に耐えた。結局、何人かの友を失い、財産を没収され、健康も奪われてしまった。まだ二十歳だというのに、ひとりぼっちになり、病気持ちとなってしまった。死の病かもしれないが、克服すべく、必死で頑張っているところだという。

「もし、この胸の病が治ったら、音楽を教えるつもりです。この国は外国人にもやさしいので、音楽を教えて生活を立てていきたいです。パリには友人もいます。そのふたりは避難所を見つけたので、命があればぼくも春にはそこへ行くつもりです。確かに、ぼくはとても孤独で、暗い思い出ばかりしかない。だけど、仕事はあるし、神さまはいつもおそばにいてくださる。だから、希望を持って、時が来るのを待ちます」

誠と勇気のこもった彼のことばに、わたしはますます彼に対する尊敬の念を強め、関心を持ってしまった。そして数分後に、彼が見せたちょっとした行為のひとつが、さらに尊敬と関心を高めてくれたのだった。ことばではなく、行為が、彼の性格をよくあらわしていたからである。

彼は、ロシアのコサック兵によって、五百人ものポーランド人が広場で虐殺された話をしてくれた。その理由は、人びとがポーランド国歌をうたったから。ただそれだけだったのだ。

「その国歌を弾いてくださいな」

午後にわたしは、彼がピアノを静かに弾いていたのを聞いていたので、彼の腕前を試したくなったのだ。

彼は立ち上がり、部屋を見回したが、ちょっと肩をすくめた。思わずわたしは、なぜ、とたずねた。

「男爵がいるかどうか、見たのです。彼はロシア人です。だから、ぼくがポーランド国歌を弾いたら、いやがるでしょう」

「それなら、なおさらお弾きなさい。ここで演奏を禁止することなんか、できないのですから。あなたの敵がぎゃふんとなるところが見たいです」

そのときのわたしは、ロシア人のすべてに腹を立てていたのだ。

「ああ、マドモワゼル、ぼくらが敵同士であるのはほんとうです。でも、ぼくらは紳士ですからね」彼はそういって、少なくとも自分は紳士であることを示したのだった。

そんな真摯な態度にわたしは感じ入り、教えられた気がして感謝した。男爵はいなかったので、彼はその美しい国歌を演奏し、弾きながら大きな声を出すと肺に悪い影響が出るので、控えながらも、心を込めてうたってくれた。間違いなく、彼はすばらしい音楽家だった。うたっているうちに、青白かった顔は明るくなり、瞳が輝いてきた。失われたパワーが戻ってきたようだった。

その晩以後、わたしたちは急速に親しくなった。故郷の大切な少年たちの思い出がよみがえってきて、わたしはますますこの孤独な青年に心を開くようになり、彼はそれに応えて、わたしにやさしい心遣いや気遣いをしてくれるようになったのだ。彼はわたしに、自分のことを「ヴァージョー」と呼んでほしいといった。母親にそう呼ばれていたからだそうだ。そして、いつもわたしのそばについていてくれて、あれこれ手伝ってくれたり、フランス語を教えてくれたり、わたしのために音楽を聞かせてくれたりした。感じのよい態度で接してくれて、ちょくちょくやさしい心遣いと親しみをあらわしてくれた。そのおかげで、数週間〔十一月から十二月〕の滞在期間中はほんとうに夢のように楽しかった。

わたしたちはお互いにことばを教えあうことにし、わたしは彼の英語学習を手伝った。彼は自由の国アメリカに大いに興味を持っており、わたしたちの経験した独立戦争について知りたがった。もはやふたりの間に言語の壁は存在しなかった。

わたしのたどたどしいフランス語と彼のブロークン・イングリッシュでの会話でも、わたしたちはものすごくうまが合った。でも、彼の方がわたしより上達がずっと早く、あっという間にうまくなった。とはいえ、よく額をぴしゃりとたたいて、参ったというようにこんなことをいった。「むら〔無理〕だ！　こんなことばは、ていとう〔とうてい〕うまくなれやしなくない!!〔意味が逆〕」そういいながらも、ひと月もたつと、彼は英語をみごとに習得した。すでに使える言語は五つもあったのだが、さらにひとつ増やしたのである。

彼の音楽はペンションのお客たちを喜ばせた。しばしば、小さな音楽会を催したものだ。マダム・タイブリンという、ドイツ人の聖チェチリアのような女性と演奏した。彼女もピアノを弾くので、連弾をしたのだ。髪が短く、男性のような上着を着て、カラーつきのシャツにネクタイをしめている。ふたりともとても熱心で、演奏すればするほど熱を帯びてきた。ピアノはびんびん響き、ピアノ椅子がキシキシ音をたて、楽譜を照らすろうそくが燭台の中で揺れた。ふたりの白い手が鍵盤を追いかけるように行ったり来たりする間、お客はことばを失っていた。ふたりがあまりにも恍惚とした表情をしているので、なんだかピアノと奏者たちが音楽にのって、ふっとどこかへ消え去っていくのではないかと思ったほどだった。

ラディ〔ラディスラスのこと〕とわたしはレマン湖のほとりを散策した。そのふところに抱かれるようにしてボート遊びをしたり、古い城〔シオン城〕の日のあたる庭で楽しい未来の話をしたりしたものだ。レマン湖をこれほど美しいと思うことは二度とないだろう。昨年〔一八七〇年。そのときのことは『ショール・ストラップス』第四章参照〕、わたしはレマン湖を再び訪れたのだ。しかし、あのときの魅力はもはや消えていた。彼のほがらかさ、彼の音楽、この「小さいママ」に注いでくれた素直な清々しい愛情がなつかしくてたまらなかった。彼はわたしを「小さいママ」と呼びたいといったのだ。半ダースものおばあちゃんをまとめたくらいの気持ちで、彼をいとしく思っていた、このとりすました独身女を、そう呼びたいといったのである。

当時、あちこちの庭には十二月のバラが咲き誇っていた。ラディは夕食時に必ず、わたしに花束を持ってきてくれた。サロンの隅はわたしのコーナーだったのだが、そこで必ずといっていいほど、ふたりだけの夕べを過ごした。その頃、彼がわたしの部屋のドアの下にそっと置いていったうれしい、ちょっとしたメモを、わたしはすべてまとめて大切に取ってある。それを彼は、わたしたちふたりの物語のいくつかの章だといい、いたずら好きの彼は、そのメモにおどけたイラストを添えて、フランス語と英語がちゃんぽんになった、へんてこりんなロマンスを書いてきたりした。

とにかくほんとうに楽しい時だった。しかし、世の常として、楽しいことは長続きせず、いずれ終わりがくるものなのだ。わたしがスイスからイタリアへ向かって出発したとき、ふたりは冗談めかして、来年の五月にパリで会おうといい合った。しかし、ふたりとも二度と会えないだろうと心の中では思っていた。ラディは病気だったので、冬を無事に越せるかどうかさえわからなかったし、わたしはどうせ自分は忘れられてしまうだろうと思っていた。別れ際に、彼はわたしの手にキスしてくれた。瞳に涙を浮かべ、声を詰まらせ、それでも彼は明るくいった。

「ボン・ヴォヤージ〔フランス語で「よい旅を」〕！　大好きな小さいママ。さらばなんていわないよ。ただの、さよなら」

こうして馬車はレマン湖畔を離れていった。せつない思いを込めた顔はしだいに見えなくなり、後に残ったのは、ラディの思い出と、彼の涙のしずくがぽとりと落ちたわたしの手袋だけだった。

六カ月後、パリの町が近づいてきたとき、わたしはあのヴァージョーにもう一度会いたい、あの広い、にぎやかな町で、彼に会いたい、という思いが募ってくるのを感じた。そんな機会はあるはずがない、と思ってはいたが、まさかすぐに会えるとは思っていなかった。しかし、パリに着いて、汽車の駅から吐き出されるたくさんの旅客をかきわけながら、疲れきって、迷いながら、ホームシックに襲われて不安な面もちで歩いていくと、いきなり目に入ったのは、激しく振られている青と白の帽子だったのだ。やがて、ラディの晴れやかな顔があらわれ、ラディの温かい手がわたしの手をぎゅっと握りしめた。思わずわたしは笑い出してしまい、パリが突然、わが家のようにいとしい場所となった。

「やあ、やあ、小さいママ、出来の悪い息子にもう一度会えるとは思っていなかったようだね。うまくいった、ママを驚かせてやれたよ。このにぎやかな町へ着いたときには、くたくただろうと思っていたからね。さあ、マドモワゼルのためになんでもするから、その預かり証を渡して。トランクを取ってくるよ」

彼はトランクを取ってくると、わたしを馬車に乗せてくれた。こうしてわたしたちはうれしそうにしゃべりながら馬車に揺られていき、その間に、わたしは彼に、どうやってこんなふうに、うまくわたしを見つけられたのかとたずねた。彼はわたしの滞在予定先を知っていたので、ちょくちょくそこのマダムDに様子をたずね、わたしが連絡をとるのを待っていたのだそうだ。だから、わたしが到着する日も時間もわかり、「うまく驚かそうと思って」やってきたという。彼はやった、やった、と少年のように喜んでいる。わたしもその様子を見てうれしくなった。彼はとても明るく、ほがらかに見えた。

「体はもういいの？」わたしはたずねた。

「ローリー」

「ほんとうにそれを期待している。冬が楽だったので、咳も収まってきた。小さな希望に過ぎないけれど、悲しい顔をして、なおさら暗くなるつもりはないからね。仕事もしているし、お金も少し貯められた。だから、もしぼくがどこかで倒れて、そのうえ死んでしまっても、後始末をしてくれる人たちにあまり面倒をかけないですむよ」

そんな話は聞きたくなかった。だから彼に、まるでひと財産あてたみたいに、元気で幸せそうに見えるわね、といった。

彼は笑い声をあげ、丁寧にお辞儀をし、いった。

「そうさ、だから、それを祝ってほしいな。ここに友だちがふたりいるんだ。ジョーゼフとナポレオン。すごく貧乏だけど、勇敢なやつらで、一緒に楽しく働いているよ」

わたしは、彼にわたしのためにパリ案内をしてくれる時間はあるか、たずねてみた。滞在期間は短い。とはいえ、なんでも見たいからである。彼は喜んで、といってくれた。休暇をとってきたので、一緒にあちこち見学して、おおいに楽しく、愉快に過ごそうという。そこで、彼はわたしをマダムDの宿で降ろし、元気に去っていった。あとでわかったことだが、行き先は、川向こうの貧しい住まいだった。

次の日から、わたしにとってこの一年にわたる旅最高の、心楽しい二週間が始まったのだった。朝早くラディは迎えにきた。新しい帽子に、もみ革の手袋という、ぱりっとしたいでたちであらわれ、宿の使用人が、わたしに「息子さんが見えましたよ」と告げたのを聞いておもしろがっていた。

わたしは女性がパリでまず最初にすべきは、新しい帽子を買うことだと信じていた。そこで、そうした。というか、彼のそばに立って、「息子」がすばらしいフランス語で店員に話しかけているのを聞いていただけだった。しかし、彼が、花や羽根がたっぷりついた豪華なシャポーをすすめたとき、わたしはとても手の出る価格ではないと小声で答えた。

「そうか、やっぱり少し節約しないとね。あ、これはどうかな？　上品なパール色で、クレープ地のバラ飾りがついている。そう、これにしよう。日曜の散歩にはぴったりだし、エレガントだよ」と、ラディはいった。

もし彼が強く勧めたら、黄色の羽根飾りのついた緑の豆色の帽子を買ってしまったかもしれない。それくらい、彼は口がうまくて、ひょうきんなところがあったのだ。しかし、彼の趣味の良さのおかげで、助かった。上品な帽子は次の日に宿に届けられることになった。わたしたちはジョーゼフとナポレオンと一緒に、チュイルリー・ガーデンで開かれるコンサートに行くことになっていたからだ。

その日、わたしたちはふたりで観光に出かけた。ラディはすばらしいガイドだった。魅惑のパリの町をおおいに楽しみ、カフェですてきなランチをし、初めてルーブル美術館に入った。夕食時には、わたしの席に花束が置かれていた。そのあと、ラディがやってきて、小さなサロンでピアノを奏でてくれて、ふたりで夜を過ごした。「ありとあらゆるおしゃべりとお遊び」をした。

わたしは彼が、『虚栄の市』〈サッカレー作〉をポーランド語に翻訳しているのを知った。故国で売りたいのだそうだ。英語のロンドンなまり（コックニー）やスラングをポーランド語に訳すのに一苦労しているという。そして、いくつかの単語をリストアップして持ってきたので、わたしは説明してやった。干し草塚とか、豆のなべなどがあったと記憶している。意味がわかると、彼はぐったりして、どたんとソファに横になったものだ。

こんなふうにして、日々が過ぎた。わたしたちはとても幸せだった。わたしのほうが十二歳年長だったおかげで、ふたりの行動はだれに何をいわれることもなかった。わたしはどこへ行くにも、大きな息子の腕に自分の手を載せて、堂々と歩いた。しかし、劇場や舞踏会へは行かなかった。そういうところは熱気がこもっているので、彼の体に障るのだ。しかし、時はきらきらした春。町なかを観光したり、広い庭園を静かに歩いたり、月夜のシャンゼリゼでコンサートを聞いたり、そして、何よりもすばらしかったのは、宿の小さな赤いサロンで、ガス灯を弱くして、彼のピアノを聞き、話に興じる長い夜だった。バルコニーの下のリヴォリ通りでは、ひと晩じゅう、景色がさまざまに変わっていくのだった。

これほどの楽しみを、お金をあまりかけず、心ゆくまで味わえたことが今まであったろうか。ふたりの財布は軽かったが、心は実に軽やかだった。そして、ちょっとした節約が、楽しみに拍車をかけてくれていた。

ときどき、ジョーゼフとナポレオンとも一緒に出かけた。わたしは、体を痛めた若い三人の兵士たちがくると、何かと世話を焼きたくて、むずむずした。ナポレオンは戦乱で受けた傷がまだ癒えず、脚を引きずっている。ジョーゼフはオーストリアの牢獄での二年間の暮らしからまだ立ち直れない。祖国への忠誠心が、ラディの健康を損ない、いまだ生命の危険をはらんでいるようだ。

ジョーゼフとナポレオンのおかげで、わたしは「いたずらっ子ラディ」のしかけたジョークに気づくことができた。彼は自分を「マ・ドローガ」と呼ぶようにわたしにいっていた。「マイ・フレンド」の意味だそうだ。何も知らないわたしは、すぐにうなずいて、彼をそう呼んだのだが、わたしがそういうたびに、彼の目が愉快そうにきらっと光り、うれしそうになるのに気がついた。ある日、そのことばを彼のふたりの友だちがいるところで使ったところ、ふたりの目に、驚きと笑いの表情が灯った。そこでわたしはラディのいたずらに気づき、ほんとうの意味をたずねたのだ。ラディはふたりを黙らせようとしたが、やっぱりおかしくてたまらなくなり、意味をばらしてしまった。わたしは、自分が彼のことを「ダーリン」とずっと呼んでいたことに初めて気づき、当惑した。

三人の悪《わる》は大笑い。もはや、わたしもまじめな顔をしていられなくなった。ラディは両手を握りしめ、許しを請い、ジョークは笑いをもたらすので、体に良い効果があるのだといい、低俗なジョークでわたしをからかうつもりなどまったくなかった、というのだった。だが、わたしはお返しに、彼が翻訳している本に使うにはふさわしくない、英語の悪いことばをわざと教え、パリを出るときになってから、ほんとうの意味を伝えてやった。

とはいえ、わがラディにはいろいろ悩みがあったので、いつも楽しいというわけでもなかった。明るくふるまってはいたが、つらい心の痛みをかかえていたのだ。ある日、リュクサンブール公園の静かな道を散歩していたとき、彼はわたしに恋の悩みを打ち明けてくれた。とても感動的なロマンスだった。雄弁な瞳と声と、息が切れるのでときどきことばを詰まらせながら、語ってくれたその話をそのまま書くことはできないが、概要はこういうことだ。

彼は美しいいとこととともに成長した。十八歳のとき、彼は激しい恋に落ち、彼女もそれを受けとめてくれたが、ふたりは幸せにはなれなかった。彼女の父親がもっと金持ちの男との結婚を望んでいたからだ。ポーランドでは、両親の賛成がない結婚は、生涯続く不名誉とされるのだ。そこでレオノーレは父のことばに従い、若いふたりは別れるしかなかった。ラディは失意のどん底に落ちた。そして、彼は戦争に走り、いっそのこと死んでしまいたいと思ったのだった。

「その後、おいとこさんからは何か連絡はあったの？」わたしはたずねた。

並んで歩きながら、彼はかつて愛し合った王や王妃が悲しい別れをした緑の小径に、目を落とした。

「ぼくが知っているのは、彼女がまだ苦しんでいるということだよ。決して忘れていないから。

夫はロシアに降伏した。軽蔑している。英語ではうまく伝えられないけれど」彼は両手を強く握りしめ、目に炎をほとばしらせた。急に顔全体が光りだして、すごくハンサムに見えた。

そして、わたしに色褪せた小さな写真を見せてくれた。わたしが彼を慰めようとすると、彼は小径沿いにいくつも並んだ大理石の女王像の台座のひとつに頭をもたせかけた。もう二度と頭を上げたくないかのように。

しかし、すぐに彼は立ち直り、悲しみを小さな写真とともに、勇気を持って振りはらおうとした。そして、二度と再び、その話はしなかったし、わたしとの別れの時まで、悲しい顔を見せたりしなかった。


その別れの日。

「ラディ、あなたはほんとうに親切にしてくださったわ。何かあなたにさしあげられる、すてきなものがあればいいのに、と思うの」わたしは「わがラディ」がいなくなったら、どうしたらいいかと途方にくれる思いだった。

「今この時をずっと忘れないよ。お別れの記念に、アメリカ風のさよならをしてほしい」

彼は絶望したような表情で、こういった。わたしのような、ささやかな友でも失うのはいかにもつらいというように。わたしの心は千々に乱れ、たまたまそばにいた、とりすました英国婦人たちは驚いただろうが、かまわずに、背の高い彼の頭を引き寄せて、やさしくキスしたのだった。

もはや二度と会えないだろうと思ったからである。そして、その場からわたしは走り去り、他にだれも乗っていない汽車の座席に体をうずめ、彼がくれたコロンの小さな瓶をひしと抱きしめていた。

彼は必ず手紙を書くといった。その通り、それから五年間は約束を守り、パリから、ポーランドから、明るい愉快な手紙を送ってくれた。わたしが頼んで英語で書いてもらったのだ。彼が英語を忘れないように。たとえば、こんな手紙だ。

ぼくの大好きな大事な友へ

あなたがパリを去ってからというもの、パリがどんなにつまらないところに思えたか、おわかりにならないでしょう。だから仕事に没頭したんです。もう楽しい遊びはおしまいにしました。ひとりじゃさびしすぎるから。だから、机に張りついて、「虚栄」（ぼくの虚栄じゃないよ、ぼくはうぬぼれていないよね？）の本〔『虚栄の市』〕にとりくみました。急いで数章を訳し終えて、それをポーランドに送って、どうなるかの結果を待ちます。いくつか質問があります。（もちろん、「虚栄」のことです）。翻訳できないことばがあるのです。持っている辞書には載っていないから。きっと、あの当時の牢獄の俗語だろうと思います。たとえば、こんなのです。

「モウピー、それがおまえのスナム〔答〕か？」
「おやじをナブル〔なぐり〕し、犬をガリー〔やっつける〕しろ」

こっけいな内容だろうけど、ぼくにはどうにも説明できないので、あなたに送ります。すぐにもお返事くださるでしょう。ぼくの仕事に興味を持ってくださっているし、もたもたしない人ですからね。こうして質問すると、あなたも息子になんらかのことばをかけてくださる理由ができるでしょう。すごく手紙が欲しいです。ぼくが好きなママの手紙を読みたいです。

医者は、ぼくの肺を調べて、じきに良くなるだろうといってくれました。どんなにうれしかったか、わかるでしょう。未来の希望が生まれました。もしぼくが、望むように商業を勉強したら、いつの日か、アメリカでこのヴァージョーに会えるかもしれませんよ。だから、こないだ会ったのが最後ではないのです。うれしい？　ぼくたちの物語はそれでやっと書き終えられるのです。でしょう？　それを、グリオムスキ・オーストリッチ気付けで送ってください。そうすれば彼がぼくに「ヴァーソビー宛てだ」といって、こっそり渡してくれるでしょう。さもなければ、手紙は国境であのばかなロシア人たちに押収されてしまいます。

今、ぼくたちはふたつの世界で離れ離れになっています。そろそろポーランドへ帰るので、もはや「流浪の民」ではなくなります。でも、今は必死で働いて、有益なことをしたい。だから、やります。
あなたの大きな息子から、メリークリスマスとハッピーニューイヤーをお伝えします。いいでしょう？ これからも長生きして、たくさんハッピーになってください。新しい年になったら、もっとたくさんの愛があなたにもたらされるのを望んでいます。このつらい世のほんとうの幸せは、愛だけです。ぼくは今もこれからも、いつもあなたの、
ヴァージョー

一年前のこと、彼は写真とほんの数行の手紙を送ってきた。わたしはすぐに受け取ったことを知らせたが、返事はこなかった。もしかして死んでしまったのかと怖くなってきた。やがて、他の「わが少年たち」もあらわれたが、なんだかしっくりこない。彼が生きていたら、つねに居場所があるようにしておこうと思っている。もし、そうでなかったとしても、あのようにやさしい、勇敢な少年を知ることができたのはうれしいことだ。たとえ、短命でも、無名でも、あのポーランド人の少年はわたしのヒーローであり、そんな彼に会えただけでも、すばらしいことだ。彼のくれた十二月のバラはもう枯れてしまったが、わたしにヴァージョーの思い出の香りを伝えてくれている。「わが少年たち」の中の、最後で最高の少年だった。

今更いうまでもないことだが、『若草物語』を読んでくださる若い女性たちのために、ひとこと。

物語のローリーのモデルは、ラディだということである。色あせたペン画のスケッチのような文が、あの生き生きした、愛すべき少年をうまく描けているとしたらであるが……。

＊

一八八九年に出された『ルイザ・メイ・オルコット、その生涯と手紙と日記』（*Louisa May Alcott, Her Life, Letters and Journals*）という本がある。オルコット家の知人だったエドナ・D・チェイニーが書いたものだ。それには、ラディはルイザとパリで会ったきり二度と会えなかったわけではなく、アメリカへやってきて、ルイザのもとを訪れ、その後、ふるさとの国ポーランドへ帰ったという記述がある。

彼については、あまり詳しいことはわかっていないのだが、のちに結婚して、子どもも生まれ、パリで暮らしたのち、ニューヨークを訪れたという。（*Louisa May Alcott, The Woman Behind Little Women*, 2009より）

一八六五年十二月、ルイザはラディと別れて、ニースへ旅立った。そのときのことを書いた日記に、ルイザはこんなことばを書いた。

「L・W〔ラディのこと〕との小さなロマンス……」

しかし、「ロマンス」の後のことばを、のちにルイザは紙が破れるほど荒っぽく消してしまった。だから、なんと書いてあったかはだれにもわからないのだが、のちに、「あり得ない」と書き加えている。ルイザの日記でこのような消し方は他にはなかった。

また、ルイザは「ローリーのモデルは、ラディ」とここでは書いているが、モデルとなったのはラディひとりだけではなかった。もうひとりのモデルはアルフレッド・ホイットマン。オルコット家の娘たちの友であり、ルイザの「わが少年たち」のひとりでもあった。ルイザは、ローリーに、アルフレッドのまじめな面と、ラディの音楽好きのはつらつとした面を与えたのである。

Ⅱ.　二度目の旅

『ショール・ストラップス』

＊ルイザの第二回ヨーロッパの旅（一八七〇年〜七一年）について

ルイザが二回目にヨーロッパを訪れたのは、一八七〇年四月のことだった。前回の旅から五年後のことである。

その間に、ルイザは『若草物語』の作家として、アメリカだけでなく、ヨーロッパでもよく知られる人物になっていた。だから、第一回目の旅とは大きく違い、今度は自分の豊かな財力で豪遊ができたのである。

アリスは、バートレット医師の娘であり、財産のある、活発で知的な二十五歳の娘だった（一八四四年生まれ）。ヨーロッパ漫遊旅行に、作家として有名なルイザに付き添ってもらい、一緒に行きたいと考えていた。そこで、友だちのメイ（一八四〇年生まれ、二十九歳）に、メイの交通費や宿泊費は持つからという約束で旅に誘い、姉のルイザを説得してほしいといったのだった。ルイザは、メイの芸術の才能を伸ばしてやりたいと常々思っていたので、メイの長年の夢を叶えてやりたいと考え、その申し出を受けた。こうして、ルイザとアリスとメイは、フランスの汽船ラファイエット号で船出したのである。

ルイザ（1870年頃）
Louisa May Alcott's Orchard House

アリス（1870年頃）
Louisa May Alcott's Orchard House

メイ（1870年頃）
Louisa May Alcott's Orchard House

第2回ヨーロッパの旅　1870年4月～71年6月

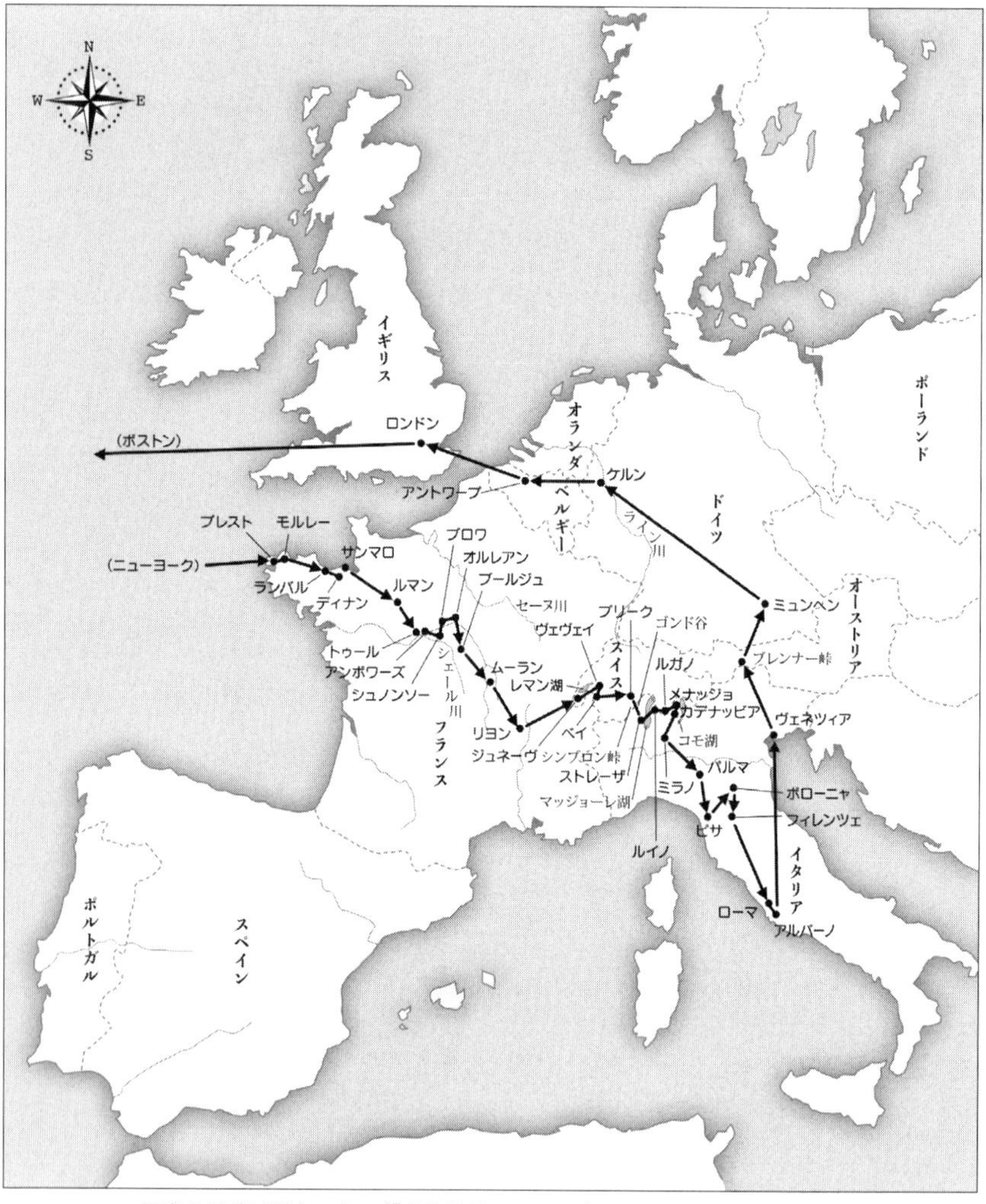

国名や国境は現在のもの（『若草物語――ルイザ・メイ・オルコットの世界』を参考に作成）

ジョーおばさんのお話かご
第二巻『ショール・ストラップス』

まえがき

旅の話を書く物書きには、避けられない運命がともなうものです。いっても詮無いことですが、だれかに請われて書くわけでもなく、特別新しい話題が入っているわけでもなく、どうせだれもそんな陳腐な話は読みたくないかもしれません。でも、いずれは本が仕上がり、無事に書棚に収まるまでは、こんなわけのわからない運命を背負った筆者には平穏は訪れないと思っています。

そんな話を延々と読まされる、読者の荷を少しでも軽くするためのたったひとつの方策は、話をなるべく楽しく、短くすることです。そう願って、この拙稿では、旅で訪れた各地の教会の規模だの、各都市の人口だの、有名な観光地の説明だのにはあまり触れないことにし、そのかわり、旅の仲間たちの個人的な経験、失敗、事件、冒険などをおもに語ることにしました。

登場する三人のうち、ラヴィニア嬢に過度に焦点があたっていると思われるかもしれませんので、少しばかり説明させていただきたいと思います。彼女は、このささやかな稿をまとめた筆者

の古くからの親しい友人です。ですから、あとの若い元気なふたりの旅仲間の感想や意見にくらべれば、ラヴィニア嬢がさまざまな事象について語ることばはおもしろみに欠けるかもしれませんが、どちらかといえば、筆者の耳に届きやすかったということなのです。

一八七二年十一月

L・M・A(ルイザ・メイ・オルコット)

*

この巻も、第一巻と同様、ルイザが『若草物語』で有名になってから、一八七二年に出されたものである。これは短編の集まりではなく、全体が旅物語になっているところがユニークだが、ルイザは作中のラヴィニアが自分であるとは明かしていない。まえがきを読んだだけでもなんとなく同一人物だろうとはわかるのだが、建前はルイザ(Louisa)の友人ラヴィニア(Lavinia)が書いたもの、ということになっている。あとふたりの重要登場人物は、アマンダ(Amanda)とマティルダ(Matilda)であるが、このふたりも実在の人物である。アマンダは、アリス・バートレット(Alice)、マティルダは、ルイザの妹のメイ・オルコット(May)だ。名前の頭文字が同じことに気がつくだろう。

ルイザの書いた『若草物語』は、すでにフランス語、ドイツ語、オランダ語に翻訳され、特にイギリスではよく知られていた。だから、ルイザはヨーロッパでも名前を知られる有名作家になっていたのだが、この旅物語のラヴィニアは好きで物を書いているだけの女性という設定になっている。実際には、滞在したホテルの宿帳に書いたルイザの名前を見て、『若草物語』を読んだ人々が興奮して会いにきたことは何度もあったのだ。しかし、本書にはそんなことはまったく書いてない。

さて、旅の地図を見ると、実際に訪れはしたが、物語の中では地名すら挙がっていないところもある。これは、ルイザが見聞きしたことを元にして書かれたフィクションなので、旅の様子をすべて書き記したわけではないからだが、ルイザ（ラヴィニア）の皮肉まじりの痛烈なユーモアは読んでいて実に楽しい。これこそ、ルイザの本音だろうと思われるので、なおさら愉快である。

この旅物語は、ルイザが旅から帰ってから、ストウ夫人（『アンクル・トムの小屋』の作者）に依頼されて、「クリスチャン・ユニオン」誌に連載され、その後、一冊の本として出版された。

さて、ルイザは、ローマにいた十一月二十九日に、三十八歳の誕生日を迎えたと日記に書いている。今の感覚からすれば、まだまだ若いのだが、当時、ルイザは『若草物語』の第一巻と第二巻を書き上げ、かなり疲れていた。体の不調をかかえ、医者に通っていたが、なかなか良い結果が出なかった。だから、作中のラヴィニアがいつも薬を手離さず、ときどき病人のように寝込んでしまうのも、そういう理由だったのである。旅仲間のアマンダとマティルダはまだ若い娘たちで、そのふたりから見れば、ラヴィニアは「おばさん」だったのだ。

この巻のタイトル『ショール・ストラップス』についてひとこと書いておきたい。手回り品をまとめるためのバンド（ストラップ）のことだ。旅に必要なものとして愛用されていた。大きなトランクをあちこち引きずり回すのは大変なので、ひとところに落ち着いたら、そこに大きな荷物は置いて、身軽に小旅行ができるように、必要なものをまとめて持ち歩くのだ。ショール・ストラップスは「旅」を連想させることばなのである。

1 出発

「二月最初の日に、三人でボストンからメッシーナ〔シチリア島の港町〕へ向けて出発するわよ。船はフルーツを運ぶ小さな船で、『ワスプ〔スズメバチ〕号』という名前なの。たぶんひと月くらいかかるでしょう。あたしは前にも経験してるけど、嵐にあわないといいな。毎晩、帆が裂けそうにバタバタして、逆立ちしているみたいな気分でずっと過ごさなくちゃならなかったのよ」

アマンダは、それでも行く、というように、心を決めてさっぱりした顔で、広げた地図をたたみながらいった。

「うれしい！　とっても楽しみ！」マティルダが歓声をあげた。半分中身を入れた化粧道具入れを頭の上で振って、喜んでいる。

けれど、ラヴィニアはうーんと陰気なうめき声をあげ、ベッドに倒れ込んだ。長い船旅のつらさを思うとこわくてたまらず、じっと体を横たえている。

そんなラヴィニアを、元気いっぱいのアマンダが励ました。

「あのね、ラヴィニアさん、シチリアのかぐわしい空気を想像してみて。オレンジや花の香りがいっぱいよ。ソレントでひと月かふた月、過ごしましょう。いやな東風も吹かないし、ぬかるみを歩くこともないし、春の大掃除だってないわ。あたしたち、おおいに愉快に楽しんで、ひと月もいたら、農家の娘みたいに元気はつらつになれるでしょうよ」

「ラヴィニアお姉さま、一緒に行くと約束してくれたじゃない。お姉さまがやめてしまったら、あたくしたち、どうしていいかわかんないわ。どうしても、付き添いが必要なのよ。ヨーロッパへ行っても、うちにいるのと同じように、疲れたら横になっていていいんだから。でも、ぜったいにいいことがいっぱいあると思うな」最後にマティルダはそういい添えた。

「約束は守りますよ。でもね、わたしなどはもしかして大西洋に埋葬されることになるかもしれないから、そのことは頭に入れておいてくださいね。とにかくわたしはもう体がだいぶくたびれた、あわれな病人だし、船旅をすると思うだけで吐き気を催すんですから。恐ろしい大海原を二回も三回も、ぐらぐら倒れそうになって揺れながら、合計三十日間もいやな気分のまま、毎晩、帆がちぎれるような夜を過ごすなんて、とても無理ですよ。死んでしまいます、あああ」

絶望のため息をつくラヴィニアだった。

それにだれも答えないうちに、アマンダの小さな小間使いがメモを持ってあらわれた。

アマンダが読みあげる。

「あらっ、ワスプ号はお客を乗せないんですって。今年の春はもう、フルーツ運搬船は運航しないそうよ」

「そんな、ひどい！」マティルダががっかりした。

「ふう、助かった！」と叫んだのはラヴィニアだった。

「落ち着いて。遅かれ早かれ、あたしたちは出発するわよ。もし船を自分で買って、出航するとしても」

あきらめないアマンダは威勢よくいった。どんな困難が待ち受けていようと果敢に立ち向かうといわんばかりに。

それからひと月。あれこれ計画をたてたり、変更したり、はらはらしたり、という日々が続いた。アマンダは前を見据えてどんどん動き、マティルダは希望と絶望のはざまで揺れ動き、悩んでいた。ラヴィニアはバドミントン〔当時はバトルドア・アンド・シャトルコックといった〕のシャトルのように、運命のラケットが振られるのをひたすら静かに待っていた。

「今日からきっかり二週間後に出発よ。フランスの蒸気船『ラファイエット号』で、他のグループと一緒に、ニューヨークからブレスト〔フランス西部の港〕目指して出かけることになったわ。用意はいい？」

面倒なことばかりが続いてじりじりしていたけれど、やっと決まり、あとのふたりにアマンダはきっぱりいった。すると、マティルダがいった。

「でも、それはあたくしたちの考えていたこととはまったく違うわ。お金がかかるし、服装にも気を配る必要があるわ。フランスだもの、イタリアでなく。それに北だし、南ではないし」

「わたしがいるせいだと思う。ヨナ〔旧約聖書から。海の嵐の責任をとらされた〕のようなわたしを連れていくんだから、何もうまくいかないでしょうよ。だから、ふたりで楽しく行ってらっしゃいな」

てこでもベッドから出たくないといわんばかりのラヴィニアがいう。

「いいえ、とにかく、あたしたちは何があろうと行くの。生きようが、死のうが、海に沈もうが、泳ごうが、行くの。じゃ、四月一日に、この旅に立ち向かうしたくを完全に整えて会いましょう。いいわね」

もう後へはひかないアマンダが宣言した。

積み重ねた枕に顔をうずめたラヴィニアが、げっそりした声を出した。

「さびしい三人女が、健康と幸せを求めてあてのない旅に出るにはぴったりの日だこと」

「では、おふたりさん、あたしはこれで失礼するわ。そのぴったりの日に会いましょう。待ってるから」と、アマンダがいった。

「それまで生きていたらだけど」相変わらずラヴィニアはごねている。

「お姉さまをちゃんと連れていくから、心配しないで」マット〔マティルダ〕は明るくいい、さっそく、旅用の大きなトランクから仕切りトレイをカタカタ取り出しはじめた。

それから姉妹がどうやってしたくを終えたかはわからないが、一週間後には準備が整ったのだった。そのあと姉妹は何もすることがなくなり、ただじりじりと出発の日を待っていたが、あちこちから餞別の品が続々と送られてきた。ああ、みんな、なんていい人たち！ 化粧道具入れが六つも届いたので、壁にかけておいた。ふたりの四つの鼻孔用に、気付け香水の瓶が四つ。ベッド用の暖かい靴下、ニットのスカーフ、肩掛け、ランチかご、水筒、ガイドブック、裁縫セット、花束がどっさり、そして、特大のケーキ。これにはふたりの名前が、赤と青で八センチくらいの大きさに書かれていた。

大勢の友人たちが、さまざまな贈り物を手作りしてくれた。八人の男性も、針と糸を持ち、集まって、作品を作ってくれた。マットには縁かがりをしたハンカチ、イニシャル入りのタオル。ある男性はさっとコートを脱ぐと、なんとトランクの荷造りを始めた。その出来栄えはまるでモザイク模様のように整っていた。最後の晩には、出発祝いの夕食会。ゆううつな気分のラヴィニアでさえ、みんなの親切に心を打たれ、いつもいう自分の「絶望の沼」〔ジョン・バニヤンの『天路歴程』より〕から、はいだしてきて、優雅に心をこめてジッグを踊り、その場を盛り上げた。

翌日、心やさしい人たちは夜明けに起きだして、ふたりとともに早い朝食をとり、トランクを外へ運び出し、忙しく最後の挨拶をかわすと、にぎやかに馬車に乗り込んだふたりを送り出した。そのあと、みんなは一緒に駅へ向かい、そこでもう一度、握手をかわし、手を振り、ハンカチを振った。そしてついに汽車は出発し、元気いっぱいのマットと、観念したラヴィニアはアマンダに会うべく、待ち合わせ場所へ向かった。

途中の駅で汽車が停まるたびに、友人たちがどっと車両に入ってきて、握手やらキスの攻勢にあい、みんなが旅の無事を祈ってくれた。こうして、ほほえみと、涙と、気付け香水と、ランチと、コートと、本と、足温靴下と、ありとあらゆるものを贈られて、なつかしい友と別れを告げ、くたくたになりながら、ふたりの旅びとははるかニューヨークへと汽車に揺られていったのだった。

「ああ、なあんてかぐわしい！」旅の経験のないマティルダは、ラファイエット号の甲板に立って、歓声をあげた。海と船の匂いをくんくんかぎながら、感動している。いっぽう、ラヴィニアはげんなりしたため息をつき、陰気な声を出した。

「明日になったらわかりますよ」

見送りにきた十人めの崇拝者に付き添われて、マットが蒸気船内をあちこち見学している間、ラヴィニアは自分の船室の中を整えていた。当面要らないものなどはさっさと片付け、部屋着やスリッパや小さなハンカチを取り出して並べた。顔にはあきらめに似た笑いが浮かんでいる。ラヴィニアは以前に二回、大西洋を航海したことがあるのだ（第一回ヨーロッパの旅のこと）。経験知があるので、これから先が予想できるため、うんざりしているのだった。夜八時にラヴィニアはベッドに入った。その十分後、アマンダがにぎやかな友人たちとともに乗船してきた。しかし、どんな楽しい誘いも、船室にこもって、ぐったりしているラヴィニアを呼び出すことはできなかった。あたりはすでに暗く、海は荒れ、蒸気船は「バベルの塔」さながら、混沌の中にいた。

「ああ、ほんとにすばらしかったわ！　リヴィ（ラヴィニア）お姉さまも、出てくれればよかったのに。

一緒に夕飯を食べて、うたって、おもしろい話をして、とっても愉快だったのに。この船にはたくさんすてきな人たちが乗っているのよ。これからきっと最高に楽しい旅ができると思うわ。明日の朝は、早く起きて、真っ赤なストッキングをはいて、新しいブーツをはいて、船旅用のきれいな服を着て、おおいに愉快に過ごすわよ！」

真夜中になってから、うきうきと船室に戻ってきたマティルダはそういうと、たちまち眠ってしまった。「洋上の旅*」の楽しいバラ色の夢を見ているのだろう。

「何もわかってないのね」

壁に吊るした服が船の揺れにともなって揺れているのを見ながら、ラヴィニアはくらくらしている目を閉じた。服のように自分も吊るされていれば、楽になるかも、とすら思うのだった。

薄暗い夜明けが訪れた。苦しそうな声が聞こえ、ラヴィニアははっと目を覚ました。向こうのベッドにいる元気印のマティルダを見ると、片足に赤いストッキング、でも、もう片足のは脱げているし、長い金髪のカールは暴れたあとのように乱れている。顔の色はうっすら青緑色で、両手にレモンとコロン水と気付け薬を持ち、冷たい大理石の化粧テーブルに額をあててうつぶせになっているではないか。

「ご機嫌いかが？」ラヴィニアは思いやりなくたずねた。

「ああ、何、これ？　あたくし、もう死にそうよ。すぐにもだれかが揺れを止めてくれなければ、死ぬわ。これが船酔いなの？　ひどいのね、でも、きっといい経験になるわ。そうよ！　そうであってほしい。昨晩はあらゆることをやってみたわ、でも、ひどくなる一方だった。お姉さま、お願い、体を支えて！　助けて！　あああ、こんなことなら、来なければよかった！」


「おはよう、お仲間さんたち、お元気？」

アマンダがあらわれた。元気はつらつで、落ち着きはらい、晴れやかな様子だ。水兵が着る、厚手のウール・ジャケットをはおり、スカートを体に密着させ、帽子を風にとばされないようにかぶっている。ぴしっとした船員風のいでたちだった。アマンダは船に慣れているので、食事を抜くことなど決してない。

ふたりはうめき声で答え、この船はいったいどうなっているのかと、かぼそい声でたずねた。

「すごい風、雨、あられ、雪、とにかくひどい天気よ。でも、じきに沿岸を離れるから大丈夫」

アマンダが明るく答えた。

「帆はやぶれたりしたの？」目をあけようともせず、ラヴィニアがたずねた。

「何カ所もね。航海中は五分ごとにそんなことがあるわ。船客はあたし以外、みんな船酔いしている。これからずっと北東の暴風が続くらしい」アマンダは快活な口調で続け、両手をポケットにつっこんで、ゆらゆら揺れながら楽しげに通路を歩いていった。

マティルダは手にしたレモンとコロン水をとり落とし、両手をもみしぼった。ラヴィニアは祈るようにつぶやいた。

神よ、われらはなんと愚かな生き物でしょう＊
　海へ出るとは！

「みなさん、朝食はいかがですか？」

かわいいフランス人の客室乗務員が、軽やかに入ってきて声をかけた。ティーカップとボウルに入ったおかゆと何枚も重ねたトーストを、巧みにバランスをとって両腕にのせている。

「ああ、そんなもの、持ってこないで！　何も食べる気がしない」

マティルダは大理石の化粧テーブルにしがみついたまま、うめいた。水差しがヘアブラシとともにずずずとテーブルの上をすべっていった。部屋じゅうにブーツや靴が盛大に散らばっている。

「何もいわないで、わたしを見ないで。これから少なくとも三日間は、わたしはいないものだと思ってくださいな。どうぞお好きになさって、わたしたちのことは、ほっておいてください」

こんな悲劇の台詞のようなことばをはくと、ラヴィニアはベッドのカーテンをひき、しばらくいっさい姿を見せなくなった。

それから一週間のなんとも恐ろしかったこと！　雨、風、霧。船はきしみ、揺れ動いた。騒音、匂い、寒さ。眠りは浅く、途切れがちだった。毎晩、さまざまな苦難が形を変え、襲ってきた。食べ物、飲み物は妄想であり、恐ろしい誘惑だった。社交のお誘いはうっとうしかった。生きているだけでつらかった。死んでしまえば楽になると思うが、そうもいかない。それでも少しずつ、絶望のどん底から人びとはい上がってきた。やつれた顔にほほえみが浮かび、ちょっとだけ冗談をとばし、見たくもなかった食べ物におそるおそる手を伸ばしはじめた。そろそろ起きあがろうかといいだしはしても、そうはしない。読書も少ししたり、やつれきった顔を手鏡でのぞき、旅は体質改善にいい効果があるのかと考えたりもした。そして、突然ある日のこと、やる気が戻り、明るく、社交的な気分になって、起きあがった。身支度を整え、他の船室へも顔を出し、外の空気を吸い、船のエンジンやキッチンの匂いがしても吐き気を催さなくなり、ゲームを楽しんだり、食卓についたりした。船旅が終わる頃になって、やっと楽しめるようになったのだった。

だが、気の毒なラヴィニア！　回復などとても望めそうもなかった。マティルダが、真っ赤なストッキングをはき、ビーバーの毛皮の帽子をかっこよくかぶり、陽気な人びとの輪に加わろうとさっそうと出かけていったあともしばらくずっと、さなぎのように殻にこもったまま、船室から出ようともしなかった。忠実なメイドのマリーに食べさせてもらい、変わらず元気いっぱいのアマンダがときどきやってきた。そして、他の船室で船酔いに苦しんでいる人たちの様子や励ましのことばを伝えてくれたので、少しは元気づけられた。

ハリー・ウォルマーズ二世夫妻が、通路で個別にささやかな芝居を演じてくれた。ラヴィニアの船室でジンジャーエール・パーティが開かれた。詩をひねったり、なぞなぞをやったりした。ミニ新聞が発行され、ラヴィニアのようにだれとも会いたがらない女性たちの、機知に富んだ記事がふんだんに載った。ヘラルド紙〔男性を意味するheを入れてHerald〕に対して、そのミニ新聞はシェラルド紙〔女性を意味するsheを入れて、Sherald〕と名づけられた。ヘラルド紙は、女性と遊んだり、トランプやワインを楽しみたい紳士たちが立ち上げたものだった。

「紳士のみなさん、ほんとうにすばらしいですわ。お酒が入っていようがいまいが、みなさんはキッドの手袋を朝から夜まで決して離さず、最高の葉巻を吸い、踊りの腕は一流ですものね」と、トワドル夫人がほめた。毛皮とビロードの衣装をまとい、しゃんと背筋をのばして座り、サロンに君臨している。その手にはこれ見よがしにダイヤの指輪が五つもはまっている。自慢げに自分の病気を数え上げ、八種類ものはさみの入った豪華な裁縫箱を携えて、サロンを仕切っているのだ。

船旅の十一日め、マットが沈み込んでいるラヴィニアにいった。

「明日は上陸できそうよ。お姉さま、そろそろため込んだものを片づけてまとめておいたほうがいいと思うわ」

アマンダがふたりの船室に顔を出した。

「太陽が出てきたわ。甲板へ上がってらっしゃいな。シェラルド紙の最終号をまとめたいから手伝ってくださいな。こういうの、どうかしら？『蒸気船にアジア号、ロシア号、スコシア号などの名前がついているなら、なぜ、ノージア〔船酔い〕号がないのか？』というのを質問コーナーに載せるとか？」

ラヴィニアはかっとなって、枕を投げつけたが、そんなことにはひるまない冗談好きのアマンダは続けた。

「じゃ、こんなのはどう？　これは女性重視の新聞だから、経済面にね、『パパに金なし、ママに金あり』」

「それはいいですね。では、追加をお願い。『女性優位論――なまけ者はおじさんに頼るな』」とラヴィニア。

「ありがとう」そういうと、アマンダは三十四人めの友とつるんで楽しもうと、出ていった。ラヴィニアは相変わらず、自分のベッドの周りに散乱しているものから、必要なものを掘り出す作業に没頭していた。お金、ナッツ、レーズン、本、ビスケット。書き溜めた原稿は、溶けだした石けんやべたべたのバターにまみれていた。

　翌日、「陸地だぞう！」という声が響きわたると、そこらじゅうから、まるでひと雨あったあとにぞろぞろ出てくる虫たちのように、今まで姿を見せなかった船客たちが顔を出した。乱れた後ろ髪を必死で整え、いちばんいい服を着こみ、胸を張って外へ出た。これまでどんなにひどい状態だったかなど、どうせばれるだろうに、どうかだれにも悟られないようにとひそかに願いながら。

　フランス人の侯爵が、具合の悪い小さな息子を連れてやってきた。息子はフライドポテトと酸っぱいワインのせいで、小鬼のように機嫌が悪かったが、ふたりとも気のいい、称号好きのアメリカ人たちにちやほやされていい気分になっていた。

ころころ太って、頬の赤い、威張った感じのスペイン人のオペラ歌手も、久しぶりに、小柄な、おどおどした感じの夫とともに姿をあらわした。夫はあたかも召使いのように妻にかしずいている。そばには、頭のはげたオウムがいて、それがひどい悪態をつくのだった。

数人の修道女もサロンの隅っこにこっそり座ってかたまっている。派手な人たちのこれみよがしの態度を眺めながらも、だれかに見られると、すぐにロザリオをつまぐって、珠を数えるのだった。

ダイヤモンドの飾りがごてごてついた、緑色のビロードの服をまとった不思議な女性が、貧相ななりをした、口を一切きかないお付きを連れて、悠々と歩いている。その女性については、何人も夫を捨てたとか、宝石は盗まれたものだとか、恋人がヨーロッパで待っているとか、おもしろおかしいうわさがささやかれていたが、そんなことはまったく気にしていない様子だ。

オレンジ色の手袋をはめ、鼻先を赤くした紳士たちが優雅なしぐさで立ち上がり、ブレストで下船する、ラヴィニアたちを含む女性たちに丁寧に別れを告げた。紳士たちはほとんどだれも下船しないのだが、十二日間のお遊びもこれでおしまいと思い、落胆した気持ちをあらわしているのだった。

いよいよ三人はブレストの波止場に降り立った。そして税関として使われている納屋のような建物に入っていくとき、ラヴィニアが感無量の声を出した。

「土とか泥は好きじゃないけど、今はそんなところにだって、ひざまずいてキスしたい気分ですよ。ああ、ずっと長いこと、ハエみたいにふらふら揺れた暮らしをしていたあとで、足元にしっかりした地面があるのはほんとうにうれしい」

「さあ、それぞれトランクの上に座りましょ。だれかが調べるためにやってきたら、すぐに大声をあげるのよ。さもないと、どこかわけのわからないところへ持っていかれてしまうから」

アマンダは外国のことばをかなり自由に操ることができるので、こういう場面ではリーダー役なのだった。

そこで三人はそれぞれの大きなトランクに腰をおろし、大声で呼ばわった。ところが、時間はたつばかり、いらいらするばかりで、何事も起こらない。だれも三人には洟《はな》もひっかけなかったからだ。なのに、ひとつ、またひとつと、他人のトランクが目の前を通り過ぎて税関を通っていき、持ち主がうれしそうについていく。見るといらいらする。とくに、緑色のビロードの服を着た、例の感じの悪い婦人が、いかにも厳格そうな役人にちょっとにっこり笑いかけただけで、鍵もあけさせずに五つものトランクを難なく通してしまったのを見て、三人は耐えがたい思いがした。婦人は、トランクに根が生えたようになって、弱々しく助けを求めている三人組に、「あらまあ、お気の毒に」といわんばかりのまなざしを投げて、さっそうと通り過ぎていった。とても許せない。

「もう、我慢できない。マット、ここにいて、小さな荷物を見ていてよ。リヴィとあたしで、あの無能な税関の男たちをつかまえて、ここまで引っぱってくるから」

アマンダはすたすたと歩いていき、いかめしい形相で、帽子に花形の記章をつけた税関の男の肩をぐいとつかまえた。

リヴィは、気弱そうな、白髪の係官をつかまえることにし、インディアン〔アメリカ先住民〕のようにその男のあとをつけ回し、わざとにっこりしながら、自分のトランクを指さした。その不気味なしつこさに、あわれな男は閉口して、気もそぞろになった。

男がどこへ行こうと、何をしようと、彼の周りにどれだけ人が群がっていようと、どんなに騒々しかろうと、お構いなく、決してあきらめない幽霊のように、もう若くないリヴィは彼につきまとい、黙ってトランクを指さし、ほほえみを絶やさないのだった。とうとう、男は観念し、トランクの中のトレイをひとつ持ち上げ、たくさんのパッキング用のフランネル地を見、くるまれていた何やら怪しげな瓶の匂いをかぎ、あわてて鼻をかむと、すぐにトランクのふたを閉めた。そして、ふたの上に×印のようなものを書きなぐると、お辞儀をし、逃げるように行ってしまった。

やったとばかりにアマンダのところへ戻ったリヴィは、アマンダがかんかんに怒っているのに出くわした。係官がトランクをチェックしようともしなかったからだ。アメリカを出たときに、どういうわけか、出国係がそこらじゅうに封印のスタンプを押したせいだった。怒りまくったアマンダが得意のフランス語を駆使して説明しても、ごちごち頭の係官は、耳を貸さなかった。トランクをあけてみればわかるのに、ストラップを外してあけることは刑罰の対象になるとでも思い込んでいるらしかった。しかし、やっと高官がやってきて、この面倒な問題をうまく処理してくれた。

もしも、この三人の恐ろしいまでの脅し文句や、あからさまな侮辱のことばや、個人攻撃をきちんと理解していたら、無能な青い制服姿の男たちはおそらくあきらめて通してくれていただろう。しかし、幸いなことに、その高官のおかげで、これ以上ひどい騒ぎにならずにすんだのだった。女性たちはもうここを出て、トランクを運命に任せることにするか、または力ずくで勝手に持ち去るか、決めようとしていたのだが、そこへでっぷり太った年配の高官が到着し、女性たちの様子を見ていったのだ。

「問題ない。トランクを通せ。マダム、申し訳ありませんでした」

おかげで無事に収まった。すると、とたんに、それまで後ろで控えていたポーターたちが集まってきた。罪のない、黒いトランクを、触ったらとたんに爆発しそうな、恐ろしい機械のように眺めていたのだが、えいやっとかかえて持ち上げると、乗合馬車の屋根にのせた。そして戻ってくると、長いこと待たされたといって、とんでもない金額を要求したのである。

そこでアマンダが威力を発揮した。初めてふたりの仲間に彼女のすごさを見せつけ、この旅で彼女の存在がどれほど貴重なものか、わからせたのだった。アマンダはマティルダと小さな手回り品をさっさと馬車に押し込み、ラヴィニアにいった。

「そばにいて」

そして、この豪胆な女性は、十人ほどの、青シャツを着て黒髭をはやした、恐ろしげな顔の威圧的なフランス男たちに面と向かって、おだやかにそして冷ややかに、妥当な額を申し出た。それより一スー（一フラン＝二十スー）も出さないといわんばかりに。

馬車の御者たちがポーターに加勢して、無茶な支払いをいい立てたが、アマンダは決して譲らない。威圧的な制服を着たガードマンたちが物見高くじろじろ見ていたが、アマンダは知らん顔。マットがこらえきれずに、「とにかく払ったら？　人が集まってくる前に抜け出しましょう」と必死で訴えても、アマンダはがんとして譲らず、正当な金額しか払わないと主張した。結局、そのけんかはだれも買わなかったので、棚上げになり、三人が馬車に乗り込むと、馬車は静かに動き出したのだった。

「ああ、あなたがいなかったら、何もできないでしょうね」ラヴィニアは、いくら感謝してもしきれないといわんばかりだ。

「いつどこで騙されるか、だれにもわからないわよ」と、アマンダはいい、乗合馬車の御者との新たな対戦に気をひきしめている。

その通りになった。あのポーターたちがどんな目にあったかわかっていない御者は、女性たちを薄汚いホテルへ連れていき、そこで食事をするようすすめた。急いで駅へ行ってほしいといわれていたのにもかかわらず。三人はそこで降りるつもりなどなかったのだが、すぐにホテルの支配人が出てきて、ぜひ食事をしてほしいと頼んだ。それからまたすったもんだのあげく、町じゅうを引きまわされ、やっと三人は駅にたどりついたのだった。

そして、二倍にふくれあがった運賃を要求されたものの、アマンダが駅長に必死で訴えたおかげで、このマドモワゼルはきちんとした、まともな人だとわかってもらい、御者の要求は潰れ、正義が勝ったのだった。

くたくたになったが、してやったりという勝利感に満たされた三人は、ついに、モルレーという町へ向かって、汽車に乗り込んだ。緑の野に花咲く、美しい景色が流れていく。ふるさとのニューイングランドとは違った景色に、三人はうっとり見とれ、日なたのチョウのように陽気な気分になっていた。

2　ブルターニュ

遅い昼食となった。カタツムリの料理が出てきた。大きな串で殻の中のぐにゃぐにゃした肉を、ナッツをほじくりだすようにして食べるのだが、それを見て三人はとたんに食欲が減退してしまった。夜、ベッドに入ったはいいが、今度はすぐそばの市場から、農民がはく木靴の音がカタカタとひっきりなしに聞こえてきて、眠りが妨げられた。しかし、幸いなことに朝食は、作家ディケンズなら、作品の登場人物にしたであろうギャルソンのサービスのおかげで、楽しいものとなった。こうして、三人はコルネス‐ディナンへ向かうことにした。

実のところ、冒険の旅はここから始まったのである。ディナンまで十四マイル〔約二十二キロ〕あるが、今にもばらばらになりそうな馬車で行くことになってしまった。馬車を引く三頭の小さな暴れ馬の尻尾の毛は、編んだ髪のようだ。御者は背中の曲がった男だった。この古めかしい馬車には、眠たそうな老神父も乗っていた。道中、ひっきりなしにパイプをふかしていた。体の大きい、おしゃべりの、ビール片手に匂いをぷんぷんさせている男も乗っていた。彼は旅のトリオ

にしゃべり続けた。自分は作家ヴィクトル・ユゴーの友だちだといい、六十歳だが無垢な魂の持ち主であり、ビールをたくさん飲んでしまうのは、酔うと、儲かるアイディアがたくさん浮かぶからだというのだった。

それだけならまだしも、この男ときたら、ビールを飲むたびに、それもがんがん飲んで、無邪気に、なれなれしくふるまいはじめ、さすがの、自由を愛する陽気な三人のアメリカ娘たちも、当惑してしまった。マティルダは、色目を使うこの男に幻滅の表情を浮かべ、分厚いヴェールに頭をすっぽり隠してしまった。ラヴィニアも男のふるまいに懲りて、「フランス語はわかりません」とはっきりいい、何もわからない人という態度を示して、石になったかのように宙を見つめていた。首も動かさなかったので、後ろを振り返りもせず、重たいトランクが馬車から滑り落ちてないか、見ようともしなかった。

というわけで、アマンダがこのビールくさい男のえじきになってしまった。最初に男が父親のような態度で話しかけてきたので、丁寧に対応し、フランスという国に興味があるとうっかりいってしまったので、いきなり会話を中断するわけにいかなくなってしまったのだ。だが、ヴィクトル・ユゴーの友人というこの男は実にいやな感じで、気に入らない。ユゴーがこんな友人をたくさん持っていないことを願うのみだと思った。男は詩を暗唱し、歌をうたい、親密なことばをかけ、あげくのはてに、アマンダの手をとって自分のくちびるにあてさえした。しかし、アメリカではいきなり知らない女性に対して、そんな無作法はとても許されないといわれるやいなや、男はこぶしで胸をごんごんたたき、叫んだ。

「おう、おう、美人は冷たいのう！　わしが子どものように無邪気な存在だとわかっておられない。失礼しました。後生だから、笑ってくだされ」

しかし、アマンダはにこりともせず、コートの下で両手を組みあわせ、眠っているふりをした。それを見て、白髪頭の無邪気な男は大げさなうめき声をあげ、天を仰ぐようにし、さらにビールをあおり、何やらぶつぶついいながら、どうにも収まらない気持ちをもてあましているように頭を振っていた。

そんな様子をずっと見ていたラヴィニアは、男から目を離さず、何かあったらすぐに行動すべく身構えていた。自分の管理下にあるアマンダとマティルダにその男が手を出したりしたら即、銃をぶっぱなすつもりだった。

心の中にそんなきなくさい爆弾をかかえ、トランクが全部でなくともひとつは、何マイルも離れたほこりっぽい道にころがったままになっているに違いないと思っていたので、付き添い役のラヴィニアは、傾いたり、ガタガタ揺れたりする馬車の危険な走りに我慢ならなかった。この背中の曲がった御者の小男は、三人をあぶない目にあわせ、そのあげく、馬車が壊れてめちゃくちゃになるかもしれない。

しかし、ともかくこうして、馬車はディナンに到着し、三人はほっとした。「神のご加護のおかげ」とビールくさい男はいい、頭をさげて、去っていった。アメリカ女性たちにまったく気に入ってもらえなかったとがっくりしているようだった。

アマンダが事務所へ行って問い合わせをしている間、マティルダは、黄色い花で飾られたりっぱなアーチ道を見て歓声をあげ、ラヴィニアは、女性の働く権利について新たな発見をした。すぐそばに、こざっぱりした、快活な感じの年配女性がいたのである。その女性の仕事ぶりが、独身のラヴィニアの注意をひいたのだ。乗合馬車の車輪を手際よくはずすと、ひとつひとつに丁寧に油を塗り、まるで熟練した鍛冶屋のようにすばやく、的確に車輪を戻し、たくさんある荷物を、二輪の手押し車にのせている。荷物を運ぶためにそばに置いてあったのだ。

きびきびした、ほがらかな女性だ。冬リンゴのような赤ら顔で、すばやく動く黒い目は、きらきら燃えるようで、きれいな歯がのぞいている。だが、年は六十歳くらいだろう。当地の民族衣装を身につけている。白い突き出た屋根があるような帽子をかぶり、肩には鮮やかな色の小さなスカーフをかけ、青いウールの服をまとっている。丈が短いので、がっちりした脚と、小ぎれいな靴が見えた。足の甲と黒いタイツに色とりどりのリボンがついているのも見えた。グレイのエプロンには、ポケットがたくさんあり、胸当てもついている。見た目も美しい民族衣装だが、無駄なもののない作りだ。

女性がせっせと仕事に励んでいたところへ、体の大きい少年があらわれた。そして、トランクをかついで、別の手押し車に乗せはじめた。しかし、その次のトランクがあまりにも大きかったので、あきらめてしまった。すぐさま、そのきびきびした女性は少年を押しのけ、ほいさっと大きな箱をいくつも、ひとりでかつぎ上げた。そして、重たい荷物を満載した手押し車の長柄を持ち上げると、たちまち行ってしまった。そばで見ていたアメリカ女性たち（おのれの体力に自信があった）は、その速さにあっけにとられ、呆然と見送ったのだった。

次にその女性の姿を目にしたのは、彼女がさっきのなまけ者の少年を引き連れて、坂道をゆっくり歩いているところだった。少年は女性が持っているものより軽そうな荷物をかかえ、のろのろとついていく。年配の女性が、重たいトランクを三つも引っぱって歩いているのを見て、ラヴィニアはパラソルしか持っていない自分を恥じた。ところがその頑丈な女性の歩くスピードが速いため、とても追いつけない。さもなければ、手を貸すつもりはあったのだが……。やがて女性はある家のドアの前に、手押し車がひっくり返らないようにうまく立てかけて置くと、お辞儀をしてにっこりし、出てきた女性を丁寧に指し示しながらいった。

「みなさま、こちらがマダムCでございますよ」

三人はいわれるままにその人を見た。品のいいその女性は、歓迎の意を体いっぱいにあらわして、三人を抱きしめた。それだけではなく、家をまるごと、三人のために提供するといってくれたのだ。前にここに滞在した人が、三人をこの家に紹介してくれたのだが、その人をマダムがたいそう気に入っていたからだった。

マダムがやさしいことばをかけている間に、トランクは二階へ運び上げられた。さっきの年配女性がトランクを次々にかついでは、勾配のきつい階段をふたつも、魔法を使っているかのようにすいすいと昇っていった。だが、最後に運搬のお礼として、普通よりかなり多額の報酬をもらったときの彼女の顔には、大きな驚きと感謝の念があふれていた。この七つのひさし〔オルコット家の友人、作家ナサニエル・ホーソンの『七破風の屋敷』をもじったのか?〕のある帽子をかぶった、すばらしい女ヘラクレスにすっかり心を奪われた三人からのお礼の気持ちだった。

三人に丁寧に挨拶して、旅の無事を祈ると、女性はてきぱきと手押し車を押して、立ち去っていった。マダムCは新しい三人の逗留客に、さっきの女性は何人も子どものいる未亡人で、この宿のポーターとして働いて、りっぱに子どもたちを育て上げたのだと教えてくれた。パワーは抜群で、それを誇りにしている。どんな仕事もつらいと思わず、つねに身ぎれいにして、ほがらかにふるまい、行動的だ。だれの助けも求めず、たったひとりの働きでおのれの生活をたてているという。そのあとも三人は、その女性の姿を何度も見かけた。つねに元気よく、荷物を運び、ほほえみを絶やさず、不満のかけらもない。まるで、目に見えない手が彼女という「働く車」にしっかり油をさし、重たい荷物も平気で運ぶことができ、決して倒れないようにしている。そんなふうに見えた。

女権拡張運動に大変興味を持っているラヴィニアは、同じ女性として、この人がいかにすばらしい能力を持っているかを目の当たりにして、感心していた。やがて、旅を続けるうちに、各地で女性が力や技術や独立心を発揮している姿を見ても、驚かなくなってきた。どこへ行っても、女性たちが主導権を握っているのを見たからである。

女性たちは家を守り、子どもを育てるだけにとどまらず、人が身にまとうものをすべて作り上げ、さらに店や市場を切り盛りし、菜園を耕したり、通りを片づけたり、家畜の売買まで手がけたりしている。そして、男性にはやりたいと思う仕事を自由にさせている。馬をならしたり、道を整備したり、ひいてはお酒を飲むことさえ、許しているのだ。

市場は完全に女性たちが仕切っているように見えた。女性たちが生き生きと働いている様子が、三人には目新しく映った。とくに豚市場は見ものだった。毎週、マダムCの家の前の広場で開かれている。夜明けに、豚のキーキーわめく声が聞こえはじめ、それが日没まで続くのだ。近隣の集落から荷車が次々にやってくる。ぎゅうぎゅうに子豚が詰め込まれた桶がいくつも積まれている。女性たちがしっかり見守って、市場に着くと、丁寧に降ろして、道に並べるのだ。道はアンヌ・ド・ブルターニュ*の灰色の古い塔に面しており、かつては町を囲む堀だったところが、今では気持ちのいい散歩道になっているのだった。

マダムは道沿いに腰をおろし、せっせと編み物にいそしんでいたが、それはだれか買い手があらわれるまでのことだった。あらわれたとたん、編み物をやめ、ピンク色の子豚の群れの中から、あわれな一匹の脚をつかむと、ぱっと持ち上げた。子豚が悲しげな泣き声をあげるのも構わず、青い服に白い帽子をかぶった隣人と、お互いにぱきぱきと、したたかな交渉をし、価格を決めようとした。交渉が成立すると、ふたりは奇妙なやり方で手をたたき合わせた。そして、子豚の新しい所有者は、子豚を粉袋に入れて肩に背負う。袋の中にはうごめき、わめいている大事な宝物が入っているのだが、あたかも、リボンと手袋がたくさん入っている肩掛けかばんを持ったボストン女性のように、しゃなりしゃなりと歩いていくのだった。

成長した豚は歩いて市場へやってきた。脚は長くて、ぐらぐらしている。このブルターニュ豚はほんとうに醜い生き物で、ノアの箱舟の模型にもこれほど醜い豚はいなかった。背丈があり、細長い体、盛り上がった背中、とがった鼻のあわれな豚たちは、おぼつかない足取りで、悲しげな泣き声をあげながら、おのれの運命に向かって進んでいく。この運命の日の苦難と興奮の瞬間までは、ただわめいているだけだった。何も知らない豚たちのおどけた様子は、見物の人びとをおおいに楽しませていた。リヴィは、豚の売買は女性のほうが男性よりずっとうまいと思った。男性はだめだ。あせったり、もたもたしたり、さもなくば非情にも鞭で打ち、でも失敗する。いっぽう、女性は豚を扱うこつを心得ているので、豚だけでなく、もっと高級な動物〔人間〕もうまく手なづけることができる。やさしく慰めたり、同情してやったり、なだめたりして、そのあわれな動物を手なづけ、また苦しみや悲しみを減らしてやる。そうして、男性は面目をほどこされ、女性は精神的に相手をその手に収めるわけである。

ひとりの感じのいい女性がいた。彼女は子豚を二匹と、仕切りいっぱいのアヒルを購入し、それを一頭のロバにのせて運ぼうとしていた。しかし、粉袋に入れた子豚たちがキーキー鳴き、アヒルたちは騒がしい子豚たちに対抗して抗議の声をあげはじめ、ロバは怒って、騒ぎが収まるまでは一歩も動こうとしなかった。だが、このブルターニュ女は、この状況にめげたりしなかった。しばらく考えた末、彼女は袋のひもを子豚の首に結びつけた。外の様子が見えるようになったので、たちまち豚たちはおとなしくなり、しばらく静かになった。豚はキーキーわめくのをやめ、アヒルはガアガア鳴くのをやめ、怒っていたロバも感じの悪い声をあげるのをやめた。そして、一行はおとなしく、ゆっくり進みはじめた。子豚には黒いのと白いのがいたが、どちらも袋の中から静かに成り行きを見守っていた。

また別のときには、手に入れたばかりの雌牛を連れた女性が広場を歩いていると、あたりの騒がしさに雌牛が驚いて、いうことをきかなくなり、暴れて跳ねて、あぶないことになった。たまたま窓からその様子を見たリヴィは、はらはら、わくわくした。何かあったら即座に、気付け用のブランデーと包帯を持って駆けつけようと身構えた。暴れ雌牛が押さえつけられる前に、その女性がシナノキの木立に放り上げられそうだったからだ。男たちが数人、ポケットに手をつっこんだまま、そばに立ってただ眺めている。助けの手をさしのべようともしない。やがて、雌牛がえいやっと女性を両方の角ですくい上げるように持ち上げると、放り投げようとした。リヴィは悲鳴をあげた。ところが、その女性はびくともせず、雌牛を思い切り蹴ったので、雌牛はおとなしく彼女を下に降ろしたのだった。そして、女性は失神するかわりに、やってきた男たちに冷ややかにいった。男たちは、彼女に危険が迫っているのを見てやっと手を出そうとしたのだったが、女性は、自分はひとりで雌牛に立ち向かい、だれの助けも要らなかった、ということを伝えたのである。その証拠に女性が青いスカーフで雌牛の目をおおうと、雌牛はたちまちおとなしくなった。そして、頬を上気させ、顔を誇り高くあげた女性は、静かに帽子をかぶりなおし、気付け香水をちょっと吸い込み、すっかり従順になった雌牛を引いて歩き出したのだった。おそらく、おおかたの女性はこんな騒ぎに巻き込まれたら、失神していただろう。

マダムCの家に薪用の丸太が運び込まれたとき、新参の三人はその様子を興味津々で眺めていた。いかにもブルターニュ風のやり方だったからである。丸太はそれぞれ四頭の大きな馬に引かれた、奇妙な感じの荷車何台かに乗せられて、運ばれてきた。一台には御者がふたりずつ乗って、馬二頭ずつを引いている。荷車はぐらぐらしており、馬は暴れ気味、御者たちは対応が下手で、広場の光景はそれは見ものだった。またあるときは、荷車が三台、馬が十二頭、御者が六人で、うるさくどなり合っていた。家々の戸口には、十人ほどの女性たちが立っていて、あれこれ指図していた。ひとりはレタスを洗い、ふたりめは赤ん坊に服を着せ、三人めは糸巻棒をくるくる回し、四人めは小さなスープボウルを手に持って、人目をはばからず食べている。身ぶり手ぶりが激しく、石畳の道に木靴の足音がコツコツうるさく響いていた。

馬たちはお互いに突つき合ったりして、暴れている。男たちは汚いことばを投げつけたが、まるで効き目なし。すると、いきなり赤ん坊を抱っこしていた女性が事態打開に乗り出した。まず、ほとんど裸のままの赤ちゃんを戸口におろすと、このたくましい女性は荒馬の群れに飛び込んでいった。そして、何か不思議な魔法のような力を発揮して、もつれあっている馬たちを離し、中でもいちばん気むずかしく、体が大きく、まるで狂ったゾウのように飛びはねていた灰色の荒馬をおとなしくさせたのである。そして、静かに土を口に運んでいた赤ん坊のいる戸口へ戻っていった。それから、彼女は「ほうら！」と叫んで、赤ん坊のジャンをひとりの男に投げつけるように渡した。男たちは早くも、座ってパイプを吸いはじめていた。

運び込まれた節くれだった丸太を、割ったり切ったりして薪にする作業は、丁寧な仕事をするふたりの男が担当し、ひとりの女が薪をてきぱきと地下室へ運び、積み上げるのに、ほぼ一週間かかった。男たちは一時間ごとに手を止めては、パイプを吸ったり、リンゴ酒を飲んだり、のんびり休んだりした。その女は朝から晩まで休むことなく働き続け、手を止めたのはたった一回、お昼に親切なコステ夫人〔マダムＣ〕が寄こしてくれた、少しのパンとスープを食べたときだけだった。男たちは日給として二フラン〔一フラン＝二十スー〕もらい、女はたった半フランだった。それはワインやタバコ代には決して使われない。女がもらった十スーは、おそらく男たちの四十スーより有益なものに使われたことだろう。

この有能な女性は、市場にもよく来ていた。一方の腕に赤ん坊をかかえ、もう一方には果物かごを持っている。豚を連れてきたり、ロバを御したり、羊の群れに取り囲まれたり、頭には野菜を入れた荷かごをのせ、両手に持った糸巻き棒をせわしなく回していたり……よくもこんなに面倒な細ごましたことを手際よくできるものだ。不思議としかいいようがない。しかし、ほんとうにそれをやってのけているのだ。人込みの中で、忙しく立ち回りながらも、落ち着きを失わず、ほほえみを絶やさず、市場で買い物をすませて、夜は満足のうちに家へ帰るのだ。

そういう女はたくさんいても、洗濯場の女たちほど、ほがらかで楽しそうな人たちを見たことがない。彼女たちの表情や様子の幸せそうなことといったら！　道ばたの噴水や貯水槽のそばに集まって、洗濯物をせっせと洗い、たたきつけ、うたい、おしゃべりしながら、働いている。時は日差しの明るい春だ。洗い終えた洗濯物は、緑の生垣や、デイジーの花咲く草原に広げて干される。見ていてうらやましいと思うのは、奇妙な帽子の下の楽しそうな顔や、一日ごしごし洗濯している、たくましい腕。そして、夜になると、太ったジャンや小さなマリーを抱いて、家へ帰る元気が残っていること、そして何より、白いスカーフでおおった豊かな胸の奥に宿る満足感だ。これらの働き者の幸せな女たちからは、ひとことも文句の声が聞こえてこないのだった。今の女たちには、こういうたくましい精神が宿っているのだ。かつての革命時に女たちが運命に立ち向かい、ナントで大勢の母親や子どもたちが銃弾に倒れて、うめき声ひとつあげずに死んでいったときの勇気ある行動とつながっているのだろう。

しかし、新参者の三人が知り合った人たちの中で最も気に入ったのが、ウードンおばさんだった。枯れ葉のようにしなびた女性で、年齢は九十二歳。九十八歳の夫を支えている女性だ。夫はまるで寝床から離れられない状態で、ほとんど何もできず、ただパイプだけは吸っている。妻は日給一スーで、ヤナギの皮むきをし、ハーブやクレソンや、とにかく売れるものならなんでも見つけて、あちこち持ち歩いて売っている。彼女は、夫を誇りに思っている。夫は高齢にもかかわらず、頭はしっかりしており、体力もまだある。この関白亭主は、ときどきベッドから出ては妻をたたくのだが、妻はそれが夫婦の絆であり、かつての名残りを感じ、まだしばらくは夫が生きのびる証拠だと思って、喜んでいるようだ。

彼女は夫を大変身ぎれいにしてやっている。だれかが食べ物や、気付けの香りとか、年老いた病人の慰めになるようなものを持ってきてくれたりすると、すぐにそれを「主人」に持っていく。それを与えることと、それをもらって喜ぶ夫を見て、二重の喜びを感じるのだった。

実は彼女は片目しか見えない。「やさしい」夫がかつて、彼女に連れられて市場から酔っぱらって帰る途中、妻のもう一方の目をつぶしてしまったのだった。ところが、彼女はそれをまったく恨んでおらず、どんなにつらかったかときかれても、たいしたことはなかったというのだった。「若いとき、うちのイヴォンはそりゃあいい男でね、今だって、清潔なベッドに寝て、マドモワゼルがくださったパイプをくわえているところなんざ、ほんとにかっこいい。さあ、見てやってください。うちの九十八歳の主人は、まだ力のみなぎるいい男でしょうが」

ラヴィニアたちはその男を一回見ただけで、もうごめんだと思っていた。しかし、その見るだにうるわしい妻が、忙しそうに働き回る姿は何度も目にした。夫のみなぎる力などどうでもいいが、夫に対する妻の誠と愛にあふれた姿を見るにつけ、この女性が最後の「きれいな床」に就くときはきっと、良き天使があらわれて、九十二年間の苦労をねぎらい、若々しさと美しさ、幸福と安らぎを与え、それは何者にも邪魔されないだろうと強く思うのだった。

世の中のさまざまな営みは女性によってなされてきただけでなく、天が与えた力を発揮して、男性より大きな影響を与えてきた。その年、長く続いた干ばつのせいで、フランスはからからに乾いていた。この地味豊かなブルターニュでさえ、苦しんでいた。一度ならず何度も、女性たちは集まって行列を作り、神父たちに導かれて、聖霊の十字架教会の門をくぐり、雨ごいをしていた。

「どうして男たちは行かないの？」リヴィは不思議がった。

「女たちは聖母マリアに祈っているの。マリアは女の祈りをきいてくれるからね」という答が返ってきた。

その通りだったようだ。まもなく、恵みの雨が降ってきた。小さな菜園は、水を受けて生き返った。母親たちが荒れた手で植え付けたキャベツ、玉ネギ、ジャガイモなどが育ちはじめた。これで子どもたちは飢えずに長い冬を過ごせるだろう。

女たちの役割はこれで終わりではなかった。病院を作ったすばらしい女たちもいた。これほど清潔で、気持ちのいい場所は見たことがない。病人は数少ないが、年寄りがたくさんいて、日のあたる庭で日なたぼっこをしたり、清潔な部屋で手仕事をしたりしている。ラ・ガライエ城はもう廃墟になってしまったが、そこで人びとのために尽くしたすばらしい女性の思い出は、病人や、老人や、貧しい人びとを受け入れる、この慈悲深い病院に生きているのだった。

女の子たちのための学校もあり、それは良きシスターたちが運営していた。ある時間になると、そこへ通う女の子たちが通りをぞろぞろと歩いていく。円い帽子をかぶり、髪をおさげに編み、長ったらしいおかしな形をした、青い服をはおり、白いエプロンをつけ、スカーフを巻き、木靴をカタカタ鳴らしながら、友だちに会えばひょこひょことお辞儀をし、見知らぬ人が何かをたずねたら、はきはきと答えている。学校では、読み、書き、裁縫を学び、教理問答を唱える。また、歌も習う。ときどき三人が小さな聖マリア・チャペル〔礼拝堂〕の前を通りかかると、女の子たちのきれいなコーラスが聞こえてきた。救世主教会の裏手にある花咲く庭は、それに耳をすませる格好の休み場所だった。

ブルターニュの女性がいかに自由であるかの理由を述べるとしたら、それは「やさしく寛大な女公」のアンヌ・ド・ブルターニュのおかげだ、といえる。夫のルイ十二世がブルターニュ公国では、締めつけのない政府を許したからだ。「誇り高きブルターニュ女」とルイ王が呼んでいた彼女の思い出や名残りは、いまだにどこへ行っても語りつがれている。洗練された女性で、夫にラテン語で心やさしい手紙を書けただけでなく、人民には公正で賢い公女と慕われ、「公爵の冠をかぶるにふさわしい精神と独立心を、身を持って示している」とほめたたえられた。というわけで、アンヌ女公に大いなる喝采を送る。ブルターニュのたくましい、幸せな女性たちよ、永遠なれ！

ラヴィニアがこの地の女性たちを観察し、道徳的な観点から考えをめぐらしている間、あとの若いふたりは、自分たちの興味をひくことを見つけて、経験と発見を楽しんでいた。マダムＣの家に落ち着いてまだ半日もたたないうちに、マダムが教えてくれた。

「実は、昨日の昼食のときに会ったマドモワゼルが、まもなく結婚するんですよ。みなさんは、結婚式を見られますよ。すばらしい機会ですし、とても美しいでしょうね」

三人はわくわくして、大喜びした。ここディナンはたまたま、あまり目立った催しのない時期だったからだ。春の渇水、戦争があるかもしれないといううわさ、天然痘流行の恐怖などが、小さな明るい町に暗い影を落としはじめていた。だからなおさら三人は、マドモワゼル・ペラジーの結婚式を心待ちにし、興味津々でその様子を見守ることにした。とくに、花婿となる男を早く見たいものだと、気持ちがはやる。花嫁は小柄で、黄ばんだ肌の娘だ。目が充血し、手はうす汚れていて、頭の上にふわふわした髷をのせている。ウィッグのようにも見えるが、ほんとうにそうなのかはよく見てもわからない。

花嫁の母であるマダムは、豊満な胸をした、見栄えのよい婦人だ。朝食のとき、波紋のある黒い服を着ていた人だ。つややかな髪を編んで丸めて、頭に王冠のようにのせ、きらきら光って、チャラチャラ音をたてる黒玉のアクセサリーで身を飾りたて、三人に娘の結婚式のことをいかにもうれしそうに、愛想よくしゃべりまくるのだった。

「兄は地位のある人で、この婚約を整えてくれたんですのよ。ペラジーは二十歳で、ごらんのようにきれいな娘です。身を固める時期ですからね。そうですとも。わたくしの心は天使のような娘を失うと思うと千々に乱れるばかりですけれど、結婚には賛成します。わたくしは娘を舞踏会に連れていき、ひとりの若い男性に出会う場を作りましたの。ご両親が息子の嫁にと望んでくださるようにね。予想通り、彼は娘を見て、いいました。『おお、なんてすてきな人だ。ぜひ妻にしたい。父もぼくも、この女性にしたいと思います』そして、彼はわたくしに挨拶してくれて、ひとしきり話をしました。娘はかわいらしい恥じらいを見せながら彼を見つめましたが、何もいいませんでした。それでいいのです。そこで、両方の親たちが会って、話がまとまりました。ジュールはわたくしの大事なペラジーと婚約しました。それ以来、ふたりは会っていません。けれど、来週、結婚式に彼がやってきます。そのときに、彼はわたくしの前で、娘を妻にすると宣言できるのです。ええ、ええ、わかっていますとも。あなたたちのお国の習慣とは違うでしょうけれど、それはわたくしたちからすれば、自由奔放に過ぎるというものですわ。あら、ごめんなさい」

当のペラジーが、これからだんな様になる彼のことをどう思っているかを知りたいと思った三人は、彼女が興味を持っているのは彼ではなく、嫁入り道具の方だったのを知る。それを彼女は得意そうに見せてくれた。アメリカ人の豊富でぜいたくな嫁入り支度を見たり、聞いたりしていた三人は、小柄でぱっとしないペラジーのお粗末な支度は、まったくもって魅力に欠けると思われた。パリから取り寄せたきれいなドレスが六着ほど、派手な帽子がいくつか、どれにもバラのつぼみとレースと青いリボンがついている。それから、刺繍されたものがたくさん、それに将来必要になるであろう、小さな帽子が二、三個、それだけだった。

ひとつだけ、ペラジーが見せずにはいられなかったものがある。ジュールからの贈り物で、キャメルの毛のショールだ。黒いクルミ材の箱に入っており、上にほどこされた木彫りはクロマドック家の紋章だった。真珠のアクセサリーも、花婿からの贈り物だ。しかし、ショールこそが、彼女の宝物だった。なぜなら、それは既婚婦人だけがまとうことができるものであり、彼女にとっては、結婚指輪がもたらすどんなものより価値のあるものだったからである。

きれいなアメリカ娘が胸をときめかせるような、ロマンティックな経験をトリオの若いふたりはいろいろしているので、二回会っただけの男性との結婚など、とうてい考えられなかった。たった一週間の婚約期間で、それもつねに母親がそばにいるのだ。結婚前の若者たちの気持ちを考えれば、あまりに気の毒であり、無茶苦茶だと思った。とんでもない。

しかしながら、ペラジーは大変満足しているようだった。フランス女性らしく、晴れ着をいつまでもうれしそうに眺め、花婿となるジュールのことなどほとんど頭になく、ただ、結婚式が終わって、キャメルのショールをまとい、マダムと呼ばれる日がくるのを心待ちにしているのだった。

その大きなイベントの日まで、三人は花嫁の兄のガストンと知り合って、楽しい時を過ごした。ものうげな感じの、ハンサムな二十三歳の青年だ。世慣れた感じで、その雰囲気を巧みに見せていた。ときには、詩人バイロンのように陰鬱なイメージを醸しだして、コーヒーを飲みながら、深いため息をついてみせ、額の毛をつかんで引っぱるのだった。それは巻き毛で、つねに神々しいほどいい形をしているのだが、そんなことはお構いなしというように。それを見ている三人は、これ見よがしの苦悩に心うたれもせず、ただ笑いとばし、彼の思わせぶりをからかったり、冷やかしたりした。すると彼は、次の作戦に出た。女性たちをあがめたてまつり、緑色のチューリップだの、昔のコインだの、初ものの果物だのを持ってきた。自分が描いたスケッチもあったが、あまりに小さいので、どんな絵柄なのかはっきりしない。しかし、これらの細ごまとした贈り物は、ブロンドのアメリカ娘たちの氷のハートを溶かすにはいたらなかった。そこで彼は戸棚に入ったすべての服を取り出して並べ、ある日のこと、まさにブルターニュ風の民族衣装をまとってあらわれたのである。白地に鮮やかな絹糸で刺繍をほどこした服で、バックルで留める靴、吹き流しのリボンと花々で飾られた帽子といういでたちだった。あたかも古代ギリシア人のようだった。クロッケーをする場所では大変目立ち、そこでは、イギリス人の家族が何組か、午後によく遊んでいた。またあるときは、ブローニュの森を馬で走るパリの伊達《だて》男のような格好もした。やめればいいものを、苦労して荒馬にまたがり、サンルイ広場をぐるぐる回ってみせた。見ていた地元の人びとは愉快そうにその様子を眺めていた。

ところが、それは失敗に終わった。アメリカ娘ふたりのうち、美しくも残酷なひとりが、いでたちも帽子もかっこよく馬に乗って女アマゾンさながら登場し、彼の自慢の鼻を折ったからだ。彼の面目は丸つぶれ。たった一度だけ、ガストンがその女アマゾンとともに走ったときがあるが、彼は息も絶え絶えになった。なぜなら、これまで一マイル〔約一・六キロ〕かそこらを走ったことがあるだけだったのに、六〜八マイル〔約九・六〜十二・八キロ〕も駆け足で走ったせいで、美少年アドニスのようなガストンはくたくたになってしまった。だから、馬を降りたとたん、待っていた母親の腕に倒れかかり、そのまま、悲劇の主人公のようにベッドへ連れていかれたのだった。

その後、彼はパーティに出るときには必ず、ぱりっとドレスアップしてやってきた。ほとんど一日おきの晩に来るので、まもなくふたりとも、彼がドアをたたく音を聞くとすぐにわかるようになり、その姿をうっとりと見つめるのだった。つやつやした黒い高級ラシャの服、胸元のふんだんな飾り、魅惑的なネクタイ、淡黄色の手袋、磨き込んだ靴、カールした髪も口髭も、つやつやし、かぐわしい香りを放っている。丁寧にお辞儀をし、「ボンソワール〔こんばんは〕」といい、まるで戸口に無邪気な子どもがただ立っているように、しかし実は自分を印象づけているのだった。そして悦に入ったようにほほえむと、クラッシュハット〔折りたためるソフト帽〕を振り、さっと身をひるがえして去っていくのだった。

ああ、見栄っぱりの伊達男ガストンよ！　彼の最大の望みはパリへ行くことだった。戦争が始まったとき、その望みは叶ったのだが、おしゃれをして、踊りまくって、女性にかしずいて、へとへとになるよりも、戦いの場へ出るほうがよっぽどつらいのを思い知った。しかし、おかげで彼は男をあげたのではないか、おそらくそうだろうと思う。なぜなら、フランス人は戦いに長《た》けている。そして、愛する祖国のために身を賭して華々しく戦う覚悟を持っているからだ。

さて、花婿があらわれる日が近づき、静かな家に緊張感がみなぎってきた。マダムCと、年配のメイドのマリーは、まるでボスのメンドリのようにうるさく、せわしなく動きまわっていた。

未亡人のマダムFは、帽子屋に住んでいるかのように、心ゆくまで衣装や帽子をとっかえひっかえ試していた。ガストンは妹に変な男がいい寄ってきて、花婿のジュールが花嫁を妻にする前にさらっていかないように、しっかり守っていた。いっぽう、当のペラジーは平然とよく食べ、よく眠り、朝から晩まで髪にクリップをつけたまま、古着を着つぶすまで着て、ボンボン〔砂糖菓子〕を食べながら、例のショールを見せびらかしていた。

「もう、見てられない！　もしあれがあたくしだったら、まるで食べられる前に太らされている子羊になった気持ちになると思う」自由を愛するアメリカ娘のひとりが叫んだ。結婚式を控えた花嫁のフランス式の暮らしぶりに、あきれ返っているのだ。するとと、もうひとりがいった。

「あたしだったらきっと、奴隷船の奴隷の気持ちになるわ。だって、ペラジーときたら、ガストンかママが一緒にいなければ、どこへも行かれないんですもの。そうそう、昨日だって、ペラジーはひとりでお店に入ったんだけど、ガストンが外で待っていたのよ。家に帰って、そのことを楽しげに話したら、そこにいた女性たちが一斉におそれを成したように声をあげたの。ママは両手をもみしぼって叫んだわ。『なんてことを！　既婚婦人と思われてしまうじゃありませんか。結婚前の女性は、そんな無謀なことをしてはいけません』それで、わっとペラジーは泣き出してしまって、ぜったいにジュールにいわないでほしい、さもないと婚約破棄されてしまう、といったのよ」

あまりのばかばかしさに、アメリカ女性三人は、あきれた声をあげた。そして、三人が母国で、どんなに思い切った無謀なことをしているかを、階下の女性たちが知ったら、さぞぎょっとした顔をするだろうと思い、にやにやしてしまった。しかし、そんなことをいったら、例のお偉いさんが三人を危険人物とみなして町から追放するかもしれないと思い、昔のあぶない行ないなど、おくびにも出さず、慎みぶかく沈黙し、人前ではできるだけおとなしくふるまうことにした。

「来ましたよ！　ほら、見て、ふたりとも！」ラヴィニアが声をあげた。戸口に馬車が着いたのだ。階下のホールで、女性たちがスカートをパタパタさせて歩き回り、急に騒がしくなったので、青壁の居間の窓から、三人は顔を出して外をのぞいた。三組の興味丸出しの瞳が、ちょうど馬車から降りた花婿の姿をとらえた。

なんと小柄な男！　なんと恐ろしげな口髭！　なんともったいぶった歩き方！　そして、身につけた制服の大仰《おおぎょう》なこと！　ジュール・ギュスタヴ・アドルフ・マリー・クロマドックは、ブローニュのどこかの隊に所属していた大佐だったのだ。馬車から降りた彼は跳ねるように歩いて家に入った。階段の手すりから下をのぞいていた三人は、彼がマダムFに敬礼し、その手にもったいぶったキスをし、マダムをエスコートしてサロンへ向かい、重々しく挨拶しながら、黄褐色の口髭をきゅっとひねったのを見た。あたかも、背丈が百八十センチはあり、堂々たる体格の持ち主であるかのように。

婚約者に会ったときの彼の態度を三人は見ていない。だが、それからかなりの時間、下の部屋からはずっとみんなの声がなんとなく聞こえていた。ガストンがいかにも重々しい顔つきで出たり入ったりしていた。

昼食時、三人はアメリカからの客人としてクロマドック大佐に紹介された。この小男は愛想よく挨拶をし、自分は英語をしゃべることができると自慢した。そして、しゃべりだしたはいいが、さっぱりわけがわからない。ところが、彼はせっかくそちらの国のことばをしゃべってやっているのに、なぜわからない顔をしているのだと、首をひねっていた。

彼はマダムをエスコートして席に着かせ、自分はマダムとペラジーの間に座った。しかし、マダムにだけさかんにしゃべりかけている。ペラジーはというと、黙々と食べ続けていて、興奮のかけらもなく、食欲は相変らず旺盛だ。この小柄な戦士が、娘の母親を通じて娘にプロポーズし、豊満な未亡人の母親はみごとに間をとりもったわけだが、何も知らないよそ者が見たら、きっと母親のほうがプロポーズされたのだと思ってしまうだろう。母親は、ほほえみ、ため息をつき、語りかけ、甘えたり気どったりし、その間もちょくちょくハンカチを取り出して、わが天使を手放すのは悲しいと泣くのだった。しかし、当の天使は落ち着きはらって、その横で骨をしゃぶり、お皿に残ったグレーヴィ〔肉汁〕をパンですくって食べていた。

ジュールは生き生きとよくしゃべり、冗談をとばし、詩を引用し、あちこち向いてはお世辞をいい、その間も手を休めず、フィアンセに塩を回したり、水を注いでやったり、フランス風に気どって肩をすくめながら、やさしいまなざしでナプキンを渡したりしている。

食事のあと、マダムFは彼に、自作の詩を暗唱してほしいと頼んだ。すべてに長じたこの男は、詩の女神にも愛されているらしく、武器をふるうのと同じく、詩もひねることができた。ぜひにと頼まれ、何度も謙遜しながら、とうとう彼は立ち上がった。そして、ラグの上に立ち、片手を胸にあて、目を天に向け、朗々たる声をあげて、二十節もある悲しい自作の詩「過去との別れ」を暗唱したのだった。

友人たちは興味深い顔で耳を傾け、ときどき思わずため息をもらしたり、拍手したりした。しかし、アメリカ三人組は苦悩のあまり身をよじっていた。ばかばかしいほどのメロドラマなので、ついつい吹きだしそうになるが、それを必死で押さえるのが苦しかったのだ。小男が声をひそめて、しゃがれた声で、過去の恋人たちに向かって別れを告げたとき、心根のやさしいマダムCはナプキンを顔にあててすすり泣いた。その一方で、ラヴィニアは水をぐいっと飲み込んで、とんきょうな声をあげないようにしていた。ペラジーは砂糖をつまみ、目を見ひらいて婚約者の顔をじっと見つめていたが、彼女の顔にはなんの感情も見られなかった。

詩人が失われた希望を悲しみ、生きていけばよいのか、死んだほうがましかと、全身をふり絞って問うているとき、ガストンは、自分の思いをあっさり摘み取ったアメリカ娘に非難のまなざしを送っていた。と、ジュールが突然体を震わせて、額をパシッと打ち、自分は祖国のために命を捧げると宣言した。とたんにメイドのマリーはコーヒーにむせ、マダムFはふっくらした手を握りあわせ、声をあげた。

「ああ、なんと崇高な！」

ここで暗唱は終わった。このとき、たまたま数頭のロバの姿が窓の外にあらわれたので、それを潮に三人は、もう部屋に引きあげます、といって、その場を退出した。そのあと、思い切り大笑いしたのだった。

毎回の食事はまるで芝居を見ているように愉快だった。この小柄なふたりを見るたびに、笑いがこみ上げた。何もかもが堅苦しく丁寧に行なわれ、それは三人の母国の、自由で気楽な慣習とはまったく違っていた。だから、三人は時には腹をたて、時にはおもしろがりと、それを繰り返していた。ジュールは決してペラジーとふたりだけにならなかった。そんなことが一瞬たりともあったら、町じゅうの恥さらしになっただろう。散歩にしろ、馬車のドライブにしろ、家族はいつも一緒で、マダムはつねに大佐の隣から離れなかった。ガストンは妹をエスコートし、もういつ妹を手放しても覚悟はできたという顔をしている。お客が入れかわり立ちかわりやってきては、キスしたり、挨拶したりして、ガサガサ服の音をたててにぎやかに歩き回ったり、階段を上がったり降りたりした。りっぱな身なりの年配紳士たちが訪れ、書類に署名がされ、ふたりの運勢が占われ、贈り物が披露された。ペラジーは頻繁《ひんぱん》に教会のミサへ行き、髪結いや浴場へ行った。帽子屋がせかせかと出たり入ったりし、ナントから大きなトランクがいくつも到着した。ナントは、かつてマダムが暮らしていた土地だった。そして、結婚式の前日、クロマドック家の人びとが馬車に乗ってどっとやってきた。そこらじゅうでいろいろな国や地方のことばがとびかい、さながらバベルの塔の再現のようだった。

その晩の夕食は豪華なものとなった。三人は自分の部屋に追いやられたが、マダムCと年配メイドのマリーが三人と一緒に食事をとったので、たっぷり食べることができた。とにかく、お客がいっぱいで、キッチン以外の場所がなかったのだ。マダムCは、結婚式に呼ばれなかったので気を悪くしていた。マダムFは、この家を占領して、家主を屋根裏以外のすべての部屋から締め出してしまったのだから、式に招待するくらいはできただろうに。マダムCは寛容で、おとなしい年配女性だったが、この仕打ちにはたいそう傷ついていた。マダムは自分では何もいわなかったが、マリーはかんかんになり、相手の悪口をいいつのり、結婚式の日には、のけ者にされた自分たちは家を離れよう、といいだした。そして、どこかでぱっと気晴らしをしようと。そこで、結婚祝いでうかれている人たちを家に残して、みんなは馬車でディナールへ出かけ、海辺の景色を楽しみ、サンマロで昼食をとって、たそがれに戻ってくることにした。

当日は、良い天気だった。マダムとマリーと三人は、花嫁が教会へ行く前に、どうか花嫁姿を見てくださいといわれた。ここまできれいに見せられるかと思うくらい、あたかもファッション雑誌から出てきたような姿だった。三人は、花嫁の両頬に丁寧にキスをし、ほめたたえ、そして、自分たちが同じ立場におかれなかった運命に感謝した。

花嫁の母親はロイヤル・パープルと黒のレースという、豪華な装いで、すばらしかった。ガストンは衣装のひだひだや宝石をきらめかせ、生き生きと輝いている。フランスのアドニスを体現しているかのようで、みんな、うっとり見とれた。いっぽう、花婿はなんといったらよいのだろう？　軍服に身をかため、大きなサーベルをぶら下げ、勲章をこれでもかというほどたくさんつけているので、小柄な胸からこぼれ落ちそうだ。三角帽に、ふんだんな羽根飾りという、ごてごてした格好なので、ときどき、本人がどこかへ埋もれて見えなくなってしまいそうだ。ぴかぴかに磨いた小さなブーツ、ぴんと立った黄褐色の口髭。肩をすくめたり、そびやかしたりするたびに光る、金色の肩章。得意満面の父親と母親はどちらも背が高く、堂々としているので、その隣に立った花婿がなおさら小さく子どものように見えてしまう。馬車が来るのが遅いといらいらしている彼を見て、リヴィは、マダム・クロマドックが、この小粒のジュールを膝にのせて、ボンボンを与えてなだめるところを見たいなどど、意地の悪いことを望んでしまった。

三人は窓から外をのぞいたり、階段の手すりから見下ろしたりして、下で繰り広げられている祝賀の様子を楽しんでいた。エレガントな女性たちが狭い階段をしゃなりしゃなりと、のぼっていく。勲章をいくつもぶら下げた紳士たち、見るからにおしゃれな若者たち、そして、子どもたち（きっと花婿の遊び相手だろうといって、リヴィはにやにやする）がホールやサロンにいてにぎやかだった。人びとは口々に声をはり上げてしゃべっている。歓喜の声、がっかりしたため息が、美しい衣装を見たり、かたや破れた手袋を見たりしてあがる。紳士たちがどっとにぎやかに笑い、子どもたちが甲高い声をあげ、かつては静かだったホールにこだましている。メイドのフランソワーズがいう。

「ほんとうに神々しいほどですわ」

十一時になった。全員が再び数台の馬車に乗り込んだ。いったいどうやって、各一台に、何人もの着飾った人びとが乗り込めたのか、それは今もって謎である。とにもかくにも、裾をひらめかし、太った体やのっぽの体を押し込んで折り重なるように乗り込むと、人びとは順に数台の馬車で、車輪をゴロゴロ鳴らしながら教会へと向かったのだった。

花嫁を乗せる馬車は、戸口にあまり寄せて止められなかった。花嫁はおじの腕につかまって、ひょいと軽やかに馬車に乗り込み、ガストンは彼女のドレスの長い裾を持ってやった。母親はパープルの雲に包まれたような姿で乗り、エメラルド・グリーンの服を着た若い娘ふたりが、ぎゅぎゅうになりながら乗ると、馬車は走り去った。あとは花婿だけとなった。

そのあと、とんでもないことが起こったのだ！　体の大きい母親と父親は無事に乗り込み、百八十センチはある、ジュールの友人がジャックナイフのように体を折り曲げて乗ると、そのあとから、さよならというように三角帽を振りながら、小粒な花婿が身軽に乗り込んだ。御者はそれっと馬に鞭をあて、恰好をつけてアーチ形の門をダッシュでくぐりぬけようとした。しかし、ああ、なんてこと！　馬具は古く、太った馬たちは年とって、動きが鈍く、道は舗装が不完全だった。引き綱がはずれ、馬たちは後足立ちになり、大きな馬車はぐわんと傾いた。わああ、という恐怖の声が上がり、中から、勇敢な小粒の今日のヒーローが外へ飛び出し、背の高い友だちも体をほどきながら、あとに続いた。

そばで見ていた地元の人びとがあわてて助けの手を差しのべた。気の毒にといいながらも、ふたりの男たちのぶざまな様子には冷ややかだった。ジュールは激しくののしっていた。怒り狂ったこの小さな男の口から、これほど汚いののしり言葉が出たことはかつてなかった。怒りのあまり爆発するのではないかと思われるほどだった。りっぱな三角帽をむしるように取って、石畳に投げ捨て、片手で剣をつかみ、髪の毛をひきむしり、絶望の発作に襲われたかのように口髭を引っぱった。

先に教会に着いた花嫁は、いったい花婿はどうしたのだろうと、はらはらして待っていた。他の馬車は見つからない。町の馬車はもう出はらって、一台もないのだ。花婿の馬車の馬具はがたがたになり、男たちは必死で直そうとしていたが、どうしていいかわからない。時間はどんどんたつばかり。市長と神父は待っているが、こんなに待たされては、結婚式の華やかなムードは台無しだ。あたかも、悪魔がよってたかって、愚かな御者にとりついたとしか思えない。

この騒ぎの間も、父親のクロマドック氏は動かない馬車の奥でうとうと居眠りをしているようだった。母親は必死で息子に声をかけ、なだめようとしていた。

「かわいい息子や、落ち着きなさい。たいしたことじゃないんだから」

「ほら、ほら、大丈夫よ。パパを安心させてあげて」

「いい子だから、ママの気付け香水をかぎなさい。あせった気持ちがおさまりますよ」

しかし、そのいい子はいらいらを押さえつけられず、相変わらず地団太《じだんだ》を踏み、ののしり声をあげ、馬車の修理が終わるまで三角帽をたたきつけていた。そして、くたびれはてて、馬車に戻ると、花嫁の元へ連れられていった。

「ペラジーも気の毒に。これからが思いやられる」

「なんという小者だろう！」

「独身でよかった！」

などといいながら、女性たちは小型の乗合馬車を呼んだ。ディナンで流行っている乗り物で、退職した軍の官吏で、イギリス人やスコットランド人が、自分のわずかな親族、といっても十八人とか二十人を連れて、ドライブをするのに使われている。ニューカムという、いかめしい顔つきの大佐は、いつも教会にこのような乗合馬車で来るのだった。娘を九人、息子を四人ともなって、族長のようにいばりくさってやってくる。よそ者はそれを見て、寄宿学校のグループだと思ってしまうかもしれない。だが、彼はいつも、「わが宝物じゃ」といって、父親らしいやさしさを見せて、子どもたちを紹介するのだった。

マダムCは、レグホンの大きな羽根をつけた帽子をかぶり、蝶結びの黄色いリボンを揺らせながら歩いていく。その日、自分の家がどんなふうになっているかなど、どうでもよいという顔で、馬車に乗り込んだ。マリーは大きなかごを持っている。中には、冷製の鳥肉やサラダやワインが入っている。マリーも、パープル色の春らしい帽子をかぶっていて、年取った赤らんだ顔が、アスター菊のように見える。ラヴィニアは別の席にゆったり陣取っていた。マティルダたちは乗合馬車の高い御者席に座りたがった。見晴らしがいいからだが、そういわれて、御者台にいたフラボー家の少年のかわいらしい顔が、濃い赤に染まった。

楽しい一日だった。年配のマダムもやっとご機嫌を直し、かつての革命のときに、母親が経験したという、苦労話をおもしろおかしく語ってくれた。マリーはスパイスを入れた飲み物をこしらえ、サラダは妙なる味だった。さらに、おいしい食べ物を次々に取り出したので、かの大きなかごは底なしではないかと思われた。

おてんば三人女は、遺跡を見たり、硬い砂地の浜でかけっこをしたり、汐風をくんくんかいでみたり、岩場を「絶壁」と称して、のぼったり降りたりしてはしゃぎ、地元の人びとを驚かせた。フラボー家の少年（彼の名前は知らない）にとっては、運命の日であった。結婚イベントを見てすっかり頭に血がのぼったらしく、御者席で隣に座った美しい快活な娘たちのひとりに心を奪われてしまった。その娘に向けた、中国の青い磁器の色をした彼のやさしいまなざし、彼女が話しかけてくれたときの彼の有頂天ぶり、彼女のためならなんとやら、といわんばかりのサービスぶり。花といえば馬車を降りて摘んできたし、とげとげの茂みだろうが、飛び込んでいき、ドルメンだったかメンヒルだったか（巨石墓か立石かどちらがどちらなのか、覚えられない）を見せようとした。しかし、あわれなフラボー少年よ！　その日、何も気づいていない彼女は、彼の心を粉々にしたのだった。青いシャツの下で胸をときめかしている少年よりも、道ばたにあった鼻のもげた聖人の像に心を奪われてしまったからだ。

リヴィの管理下のふたりをマダムCは「子どもたち」と呼んでいたが、ふたりはついうっかりマナー違反をしてしまうのだった。しかし、ペラジーと同じく、捨てられないプライドがあり、それが強いあまりに、陽気な子羊のように元気に跳ね回ってしまうのだった。

ひとりはへんぴなところで、馬車を引く太った馬たちを、いい道と同じようにどんどん走らせて面くらわせた。もうひとりは、大学の校歌などをうたった。年配女性たちはおおいに楽しんで、「アメリカの歌は最高」とほめそやした。歌のふざけた内容に、付き添い婦人のラヴィニアははらはらしたのだが……。そのとき、にわか雨が降ってきた。まだ外にいたかったので、どうしようとなったとき、例の少年が、馬車の革製の幌を広げた。そこで馬車に乗り込んだみんなも気持ちがぱっと明るくなった。その気分が、黙っていた少年にもうつったのか、彼はいきなりブルターニュの歌をうたいだし、家へ帰り着くまでずっとうたい続けたのだった。

みんなが家へ戻ると、家じゅうに明かりが煌々《こうこう》と灯っていた。メイドのフランソワーズが飛び出してきて、その日のごたごたをあれこれ話してくれた。サラダがお皿ごと、何もかもひっくるめて階段の下に落ちてしまったこと。ムッシュー・ガストンはやたら陽気で、その度が過ぎて、じっとしておられず、フランソワーズにこっそりキスしようとしたこと。花嫁のペラジーは、ヴェールが破けてしまい、大泣きしたこと。マダムFは化粧直しをして、ますます目立っていること。

「どうですか、まだみなさまはお食事中なので、ごらんになります？　庭で小窓からのぞかれます？　なかなかの見ものですよ」

　そこで、ラヴィニアたちは様子をのぞくことにした。テーブルの上席についた花嫁は、落ち着きはらってデザートを食べている。花婿は感情たっぷりに詩を暗唱している。ガストンは林立する酒瓶の向こうにいるので、よく見えない。マダムＦはパープルのビロードの服をまとい、ダイヤモンド、羽根やレースで飾りたて、前にも増して美しく、豊満に見える。女性たちがいっせいにしゃべりまくり、紳士たちは五分ごとに乾杯している。実にフランス的な祝いの光景だ。狭い部屋に、二十人もの人たちが窮屈そうに詰め込まれている。暖炉のそばに太った女性がひとり座り、花婿の父のクロマドック氏はサイドボードに疲れた頭をのせている。マダムＦはふくよかな肩を半分、表向きの窓から外に出している。フランソワーズがため息をつく。

「なんとまあ、粋なこと！　ええ、そうですとも！」


　そのままいつまでも見ていられず、疲れ切った三人はすぐにベッドに向かい、眠り込んだ。そしてはっと目が覚めたのは、ガストンが、大声でラ・マルセイエーズ〔フランス革命歌。のちにフランス国歌〕をうたいながら部屋に戻ったときだった。

　翌日、新婚のクロマドック夫妻はあちこちの家を訪問して回った。ペラジーはショールをまとって、うれしそうだ。それから三日間、彼女は夫とともに、毎回、新しい衣装を見せびらかしながら散歩に出て、地元の人たちをびっくりさせた。そして四日め、ふたりは大きな馬車に乗り込んで、地方への巡回訪問を始めたのだった。それがすんだら、ブローニュに落ち着く予定だった。

アメリカ三人女はもはやペラジーのうわさを聞くことはないだろうと思っていた。しかし、マダムCは、三人が母国へ帰った後も、何度か手紙を寄こしてくれたので、話はそこまでで終わりにしてもよいのだが、実は翌年、その続きがきたのである。

三人は、この結婚が成功するかどうか、今後を予測してあれこれいい合っていた。

アマンダは、こういうやり方もあるのだと思っているようだったが、マティルダは激しく反対していた。ラヴィニアは昔ながらの考え方、つまり、愛こそが、結婚というおごそかな契約の唯一の根本にあると思っていた。

こののち、気性の激しい小柄な大佐が、嫉妬に狂ってだれかに発砲するか、ペラジーがだれかと駆け落ちしてしまうか、ふたりともストーブで酸欠になり死んでしまうか、この結婚の結末について、賭けが行なわれていた。しかし、だれひとりとして、ほんとうの悲劇の結末を予測した者はいなかったのである。

次の年の春が終わろうとしていた頃、マダムCから手紙がきた。実は、ジュールが戦争に行き、最初の戦闘で撃たれて亡くなったそうだ。ペラジーは母親の元へ戻り、ジュールがこの世を去ったことを、父親を知らない小さな息子とともに悼み、息子を慰めとしている。息子がジュールに似なかったことを望みたい、とマダムCは書いている。ペラジーのロマンスはこれで幕をおろしたのである。こんな経験をしたあとなので、母親の元にいられて、ほっとしているに違いない。主人も暴君もおらず、小さな息子とともに暮らす彼女は、とてもやさしい母になった。

素朴な古い町ディナンの春。気持ちのいい日が続いていた。やわらかな春の陽が地上も空も魔法をかけたように美しくした。おだやかな自由を楽しむ雰囲気が、静かな暮らしに輝きをもたらしていた。城や宮殿の廃墟には、ロマンスの香りや騎士の面影があちこちに残っており、くずれかかった城壁を、ツタやつやつやしたつる植物が、緑や金の模様のタペストリのようにおおっている。塔の上から、旗がなびくようにぶら下がっていたりもする。森の散策は楽しい。淡い色のプリムローズや、かぐわしい香りを放つ野生のヒヤシンスなどが、咲き乱れている。緑の散歩道を行くと、ひなびたコテージにつきあたる。ピンク色のデイジーや、おなじみのバターカップ〈キンポウゲ〉が、広い草原を彩っている。どこも同じ春の光景だ。

ときには、三人は元気なロバに車を引かせて、うっそうとした松林の中にある、ドルメンを見にいったりした。木からぶら下がっているヤドリギがあり、かつてのドルイド僧たちの亡霊がうろついていた。一行の姿はなかなか見ものだった。マティルダは馬が好きなので、ロバも気に入っていた（ロバを御すまではそう思っていた）。いつも先頭を切って、まるで車輪の上にのせた椅子のような小さな車で行った。ロバは一頭だけ、それもネズミのように小さく見えるロバで、それを御すマットは、隙ひとつないおしゃれをしている。黄色いパラソル、長い鞭、キャンプ用の椅子、そしてスケッチブックを携えて、背筋をぴんとのばして座り、気どって御していくのだった。

ピシピシと鞭でたたくと、その小さなロバはいきなり走り出す。硬い白い道を勢いよく走り、長い耳をぱたぱた揺らし、小さなひずめが土ぼこりをもうもうと蹴立てた。あとから来る馬車にはいい迷惑だった。

ラヴィニアはふたり用の座席に陣取り、いつものようにたくさん着こんでいる。ラヴィニアも機嫌のいいアマンダも、こちらのロバがしょっちゅう、飛んだり跳ねたりするたびに息が上がって顔が赤くなった。体は白茶けた毛でおおわれたトランクのようで、頭はニック・ボトム〔シェイクスピアの『真夏の夜の夢』より〕みたいに見えるため、つねに女性たちの笑いの的になっていた。しかし、見かけはおだやかそうなのに、実はてこでも動かない頑固な動物だった。だから、ふたりが四本の腕を使って必死になっても、動きたくないときは頑として動かないのだった。

なだめたり、すかしたり、ほめたりしても一向に効き目がない。あとはもう、腹をがつんとこづくか、もじゃもじゃした背中を何度もたたくか、さもなければ、手綱をぐいぐい強く引っぱるしか手はないのだろうか？　しかし、どうやっても、動いてくれない。ふたりはあきらめて、道のど真ん中で、じっと座ったままでいるしかなかった。他の馬車が通りかかったり、よけて行ったりしても、なすすべはなかった。

たまに、馬車が道ばたの溝に近づきすぎると、ロバはそこに飛び込みそうになった。しかし、だいたいは、わざといきなり立ち止まり、頭をさげて、眠り込んだりした。なんてロバだ！

いっぽう、マティルダはうまくやっていた。ベルトラン・デュ・ゲクラン*にちなんで名づけられたこのロバは、すごく小さいので、どうしようもなくなったら、さっと抱きかかえて、向きを変えることができた。前方で何かあぶないことがあった場合は、ロバをかかえて半身だけ椅子に乗せることもできた。まだ元気がある小さなロバで、若い頃の情熱は失っていなかったし、ロバ特有の頑固さはしっかり持っていた。だから、すぐにとっとと走り出そうとした。ときには飛び上がったりしたが、パンくずをもらってうれしい気持ちはちゃんとあらわした。

マットは五フィート七インチ〔百七十センチ〕の金髪娘だ。小さなベルナール〔ベルトラン〕は長い耳の持ち主だが、ぴんと立ってもせいぜいマットの腰くらいだ。このペアはなかなか良いコンビで、あとのふたりをおおいに楽しませてくれたのだった。

「あたくしはだれか遊ぶ相手が欲しいんですもん。マンディ〔アマンダ〕みたいにいつも精神を磨きたいと思っているわけでもないし、リヴィお姉さまみたいに人の世話をしたり、居眠りしたりは嫌いだから。今までいろいろなロバに乗ったけど、この小さなベルニー〔ベルナール〕より耳が短くて、足の数も少ないだれか〔人間〕とくらべたら、ベルニーのほうがずっとずっとおもしろいわ」

マティルダはそういった。あとのふたりが、雨の日の退屈をまぎらわすために、この小さなロバをサロンに連れていったらどうかといって、からかったのだが、マティルダはふんと鼻で笑うだけだった。

やがて夏がきた。ピクニックがあちこちで開かれたり、にぎやかな人びとがそろってフラボー家の小さな乗合馬車にきゅうきゅうに詰め込まれて、フナウダエ、コエトカン、ラ・ベリエール、ガンガン*〔?〕、またとうてい発音できないような名前の、魅力のある場所に向かって出発した。日の輝く、楽しい集いだった。

そういうときは、世話好きのイギリス人が、ハム・サンドイッチやら、瓶入りの黒ビールなどを格好よくかごに入れて持ってきた。かっぷくのいい医者が、ニッカーボッカーにグレイのストッキングといういでたちで、日本の唐傘を広げて、きれいな姪たちをひとりずつ腕にもたれかけさせ、少年のように得意そうに頬を染めていた。

しかし、何よりも楽しかったのは、この小さな町やその周辺の様子を見て回ることだった。ブルターニュのマナーや習慣をかいまみることができたからである。

普通の家にはだいたいひと部屋しかなかった。壁ぎわに暖炉がある。そばに古いオーク材のベッド〔リー・クローという、周りを木のパネルで囲んだ箱型寝台〕がある。パネルには、何か聖なる印らしきものが彫られている。マットレスと羽根布団は積み上げられているので、それだけで部屋がいっぱいで隙間がない。ベッドの前には、大きなチェストが置いてある。家族の衣装入れだ。ベンチにもなり、また、高いベッドに上がるときの段々のかわりにもなる。部屋の両側にある戸棚には、広い棚があることが多く、子どもたちはそこに寝るのだ。あとは長椅子と長いテーブルで、家具はすべてだ。テーブルには小さなくぼみがいくつもあって、そこにお皿なしで、スープを入れられるようになっている。テーブルの上には、ブルターニュの家にはなくてはならないものがふたつ、つり下がっている。パンのおいとして使う大きな円いかごと、スプーンを入れる木の入れ物だ。ソーセージ、ハム、ろうそく、玉ネギ、馬の蹄鉄、馬具、道具類、それらが天井からずらずらとぶら下がっている。床は硬い土間だ。幅の狭い窓がひとつ、そこから光が入る。屋外トイレもなく、豚もアヒルも、家族と同じ場所で生活している。

庭はよく手入れがされ、果物や野菜を作っている。貧しい人びとの主食はパンかそば粉のおかゆ、それにキャベツのスープだ。熱いお湯をキャベツの葉にかけて、バターを少し入れたものだ。

ブルターニュ人は家を愛する人びとだ。祖国を立ち去れといわれたら、スイス人のように嘆き悲しむだろう。勇敢な兵士であり、良き水夫たちだ。あるブルターニュの作家いわく「彼らの悪い点は、強欲、女性蔑視、飲酒。良い点は家と祖国への愛、神の意志への従順、お互いへの忠義、そして寛容な心」彼らのモットーは、「忠義の道」だ。

迷信も多いし、習慣の中にはおかしなものもある。新年には、バターつきパンがいくつか噴水に投じられ、それがどんなふうに流れるかで、運勢がわかるという。バターのついた面が下になったら、死を意味する。もし、ふた切れがくっついたら病気、バターのついた面が上のまま流れていったら、長命と繁栄、という意味だそうだ。

娘たちはサルーンの泉にピンを投げ入れて、運勢を見る。その沈み方で、結婚できる時がわかるのだそうだ。ピンが頭から沈んだら、ほぼ見込みなし、もしピンの先から沈んだら、その年に必ず結婚できるという。

癒しの泉への信頼は大変なものだ。ある時期、教会で禁止されたにもかかわらず、それは変わっていない。つぶしたカタツムリをいくつか袋に入れて、首からつるせば、熱病が治るという。また、頭の上で聖なる鐘が鳴れば、頭痛に効くとか。それを聞いたラヴィニアがいった。

「その最後の治療法をアメリカ人が信じたら、アメリカじゅうに鐘の音が響いて、止まらなくなるでしょうよ」

それから、いくつかの町の墓地には骨の家、つまり聖骨箱があるという。これも習慣によるもので、亡くなったあと一定の時間がたってから、死者の骨を掘り起こし、鳥かごのような四角い箱に頭蓋骨を入れて保存するのだ。箱にはハート形にくりぬかれた穴があり、そこから骨を見ることができる。箱の外には、死者の名前や命日などが彫られている。

聖アイヴズまたはイヴォ*は人気のある聖者で、その人の顔や姿はあらゆる教会で見られるし、多くの家々の戸口の上にも見られる。十三世紀の優れた人物のひとりだ。パリで法律を学び、貧しい人びとを救済するためにその才能を生かして尽くした。「貧者の代理人」と呼ばれている。正義を行う聖人としてとても信頼されているので、今でも、貧しい借主がうそをついて借金を否定し、なけなしの二十スーを払って、聖イヴォに捧げるミサをあげてもらえば、聖人は、貸主がもしも不実な人間だったら、彼に一年以内の死をもたらすだろう。しかし、彼が不実でなかったら、借主に借金を返させるだろう。

聖人の誠実を示すことばがある。「真理の聖イヴォ」。彼は法律家の守り手ではあるが、法律家とは別のやり方を貫いているようだ。

初期の教会の修道士たちは、人びとに労働をすすめた。彼らのモットーは「十字架と鋤、労働と祈り」だった。彼らはリンゴ栽培をすすめ、それはブルターニュの主要果物となった。リンゴ酒がたくさん作られて、愛飲された。かつてはフランスのワインの対価として、蜜蠟や蜂蜜があった。ブルターニュには蜂飼いがたくさんいたからだ。広大なソバ畑は今でも、「黄色い半ズボン姿の哲学者たち」〔蜂のこと〕を養っている。家々の菜園には、日の当たる場所に、変わった形の巣箱がたくさん並んでいるのが見られる。

当時の修道士たちは模範的な農民であり、修道院は優れた農場を持っていた。二十もの豚舎を持つところもあった。森の中にあり、それぞれの豚舎に三百匹の豚を飼っていた。また、羊や馬も飼っていたし、池では魚を育てていたりもした。

そのほか、修道士たちの仕事は醸造者、織り手、大工など、さまざまだ。そういう仕事はすべて、彼らのモットーに従って行なわれており、祈りと労働を大事にしていた。祈ることだけでなく、労働することで救われていたといえる。

プラス・デュ・ゲクランという小さな広場は、中央にデュ・ゲクランという、有名な騎士のずんぐりした像があり、周囲をクリの木が囲んでいる。女性たちのお気に入りの憩いの場所だった。とくに、週に一度の市場が開かれる日には、広場の片側にありとあらゆるものを売る店が立つので、大変にぎわった。ここでアマンダはすばらしいジャックナイフを買ったのだが、指を切っただけだった。マティルダは変わったおもしろい感じのケーキを見て回っていた。ふわふわと軽く、まるでフープ・ペティコートに使えそうな大きなものとか、中になんでも詰められる、堅くて分厚いパンのようなものとか。ラヴィニアは各種多様な織物を見て、いくつかのリネン地を少しずつ買ってみた。他にも風変わりな土器やら鍋類がたくさんあったが、とても持ち帰れない。

救世主教会は、薄暗い、とても古い小さな教会で、そこにデュ・ゲクランの心臓が妻のそばに葬られている。ここもよく訪れた。今は監獄になっているかつてのディナン城には、アンヌ女公が座ったという安楽椅子が保存され、牢獄は、前世紀〔十八世紀〕の戦争で捕虜となった二千人ものイギリス人が詰め込まれたところだ。見張り塔からの見晴らしはすばらしい。はるかなモンドールや、はるかな海が見えるのだ。

堀〔濠〕の周りの日の当たる散歩道は、町の半分をぐるりと取り囲み、とてもすてきだ。片側には古い灰色の壁が続き、もう片側には緑の谷間が広がっている。美しい、瑞々しい庭が見え、葉の生い茂る小径が、城の廃墟や、起伏のある丘にくねくねと続いている。また、丘の上では風車がくるくる回って、なんともいえない絵画的な風景を作り出している。

教会の高いところにある庭から、町の別の側を向いて、ランス川の深い谷間を見下ろしてみると、丘と丘をつなぐ見晴らしのいい陸橋があり、ずっと下の方に旧市街がすっぽり埋まって見える。

あたりの景色は、やわらかな夏色で、豊かでおだやかな感じに満ちている。忙しく働く農民たちの姿がそれに生き生きした魅力を添えている。それぞれ生まれた町の衣装をまとったブルターニュ人の子守たちに連れられた、かわいいイギリス人の子どもたちが見えた。匂いの強い花が咲き乱れ、ミツバチが群れているシナノキの木陰で遊んでいる。労働者たちがお昼を食べに木陰にやってきた。黒パンと薄いワインという、粗末な昼食だ。下の方にあるバラ園の中の小さな家から、行水を終えた病人たちが出てきて、散歩をしている。目を転ずると、たそがれの中を美しい娘たちが、膝丈のパンツをはいて、円い帽子をかぶった長髪の恋人たちとゆっくり歩いている。グレイの長い外衣姿の修道女たちが、病院や精神を病む人たちの家や慈善学校などに出入りしているのが見える。そして、うるわしい顔つきの老神父が、体をいたわりながら通りかかり、出会う人びとにほほえみかけている。人びとはさっと立ち上がって、帽子をとり、うやうやしく頭を下げるのだった。

そこらじゅうに花が咲いている。豊かな人たちの家はその庭に、貧しい人たちの家は窓辺に。市場の売店は、ふわふわしたライラックや、色にぎやかなチューリップや、さまざまな色合いのバラや、強い匂いを放つヒヤシンスなどで華やかだ。川岸を縁取るように野草の花がかわいらしく揺れ、レオン〔ディナンの南にある村〕の水車場近くの土手はタンポポの黄色で染まり、小さな子どもたちが日をたっぷり浴びた頭を光らせて、その花を楽しんでいる。野の花は貧しい人びとのものなのだ。廃墟となった修道院の人けのない教会の庭には、上流階級の人びとの墓があり、そこにも明るい色のデイジーや、青い目の妖精のような忘れな草が咲き乱れている。

谷間に生えるヤナギには、いい匂いのする房がついていて、おばあさんや子どもたちが日がな一日、戸口の石段や道ばたにしゃがんで、かごを編むために、ヤナギの皮をむいて長く白いつるを作っている。草地の亜麻畑には亜麻の花が咲き、ソバ畑が延々と広がっている。ソバのバラ色の茎と白い花は、高台の土地を白く光らせて、人びとに公平にパンが与えられることを予告しているようだ。

このように、早春の花に彩られ、春のやさしい、生の息吹にあふれたさまざまな色をまとい、ブルターニュは、この地を訪れて親切な宿に迎えられ、勇敢で忠義心のある人びとと友だちになった三人の心に、ずっと忘れない、楽しい思い出の絵を描いてくれたのだった。

3　フランス

「ねえ、みんな、昨日の晩、あたし、ひらめいちゃった。聞いて、そして、うんといってちょうだい！」

　アマンダが、マティルダとラヴィニアの部屋にやってきていった。ふたりは床にぺったり座り込んで、呆然とした顔をしている。これまでの三カ月間で溜まりにたまったがらくたを、とてつもなく大きいとはいえ、トランクふたつにはとても詰め込めないと思っていたからだ。

「いい子ねえ、あなたはいつだって、最悪のときにひと筋の光明をもたらしてくれるんですもの」ほっとため息をついて、ラヴィニアがすぐに応じた。マティルダは山と積まれたスケッチブックと、ひょこひょこ突き出しているたくさんの絵筆に囲まれて、げっそりした声を出した。

「ああ、これをどうにかうまく収めてくれたら、最高に恩に着るわ」

「それじゃまず、あたしの改善プランを聞いて」アマンダはひとつのトランクの上に腰をおろして話しはじめた。「三人で、フランス（これまで旅をしてきたブルターニュもフランス国内なのだが、一五三二年にフランスに併合されるまではブルターニュ公国だった〕を通って、スイスまでゆっくり、快適な旅をすると決めたわね。好きなところで止まって、好きなだけそこに滞在するの。あたしたちは空気のように身軽で自由なんだし、どこへ行こうと好きにしていいんですもの」

するとラヴィニアがいった。

「あなたの決めたルートはとてもすてきだと思うけれど、どうやって今の状態を改善させられるのか、それがわからないとね」

若いふたりの付き添い、案内役、保護者として旅についてきたラヴィニアだったが、実のところ、うるさい文句屋のグランディ夫人*のような者に過ぎず、若いふたりを好きなようにさせていて、自分はいつもの神経痛がひどくなると、機嫌が悪くなり、文句をいうのだった。

「ひとつだけ、改善の案があるわ。トランクって、すごく場所ふさぎだし、重たいし、見るだけでぐったりするでしょ？」アマンダがきれいに整えた指先で自分が座っているトランクをコツコツとたたいた。

「そう、その通り！」あとのふたりはうめきながら、うなずき、見るもいまわしいモンスターだといわんばかりに、どでかいトランクを見た。

「だから、それを持ち歩くのをやめて、どうしても必要なものだけショール・ストラップ〔手回り品をまとめるためのバンド。旅に必要なものとして使われた。この物語のタイトルでもある〕でまとめて、旅を続けるのよ」

「賛成、賛成！」ふたりが声をそろえた。

「じゃ、がらくたは燃やしてしまいますか？　それともだれかにあげてしまいます？」ラヴィニアは思い切ったことをするのが好きなので、邪魔な服などは天の四方の風に任せればいいくらいに思っていた。そうすれば、面倒なパッキングをせずにすむ。

「あたくしは絵もブーツも捨てないわよ」マティルダが声をあげ、ごちゃごちゃに積み上げてある、大事なものたちをひしと抱きかかえた。

「落ち着いて、よく聞いて」いいだしっぺのアマンダがいう。「パッキングはちゃんとするの。でも、必要なものだけ選んで、それは持っていくのよ。トランクはリヨン宛てに急行便で送っておくわけ。そうすれば、あたしたちは軽いバッグとショール・ストラップの包みだけで、身軽にどこへでも行かれるでしょ」

「それは名案！　賛成！」ふたりは声を合わせていい、みんなはそれぞれのやり方でパッキングを再開したのだった。

　アマンダは決して服をたくさん持っているようには見えなかったが、つねに小ぎれいな身づくろいをしていた。だから、荷物を作るといっても、大きなトランクの一番下に服を何着か広げ、本を一、二冊、ローマ金貨のロケット〔首から下げる装飾品〕を入れた箱、スカラベのブローチをいくつか、十六世紀の指輪をいくつか、それにつば広の帽子と普段着を入れて、鍵をかけ、荷札をつけた。さっさと手際よく、やってのけた。

いっぽう、マティルダは荷物の整理に四苦八苦だった。絵の具を溶かす入れ物、絹の上着、青い帽子、制作した像、フランスのブーツ、アメリカ娘の小間物など。しかし、くたくたになりながらも、とうとう混沌状態から抜け出して荷物を詰め終わると、気を取り直して、赤いペンキで大きなM〔マティルダのイニシャル〕をトランクの表面にべたべたと書きつけたのだった。

ラヴィニアは荷物を四回も五回も詰めてはまた広げ、詰めなおした。必要なものを出しておくのを忘れたためだが、それらはつねにトランクの底にあるのだった。五回めに底まで手を入れたとき、ついに「我慢」袋の緒が切れてしまった。もうぜったいに自分の怪しげな記憶に振り回されまいと心を決め、すべてをトランクに押し込むと、蓋に乗って体重をかけ、鍵をかけた。そして、見えるところすべてに、大きいが読みにくい文字を書きつけた荷札をつけ、荷造りでくたくたになった体とがんがんしていた頭をやっと休ませた。

次に、太い、頑丈なショール・ストラップを手にいれ、さっそく三人で楽しくしゃべりながら手荷物を三つこしらえた。

アマンダの手荷物の中味。まず、大判のどっしり重たいシェイクスピアの本一冊。歯ブラシと同じくらい、ぜったいに必要なものだ。スカーフに包んだ化粧品類、数着の必要な服、そして紙をたくさん。アマンダはときどきふっと思いがけないときに詩を書きたくなる。また、親友が五百人もいて、思いの丈を手紙で吐き出してくるので、返事には紙がいっぱい必要なのだ。さらに、ピストル一丁、大きなパンの塊ひとつ、爪のおしゃれと保持と見栄えのために、細ごました手入れ用品を入れた楕円形の箱がひとつ。と、こんな具合だった。

マティルダの手荷物には、まず何冊かのスケッチブック、服飾小物、いつも間の悪いときにすべり落ちるヘア・カーラーの棒、青いリボンを長々とたくさん、キャンプ用のストゥール。これは日本の唐傘と一緒に荷物の外側にしばりつけてある。唐傘はでっぷり太った、イギリス人の医者からの贈り物で、これからの長旅の間に、あちこちですれ違う人びとの背中や目や腹にぶつかって、ありとあらゆる言語で罵倒される原因になったのだった。

ラヴィニアはいくつかの瓶やピルボックス、毛皮つきのブーツ、グレイのやわらかいショール、フランスの小説を数冊、それだけにとどめた。小説は寝つけないときのためだ。上にU・S・〔アメリカ〕と大きく黒く書いてある、真っ赤な軍隊用毛布で薬箱をくるみ、それがまじめくさった独身女の雰囲気を明るくしていたが、黒い服をまとい、低めのしゃがれた声なので、「カラス」というあだ名がついたのもゆえありだった。

ある晴れた六月の日、旅の女三人組は、片手に大事な荷物を持ち、肩に小さなポーチをかけ、シンプルな服に目立たない感じの帽子を身につけ、決意を胸に、しかし顔はやさしく、出発したのだった。好きなところを好きなように見る、そういうつもりでフランス漫遊の旅に出たのである。恐れなどまったくなかった。ここの男性たちは礼儀正しく、女性たちは親しげだ。世の中全体が晴れわたっているように思えた。不安も疑いもなかった。というのは、語学に堪能なアマンダは、貨幣の使い方についてもすべてを理解していたし、マレイとブラッドショーのガイドブック★を駆使していた。だから、わけのわからない標識を見ても、決して間違えずにルートを正しく決め、おかしな場所に入り込むことはなかったのだ。主人やだんな様、兄弟や配偶者、供の者などが、あれこれ指図するわけでもなかった。ほとんどの場合において、好きなように行動することができたので、三人はその自由を思う存分楽しんだ。もちろん、賢く上手に、である。大都市をめぐる、いわゆるグランドツアーのルートではなかったが、人前での三人はボストンのとりすました人びとに見られているかのように、気品正しく行動し、それが功を奏した。上品で思慮深い女性としてふるまう限りは、三人だけで行きたいところへ行くことができた。

早朝、ランス川を船で下って、ディナンからサンマロへの旅は快適だった。朝食は、ホテル・フランクリンの花咲く中庭でとり、そのあと、ひなびた古い町を散策し、いくつかの教会を見たり、果物を買ったり、古ぼけた店に置いてあるアンティークの宝石の誘惑をぐっと押さえたりした。しかし、実のところラヴィニアは、見つけたすてきな腕時計を買わなかった自分を許せなかったし、アマンダはそのあと何カ月も、魅力と野暮がまざりあった、ブルターニュの十字架の首飾りを思ってため息をついたのだった。

マティルダは思い切ってキャンプ用ストゥールを外へ持ち出し、大きな唐傘を広げ、周りに集まってきた円い帽子と青いシャツ姿の、木靴をはいた子どもたちをものともせず、大聖堂を描きはじめた。

「あたくしは建築を勉強したいの。だから、目に入る大聖堂はすべてスケッチしたいのよ」画

サンマロの大聖堂（メイ・オルコットのスケッチ）／ Louisa May Alcott's Orchard House

家志望のマティルダがいう。ぐらぐらする唐傘と格闘しつつ、溝からたちのぼる、いやな臭いにも耐え、ぺちゃくちゃしゃべりながら、肩ごしにのぞき込んだり、彼女のつば広の帽子の下から顔をのぞいたり、持ち物すべてをあからさまにじろじろ眺めたりする子どもたちと対峙していた。なんとも居心地が悪い。

「あのちびさんたちが、あなたにどんな失礼なことをいってたか知ってるの？」

ラヴィニアに地面の排水について説明していたアマンダが、ことばを止めて、マティルダにそういった。ラヴィニアはむっくり太ったワインの瓶と、キャベツの葉に包んだイチゴと、おいしそうなケーキを、ランチバスケットにいれようとしていたが、うまくいかない。

「いいえ、知らないわ。あたくしは自国のことばしかわからないから、それがかえっていいのよ」どこ吹く風というようにマティルダは答えた。芸術の勉強以外は時間の無駄だと思っているので、ほんの少しのフランス語で、にこにこしながら、声高な早口で「ウィ、ウィ、ウィ〔はい、の意味〕」というのだった。どんな場合もそれしかいわないが、それをにこやかに、やさしく、身ぶり手ぶりを使って、ほほえみながらいうのだった。

「やじ馬さんたちを追いはらうか、ホテルへ戻って乗合馬車を待ちましょう。うかうかしていると、町じゅうの人たちが寄ってくるわよ。あたしはいや」アマンダが声をあげた。うじゃうじゃたかってくる下層の人びとに耐えられないのだ。

「そんなの簡単よ。見てて！」

マティルダは叫ぶといきなり、すっくと上背のある体で立ち上がり、唐傘を杖のように振り回して、「アレ〔あっちへ行け〕！」とこわい声を出した。たちまち、子どもたちは風に舞うもみがらのように散り散りになった。

「ほら、たったひとことで済んだでしょ。もう、ことばを覚えろなんてうるさくいわないで！」いかにも満足した顔つきで、マティルダはスケッチブックを閉じた。

「帰ってらっしゃい。そして、休んだらどう。ここはあったかすぎて、わたしはもう溶けてしまいそう」ラヴィニアは寒がりなので、夏を待ちこがれていたのだ。とはいえ、夏になればなったで暑さをいやがるのだったが。

　アマンダがもったいつけて、いいだした。

「いい、ひとつだけ覚えておいて。あたしたち、あまり愛想を振りまかないことにしましょう。だれかとしゃべるにしても、相手がどんな人かわからないから。たまたま知り合った人がとんでもない人だったりしてね。ラヴィニアおばさんは、しゃべりたくなければ黙っていられる人だけど、マット、あなたは英語をしゃべる人がいたら、とたんに気を許してしまうから、あぶないわ。あとさきを考えて、気をつけて。さもないと、これからのトリオの旅はどうなるかわからないわよ」

「マンディ、こんな田舎じゃ、地元の人以外に出会うはずはないんだから、あせることはないわ」と、マティルダがいう。そういうマティルダがいちばん社交的で、人目をひく存在であり、そこらじゅうで知り合いを作っては、まじめなあとのふたりを悩ませていたのだった。

　花咲く中庭に数人がかたまって座っていた。この大陸のどこへ行ってもよく見かけるアメリカ人旅行者たちだ。ブルターニュのような田舎でさえも。でっぷり太った、くたびれた顔つきのお父さんとお母さんは、この大陸で初めて見るものに圧倒されている様子だ。大きな声でもったいぶって、あれこれしゃべりまくる、いかにも「若いアメリカ」といわんばかりの、好奇心いっぱいの息子、おしゃれの度が過ぎた感じの、甘やかされたきれいな娘。みんな、わくわくすることや、かっこいい称号を持つ人がいないか目をこらしたり、同国人の興味をひこうとしたり、外国人ならどうにかして打ちまかそうとしたりしていた。

それを見て、何かが起こりそうだと思いながらも、アマンダはマレイのガイドブックを夢中で読んでいた。シャトーブリアン*の墓、潮の干満、人口、その他、有益な歴史のあれこれを必死で読んでいる。アマンダは倹約精神の持ち主で、まめな人なのだ。

朝から晩までたゆまず集める
花があれば蜜を集める*

中庭は湿っぽいと思ったラヴィニアは、グレイのショールにくるまって、足を赤い軍隊用毛布の上にのせて、ターナーの強壮剤を飲んだ。

けれど、無邪気なマティルダは門のそばにいる馬たちをなでてやったり、フランス人は手をのばしもしない花を摘んだりして、あちこち歩き回っていた。ギャルソンに会うと、その赤い髪に反射する光や色合いを見つめたりした。ギャルソンは金髪のきれいなマドモワゼルを見て感傷的なまなざしを送り、うっかりして昼食のワインを水で薄めて量を増やしてしまった。

アメリカ人たちがマティルダに目をつけた。他のふたりはイギリス女性のように近寄りがたいところがあるが、この娘は大丈夫だと思ったらしい。そこで、それっとばかりにマティルダにとびつき、矢継ぎ早に質問を山のようにあびせかけた。あとのふたりはそれを見てぎょっとしたのだが……。あわれなマットよ、なつかしい英語を聞いて、すっかりうれしくなって、相手のわなにはまってしまい、きかれるままになんでもしゃべっている。

「あの子、うちのことをべらべらしゃべっている」げんなりした声でラヴィニアがいった。

「あたしたちがどこから来たか、きいてるわよ」読んでいたガイドブックを脇へよけて、アマンダがいやな顔をした。

「目くばせしたら？」ラヴィニアがささやく。

「呼び戻して」アマンダはうめくようにいった。家族の大事なヒミツまで明かされそうになっているのが聞こえたからだ。相手はさらに、この三人のすてきな旅について根ほり葉ほり、きこうとしているではないか。

「マティルダ、わたしのショールを持ってきてちょうだい」ラヴィニアが姉らしく、厳しい声でいった。

「こっちへ来て。まっすぐにトゥールへ行きたくないの？　どうなの？」

うるさい人たちを追いはらいたいアマンダが、うんざりした声できく。

そこでマティルダはやってきたが、頭にきたふたりは、そのうっぷんを晴らすかのように怒りをぶちまけた。それも、乗合馬車が出るまでのことだった。どうやらもう、うるさい人たちは追ってこなかったので、ほっとした。

「お願い、地元の人たち以外には、べらべらしゃべらないでちょうだい。さもないと、あたし、この旅のガイド役を降りるわよ」アマンダがきつくいった。

「わかった、約束します」マティルダはしょんぼりと答えた。

「それなら、これで決まり！」黒ずくめのラヴィニアがしゃがれ声を出した。「あとは、フランス語を習うか、黙るか、どちらかですからね」

「いいえ、あたくしは目でしゃべることはできるわ。その方面には長けているんですもの、お姉さま」いいたいことを、いえなくなりそうなので、必死でマティルダが抵抗した。

「どうぞお好きなように」アマンダはそういうと、汽車のチケットを買い、トランクを送り出すために出ていった。もしかしたら二度と戻らないかもしれないと、ひそかに恐れていたのだが……。

いよいよ、他にだれもいない車両に乗り込み、手荷物を片づけると、マティルダが明るくいった。

「さあ、ばっちり出発よ！　もう重たいトランクのことも、預かり証のことも、荷物のパッキングも、心配しなくていいのね。なんてすっきりした気分でしょう。それぞれがショール・ストラップでまとめた手荷物以外、何も持たなくていいなんて！」

ほんとうになんとすばらしい夏の日だったことだろう！　楽しさが空気中に漂っていたのか、コーヒーのおかげが、はたまた解放的な気分になったからか、サンマロからルマンへ旅をした三人が、これほどうきうきと陽気だったことはなかった。黒ずくめの暗いラヴィニアでさえ、すっかりいい気分になって、鎮静睡眠剤の瓶を窓からほうり捨てて割り、もう治ったと宣言し、「ヘイル（万歳）、コロンビア」という愛国歌をバグパイプのようにしゃがれた声でうたおうとした。マティルダはしょっちゅう、棚から頭上にすべり落ちてくる、いろいろなものを拾おうとしていた。うまく手荷物をまとめられなかったせいだったが、それをいやがりもせず、あとのふたりもそれを見ておもしろがっていた。いっぽう、アマンダはまた何かひらめいたことをしゃべりまくり、それを聞いて、他のふたりはばかみたいに笑いすぎて、くたびれてしまい、座席にぐったり寄りかかっていた。

三人は食べ、飲み、うたい、おしゃべりし、眠り、読書をし、うかれ騒いでいたが、そこへ別の乗客が乗り込んできた。そこで礼儀正しさという服をまとい、陽気な女三人はとたんに詮索好きな銅像になった。

新しい客は、小柄な神父だった。バラ色の頬をした、まだ若い神父なので、三人は彼を「若神父」と呼ぶことにした。彼は最初はとまどったような顔をしていたが、三人が静かでおだやかな女性たちだとわかり、安心したらしく、手垢のついたお祈りの本を取り出して熱心に読みはじめた。だが、ときどき、幅広の帽子の下から目だけこっそり上げて、アマンダの白い手や、マティルダの金髪をちらちら見ていた。女性のセクシーな魅力には、いまだにひきつけられてしまうのだろうか。そのうちに彼は眠り込んだ。座席の隅に体をもたせかけた姿は実に優美に見えた。おかしな帽子がすべり落ちると、その若々しい顔は少年のように清々しい。バックルのついた靴に、ぴちっとした黒い長靴下をはいた脚を気持ちよさそうに前に投げ出している。ふっくらした両手を薄汚れた本の上にのせ、本を留める小さなバンドは胸の上にのせたまま。

まったくの無防備な姿だった。三人は思う存分、彼の姿を眺めまわしていた。この若神父が、自分の選んだ道に満足しているのだろうかと思ったり、あとになってから自分が逃してしまったさまざまなことをことを考えて、後悔したらかわいそうだと哀れに思ったり。しかし、彼が見ている夢は楽しいもののようだった。なぜなら一度だけ、ほがらかに、ハハハと元気な笑い声をあげたのだ。心地よい響きだった。そして、はっと目を覚まし、青い目をこすると、まるで目覚めたばかりの赤ん坊のように、無邪気ににっこりした。

その後すぐに、彼は汽車を降りていってしまった。他の数人の若い教会関係者たちと一緒になり、大きなビーバーの毛皮の山高帽に何度も手をあて、法衣をひらめかして、去っていった。

なんと無邪気な若神父！　そのあと彼がどうなったかなど知る由もないが、今も変わらずおだやかによく眠り、目覚めたときには、その夏の日もそうだったように、晴れやかであることを祈っている。

午後六時、三人の姿はルマンにあった。食事のあと、日暮れ時の散歩のとき、古いりっぱな大聖堂を訪れ、月が出るまでそのあたりをぶらついた。十二世紀の完璧なゴシック建築で、ステンドグラスがふんだんに使われ、彫りをほどこしたついたてや、多くの王や女王の墓があり、薄暗い小さなチャペルでは、敬虔な信者たちが、聖者や殉教者たちのぼやけて色あせた絵の前でロザリオを繰《く》りながら祈りを捧げている。見上げれば、いくつもの美しいアーチがいくつも天に届かんばかりに上へのび上がり、ひとつのアーチの上に別のアーチがおおいかぶさっている。まるで、大きな枝がたれ下がるように自然なカーブを優美に軽やかに描き、または大きな噴水が吹き上がって落ちているようにも見える。

「こんなすばらしいものは、もうほかではぜったいに見られないと思う。これこそ、神の啓示よ」マティルダは自分を取り巻く美に酔いしれている。

「なんて敬虔な雰囲気のある教会だこと。ここなら、心を込めてお祈りができると思います。何世紀にもわたる信仰がこの建物に彫り込まれているようですね」

ラヴィニアはそういって、ふるさとにある、これを下手に真似した建物を思い出すのだった。

「ふたりとも、帰るときにはカトリック教徒になってるんじゃないかしら」アマンダはいって、獅子心王の妻、ベレンガリア*の墓をじっくり眺めにいった。

三人が泊まるホテルの前にある広場には市が立ってにぎわっていた。兵士がたくさんたむろし、人びとがカフェの外でアイスを食べている。三人はホテルのバルコニーからその様子を楽しそうに眺めた。そして、小部屋が三つ付いていて、モスリンのカーテンがそこらじゅうにかかり、大ぶりのカップとソーサーくらいのサイズしかない、洗面ボウルと水差しがあるりっぱな部屋で、安らかな眠りについた。

次の朝、大聖堂をもう一度見てから、三人はトゥールへ向かって出発した。そこは大きな、清潔感のある美しい町で、ちょうど聖体祭でたいそうにぎやかだった。

「日曜日まで滞在して、観光しましょう」というのが三人の合意だったので、その大きな聖堂へ向かい、そこへ着くとまず、向かいにある噴水のそばのベンチに腰をおろし、目の前にそびえたつ大きな建物を黙って見上げた。

なんと不思議で、印象的な、歴史を雄弁に語る建物だろう！　赤い夕日が灰色の塔に、聖人の後輪のようなやさしい光を投げかけている。下の方を見ると、ミヤマガラスの群れが、細工模様のある壁龕《へきがん》や、風変わりな窓や、グロテスクなガーゴイル〔怪物の形をした雨どい〕の周りを飛び回っている。もっと下の方に目をやると、大階段に神父、兵士、にぎやかな外国人、黒いガウン姿の修道女、子ども、物乞いがたくさん集まっていた。

一時間、巡礼のトリオは腰をおろして、大聖堂のすばらしい正面を眺めたり、外側を歩いて回ったりして、壁じゅうにびっしりほどこされた、美しい彫刻をほれぼれと見たりした。中へ入ろうと思うまもなく、たそがれが訪れ、今夜はこのくらいにしようと思って、ホテルへ帰ることにした。大聖堂の印象が深く心に残ったので、夢の中に、かつての栄光の影たちや、聖者たちの顔があらわれた。

翌日は、カール大帝の塔を見学し、記念日の長い行列を見た。通りという通りには、花輪や鮮やかなタペストリーやバナー〔旗の一種〕が、青々とした枝とともに飾られている。人びとはお祝いの服をまとって通りに並んでいる。行列が来ると、女たちがすぐに走っていって、行列の前にバラの花びらをまき散らす。ある若い母親が、緑の葉や枝の上に元気そうな赤ちゃんをのせて、通りの真ん中におき、そのままにした。天の聖霊が緑のしとねにいる赤ちゃんの上を通り過ぎるように願って。バラ色の頬をした赤ちゃんが、日光をいっぱいに受けてにこにこしている姿はなんともかわいらしい。その子が自分の青い靴をいじっているうちに、金色に輝く行列は通り過ぎていった。神父たちは祈りを唱えながら歩いていたが、疲れた顔に急に慈愛のまなざしが浮かんだ。聖霊が赤ちゃんの輝く頭の上に降り立ち、その子の敬虔な母親の目の前で、赤子に祝福を与えたからだ。

　バンドの演奏はみごとだった。真紅の服を着た兵士たちがそのあとにつき、守護聖人たちのバナーは、子どもたちが掲げて持っている。聖アグネスと子羊*が、丈高い白百合を持ったかわいらしい少女たちを連れている。その花の香りがあたりに甘く漂っている。聖母マリアのあとから、親を失い、悲しみをいっぱい経験した胸に、黒いリボンをつけた大勢の孤児たちがついていく。聖マルティヌス*が紫の服に身を包んだ慈善学校の少年たちを引き連れている。バナーに描かれた、貧しい人に分けた紫色のマントと同じ色だ。多くの人びとを包む慈悲のマントは、見るもうるわしい。

　豪華な服をまとった神父たちは、吊り香炉を揺らしながら、歩いていく。中でろうそくがちらちらし、澄み切った少年たちのうたう声が響き、彼らが通り過ぎると人びとが一斉にひざまずくのだった。だれかがもしもひとつでも人間くさい、こっけいなことに気づかなかったら、この行列はさぞ豪華でりっぱな、印象的なものといわれたことだろう。しかし、ラヴィニアはおもしろいことをかぎつける天才だった。孤児たちの姿を見て涙をこぼしはしたものの、かわいらしい赤ちゃんを見てキスしたい衝動にかられてしまった。そして、次の瞬間、声をあげて笑い出し、隣の人たちをぎょっとさせたのだ。行列の中でも、とくにりっぱな敬虔深そうな神父が、ぶつぶつと読経しながら、突然何を思ったか、金貼りの祈祷書でひとりの少年の耳をひっぱたいたのだ。それだけでなく、嗅ぎ香水を吸って、ほおっと満足したような声をあげた。ラヴィニアの目にはそれがとんでもなく愉快な光景に映ったのだった。

三人は午後ずっと、その教会で過ごした。それぞれがひとりで好きなようにあちこち見学して、楽しんだ。マティルダは古い絵にすっかり心をとらわれ、口もきかず夢見ごこちになっていた。アマンダは祈りを捧げ、手元にある歴史年表で調べたことを、ふたりに雄弁かつ丁寧に伝えた。ラヴィニアはあちこち歩いて、人の手では描けない美しい光景を味わったり、聖者や殉教者の話ではなく、もっと自分が興味をそそられる物語を読んだりしていた。

薄暗いチャペルの中に、一本のろうそくが灯り、悲しみの聖母の悲嘆の姿を照らし出した。そこに黒ずくめの女性がひとり、ひざまずき、泣きながら祈りを捧げている。幼子イエスに捧げられた、花に飾られた別の隅には、農家の娘が、膝にのせた眠っている赤ん坊にロザリオを向けて珠を繰《く》りながら祈っている。日に焼けた顔には母性のやさしさがあふれ、とても美しい。三つめのチャペルへ行くと、よれよれの老人が椅子に寄りかかって座っており、そばにいる、バラ色の頬をした妻がこの教会の守護聖人である聖グラティアヌス*に、いとしい夫の回復を必死に祈っている。そういう人びとの中でも最も印象的だったのは、肌の黒い、ハンサムな若者で、きちんとした服装をし、雰囲気がエレガントだ。戸口で告白の番を待っている。大きな悩みをかかえた顔で、何やらつぶやきながら十字を切り、落ちくぼんだ目を慈悲深い聖フランチェスコ*に向けている。この世の快楽も愚挙もすべて捨て去り、この善良なる聖人の思い出とともに生きたいと願っているようだった。

「もし明日ここを出なければ、あたしたち絶対にここを離れられなくなるわよ。このままじゃ、すっかり魅入られてしまって、脚が動かなくなるでしょうからね」とアマンダがいい、三人はやっと体を引き離すようにして帰ることにした。

「もう大聖堂をスケッチするのをあきらめるしかないわ。どうせできっこない。スケッチするなんて、不敬な気がするもの」マティルダは、美しいものを見た喜びよりも、さらに深い何かに触れて、心底参ってしまったらしい。

「『ミヤマガラスの追憶』という話を書いたら、きっとすてきなものになるでしょう。長生きの鳥だし、現代の話なんかよりよっぽどおもしろい、過去の物語を語ってくれそうですもの」ラヴィニアはそういって、荘厳な塔と、そこを霊的な存在にしている、影のような黒い鳥たちを眺めるのだった。

　三人は、翌日の朝早く、出発することにした。そうすれば、十一時の朝食頃に、アンボワーズに到着できる。アマンダは、諸経費を支払い、事務手続きや問い合わせをする役だ。マットは身軽にとび歩いて、ちょこちょこ買い物をする。ラヴィニアはみんなの手荷物をまとめ、それをしっかり見張る役だ。三人はいったん解散して、それぞれが役目を果たしてから、三十分後に集合することにした。でも、集合場所は部屋ではなく、大聖堂の前とした。もはや二度とここには来られないとわかっていたからである。

最初にそこに着いたのはマティルダだった。あとのふたりは角からこっそり姿をあらわした。しかし、マティルダはふたりを笑いながら迎えた。ふたりとも最初はびっくりしたものの、あとはみんなで大笑いしたのだった。

「だからいったでしょ、この大聖堂はあたしたちをとりこにしてしまうって」アマンダはいった。そして、三人はこれを最後とじっくり眺めたが、つい長居してしまい、ありえないほどの速さでホテルへ戻った。

「さあ、今度は気持ちを新たにして、次のお城と教会を見ましょうね」

三人の乗った馬車がこの夏の旅の第四ルートをゴロゴロと進み出すと〔ブレスト→ディナン→ルマン→トゥール→アンボワーズ〕、ラヴィニアがいった。このルートはとても短く、まもなく視界に新しい景色が入ってきた。アンボワーズはロワール川沿いの小さな、古くからある町で、あたかも百年間眠っていたかのような雰囲気だった。金のライオン亭はひなびた宿で、フランスの小説によく出てくる宿屋の趣きがあった。デュマの小説のヒーローたちが、ブーツをはき、名誉の羽根飾りをつけ、ピストルを携えて、はるかに見える丘の上の城に住む、美しい姫への恋文を持って、さっそうとあらわれるような気がした。

この宿の外側には、上の部屋に通じる変わった廊下と階段があった。食堂は中庭の向こうで、角を曲がったところにあるキッチンから料理が運ばれてくる。にこやかなギャルソンがそこらじゅうをひっきりなしに行き来したり、階段をぽんぽんかけ降りたり、暗い隅っこに消えたり、かと思えば、はしごをかけ上がったりして、思いがけない場所からあれやこれや必要なものを取り出してきた。パンは納屋から、スープは地下室から、コーヒーは穀物入れから、ナプキンは屋根の上から、というように。きっとアドルフは風見鶏のいるところにまで上がって取りにいったのだろう。

「だれもあたくしたちのことを知らないし、だれも英語をひとこともしゃべれない。もしもここで死んだりしたら、だれにも知られないことになるわ。なんだかすごくロマンティックですてきねえ！」マットは上機嫌だ。出会う人たちが、三人を身分を隠した公爵夫人であるかのように扱ってくれたからだ。マットもアマンダも気を良くしていた。

「そんなにロマンティックだとは思えませんけどね。頼みの綱のアマンダに何かあったら大変なことになりますよ。だから、危機が迫ったら、まずアマンダを先に助けましょう。そしたら、アマンダがわたしたちを助けてくれます。でも、そのアマンダに何かあったら、それこそおしまいですよ」

体に神経痛が出ると、ラヴィニアはいつも嫌な面を見て、暗いことをいうのだった。

朝食のあと、三人はそばの丘にのぼった。大きくて、きれいなアンゴラ猫がたくさんいて、気分が暗くなっていたラヴィニアはかなり慰められた。雪のように真っ白でふわふわの尻尾、やさしい黄色い瞳、なんともかわいらしい。どの家の窓ぎわにも猫が座っている。どこの家の入口の段々にも、ふわふわした猫が寝そべっている。猫好きのひとり者ラヴィニアは、子猫たちをかかえたブロンドのママ猫の姿を見て、うれしそうに目を輝かせた。

「ああ、これを連れて帰れたら！　いくら払ってもいいから、一匹欲しい」ラヴィニアはすっかり夢中になって、声をあげた。カトリーヌ・ド・メディシス*が、ある忘れがたい事件〔大虐殺〕で城壁に吊るした大勢のユグノー教徒たちの死骸よりも、ラヴィニアはそこにいた一匹の猫に心を奪われているのだった。

「それはだめよ。ほら、ほら、こっちへいらっしゃいな。もっと役に立つ歴史を学んで賢くおなりなさいな」アマンダがそういって、ふたりを先導した。「いい、ここでシャルル八世が一四七〇年に生まれたの。アンヌ・ド・ブルターニュが初めて結婚した相手が彼だった。でも、彼はあそこの庭の低いとびらに頭をぶつけたの。アンヌとクロッケーをしていたとき、走りぬけようとして、死んでしまったのよ」

「どっち？　とびらにぶつけたから？　それともボールがぶつかって？」ちゃんと説明してほしいマットがきいた。

「マットったら、ちゃかさないで。ここでアンジュー家のマーガレット*と息子が、ウォーリック伯*と和解したのよ。アブド・アルカーディル*と家族は捕虜となったの。この庭には三日月の印のある墓があるわ。『生垣の道』もあるし、大きな塔の中まで入れる、くねくねした道もあるの。貴族やその奥様、お嬢様たちは馬に乗ったまま、まっすぐにホールに入れたものなのよ」物知りのアマンダは、何も知らないふたりの知識の闇を明るくしてやろうと張り切っている。

元気な年配の女性が、城内の案内をしていた。かびくさいチャペル、墓所みたいな陰気なホール、がたがたの階段、薄汚れた小部屋、真っ暗な通路など。ついに、ロマンティックねえ、といっていたマティルダでさえ、明るい日の光を見て喜んだ。そして、気持ちのいい庭園でひと休みし、顔にからみついた蜘蛛の巣や服のほこりを払った。

美しいカトリーヌが城壁を見下ろしたバルコニーに立った三人は、すばらしい景色を眺めて喜びに目を輝かせた。分厚い頑丈な城壁と、かつて死者で埋まった眼下の川。その幅広いロワール川が、緑豊かな岸の間をゆったりと流れている。キューピッドのようなかわいらしい服を着た少年たちが、一日の仕事を終えた馬たちを川に乗り入れて、行水させている。町の灰色の屋根が丘に寄り添うように並び、はるか遠くには夏らしい景色が広がっている。三人の旅びとは、これからどんな新しい景色や楽しみが待っているかと胸を弾ませた。

「明日の朝七時、シュノンソーへ向かって出発します。おふたりさん、時間を守ってくださいね」

お祝いの食事のあと、それぞれの部屋に戻ると、アマンダから命令が下った。その食事はラヴィニアにいわせれば、「ミミズとサボテン」のようだった。動物の脳のシチューも、焼いたウナギも、油まみれのアザミもヒユ（ヒユ科ヒユ属（アマランサス属）の植物）も、どれも気に入らなかった。そのあと、旅びと三人は、とんでもない夜を過ごすことになった！　ドアに鍵はなし、呼び鈴もなしだ。中庭からじかに廊下へ上がれる階段はあるし、手押し車は行ったり来たりでうるさい。こそこそした足音がしょっちゅう聞こえる。怪しげなひそひそ声（実のところ、ニワトリを締めておけとか、明日のサラダ用に野菜を用意しておけとか、そんな内容だったが）、さらに幽霊の口笛のような音が響き、ラヴィニアはぞっとした。ついに緑のベッドカバーをはおり、思い切ってバルコニーへ出て、音の出所を確かめにいった。

ラヴィニアはフランス語で「お静かに」ときっぱりいおうと思っていた。きっと威勢のいい現地の人でもびくっとするだろうと考えたのだ。しかし、そのとき、見るもあわれなギャルソンが月明かりでブーツを磨いている姿を目にし、とたんにかわいそうでたまらなくなった。こっそりチップを渡そうと決め、石の床の自分の部屋に戻るや、むっとする、小さなベッドに入り込むと、寝てしまった。オレンジ色のカーテンのせいで、火山の爆発やら、大火災など、不気味な怖い夢ばかり見た。

朝七時、太った馬二頭が引く屋根なしの馬車と、眠たそうな御者が、金のライオン亭の中庭から出立した。馬車に乗り込んだ女性三人は、お互いに相手をにこやかに見つめ合い、うるわしいあたりの景色を見回して、満ち足りた、おだやかな顔をしていた。

「あたくし、幸せすぎて倒れそうよ」ため息とともにマティルダがいった。

一行は、真っ赤なポピーや、星がちりばめられたかのようなデイジーや、バターのように黄色いバターカップに彩られた野原を通っていった。鳥が楽しげに鳴きかわし、木々が早くも新緑の衣をまとっていた。

「マティルダ、朝食を食べなかったのね。だから倒れそうなのよ。ほら、このパンの皮を食べて」

甘いおいしいパンの皮がひとつかふたつでもあれば、すぐに行動を起こせるアマンダがいった。持ち運びが簡単だし、堅い分、ゆっくり食べられておなかがふくれるし、すぐに取り出せるからだ。

「シュノンソーへ行くまで『わくわく』はとっておきましょう。今はこのおだやかな、すばらしい景色を楽しみましょうよ」ラヴィニアはそういうのだった。昨晩、月明かりの中でいろいろなことがあったので、まだ少し眠たそうだった。

それから、一、二時間、一行の馬車はよく整備された道を進んだ。あたりの夏景色と夏の雰囲気をかもしだす音を楽しみながら。道沿いの家々では、菜園で女性たちが働いている。小さな、絵に描きたくなるような教会を囲むようにして、村々がかたまり、はるか遠くの丘の上では風車が回っている。ブドウ畑にはたくさんの農民がいて、ブドウの若いつるをしばってまとめたり、ヤギに食べさせる草をいっぱい入れた、重たいかごを背負って歩いたり。道ばたで石を小さく砕いていた老人たちが、三人の旅びとの姿を見て、赤い帽子に手をやって挨拶してくれた。桜の木に登っている元気な少年たちが、おーいとにぎやかに声をかけ、小さな子どもたちが、そこらじゅうでいっぱい花をつけているバラの茂みからのぞいていた。

　まもなく、くねくねと流れるシェール川が見え隠れするようになった。すっくと延びた並木のある道が見え、川の中にそびえるようにして、美しい城*が姿をあらわした。ディアーヌ・ド・ポワチエのために、恋人〔アンリ二世〕が整備した城だ。宿に着いて馬車を降りると、三人は濠を渡り、無表情で舌ったらずのしゃべり方をする娘に案内されて、かの有名なすばらしい城の中へ入っていった。現在の城主（黒いビロードの服を着た、物思わしげな男性で、こしょう入れの瓶のような塔でフレンチ・ホルンを気まぐれに吹いている）が、建物を修復し、元の豪華な姿を蘇らせたという。

　広い絵画ギャラリーが最大の見ものだった。まずはディアーヌ本人の肖像画だ。背の高い、にやにや笑いを浮かべた生意気そうな女で、弓を持ち、ハウンド犬を連れ、ティアラをつけて、ドレープに使われるような青いサッシュをしめている。三人は長々と続く、貴族やら、そうでない人びとやら、遺品やら、がらくたやら、とめどなくたくさんのものを見せられた。肖像画はつねに見ておもしろいものだ。マットにいわせれば「芸術がまるでわからない」ラヴィニアでさえ、アニェス・ソレルの胸像のレリーフや、モンテーニュ、ラブレー、ニノン・ド・ランクロ、マダム・セヴィニエの絵や、ラファイエットとベン・フランクリン*の細密画を見て、おおいに楽しんだ。このような場面では、最後の紳士は少し場違いな感じがあった。しかし、彼の親しみのある顔は、ディアーヌやニノンたちに沈黙の説教をしていたのではないだろうか。彼のシンプルな服装は、かつらをかぶった賢人たちや、宝石で飾りたてた罪人たちの姿に見飽きた目に、安らぎを与えてくれた。

ジャン・ジャック・ルソー＊の演劇が演じられた小さな劇場があった。歴代の王たちが座った、金細工をほどこした椅子や、英雄たちが使った刀、哲学者たちが没頭した本、有名な美しい姫たちがのぞいた鏡があり、はるか昔の王侯貴族たちの歓楽ぶりを見下ろしたであろう、絵で飾られた壁に囲まれていた。

昔のキッチンには大きな暖炉があった。コック十数人がものすごい量のスープを作れるくらいの広さがある。おかしな形をしたポットやなべがあり、小さな窓もある。すぐ下には川が流れているので、その窓から釣りができそうだ。

チャペル、いくつもの部屋、バルコニー、テラスなどはすべて修復されている。ジョルジュ・サンドの祖母〔実際は曾祖母〕＊が革命のときに一時、ここを所有していたおかげで、破壊を免れたのだった。過去のすばらしい思い出を語る史跡になっている。

三人は、苔むした階段を降りていった。それはギャラリーから向こう岸まで通じていた。オークの木立の下でしばし休み、このあたりにかつて暮らしていた人びとの様子をあれこれ想像して、お昼の時間を過ごした。とても楽しいひとときだった。すぐそばを小川が流れ、刈り取られたばかりの干し草の匂いが、清々しい風に乗って漂ってくる。目の前には、古い城の、風わたる塔や破風が、過ぎ去った栄光や愛やロマンをほうふつさせるかのように、川面の上にそびえたって見える。

見たいものはすべて見た。そして、表情の乏しい、舌足らずのしゃべり方をする娘から、何枚か写真を買った。かなり値段にげたをはかせているらしい。そして、三人は馬車に乗って帰っていった。史跡と、王侯貴族の面影と、「どうぞ、ごらんください！」の連呼にへきえきして。

ある夜のこと。冷えびえとした石の床の、オレンジ色のカーテンにおおわれた部屋。外には、バンシー〔アイルランドの伝説で家に死人が出ることを泣いて知らせる女の精霊〕みたいに眠れずにうろつき回り、こそこそしゃべるギャルソンがいる。廊下ではメンドリたちが仲良くねぐらにつき、ベッドの下で馬たちがムシャムシャかいばを食べているような音がし、死んだユグノー教徒たちが城壁から屋根にとび下りてきたような音もする。地下室から、またわけのわからない食べ物が登場し、外のひんやりした空気に触れて、冷やされている。三人は再び、ショール・ストラップスで荷物をまとめ、馬車（少し大きめの馬車に黄色い顔の御者）に乗り込んだ。さよならの挨拶に、アデューと返事があり、公爵夫人と呼ばれた三人を乗せた馬車は、次の場所、ブロワへ向かってゴロゴロ動き出した。

「ああ、あの美しいお城と別れるなんて、胸が張り裂けそう」橋を渡ったところで、マットがため息をついた。

「ミミズ、サボテン、しつこいゴスーン〔ギャルソンのこと〕がなつかしい」アマンダがいった。フランス料理が気に入って、アドルフにやさしくされたのがうれしかったからだ。

「猫、猫、猫！ ああ、一匹でも連れて帰れたら思い残すことはないのに！」ラヴィニアがつぶやく。三人はそんな嘆きの思いをあとに、町を離れたのだった。

ブロワの暑かったこと！ 川は半分くらい干上がり、通りはほこりだらけで、日干しになったように乾き切っている。想像を絶する暑さだ。しかし、めげない三人組は、そんなことをものともせず、教会見学をし、お城を見た。教会はいただけないものだったが、お城は大変すばらしく、満足のいくものだった。皇帝がみごとに修復をほどこしたからだった。時の洗礼を受けてかなり傷んだ感じのある外側にくらべ、内部は生き生きした、明るいイメージがあった。刻印をほどこした革製の掛け物、タイル貼りの床、彩色された梁、彫りのある暖炉など、歴史に忠実に再現されていた。ドラゴン、ピエロ、ハリネズミ、サラマンダー、組み合わせ文字、花などが、紅、金、茶、銀、紫、白など、色の洪水の中で輝いていた。

歴史好きなアマンダは大喜びしていた。情報をありったけ披露したので、「うるさい英語の人」をぽかんと見つめた年配のぼんやりガイドは黙ってしまった。

「どうぞ、ごらんください！ カトリーヌ・ド・メディシスの私室と小礼拝堂です。ギーズ公爵*の殺害を企てた女性。これは、彼女の息子、アンリ三世の執務室。彼の政敵である、バリケードの英雄を失脚させるために男たちに短刀を渡したの。ここは衛兵の部屋です。ギーズ公爵は王に呼ばれて参上したとき、この暖炉棚に寄りかかった。入口の小部屋は、彼が騙されてカーテンをあげて入ったとたん、四十回も刺されたところよ」

「ええっ、なんて残酷！」マティルダがあえぐように叫び、血に飢えた男たちがやってくるのを見たかのように目を見ひらいた。

「おもしろいじゃないの！」悲劇好きで、ホラーを楽しむラヴィニアが声をあげた。

「この部屋は、彼の死体が二時間放置されたところよ。外套でおおわれて、胸に麦わらで作った十字架をのせて」ガイドが何かいおうと口をあけたとたん、さらにアマンダがいった。「ここへ王がやってきて、かつては力強いアンリ・ル・バラフレ〔ギーズ公〕だったその死体を見て、靴で蹴ったのよ。マット、彼がいったことばが書いてあるけど、翻訳しないでおくわね、『こんなに体の大きい人とは思っていなかった』（フランス語で）ですって。そして、彼は死体を焼いて、灰を川に流せと命じたの。その日は、一五八八年十二月二十三日。いい、これは覚えといて」

アマンダがことばを切るや、ガイドの小男はべらべらとしゃべりだした。マリー・ド・メディシス*は忠実な息子のルイ十三世にとらわれて牢に入れられ、窓から脱出したのだが、その窓についてのありとあらゆる事実とうそをまぜこぜにした。

「彼女のあとはもう、すべてがなしになればよかったのに。だって、王も女王もひどい人たちばかり」マットがすっかり幻滅したようにいう。無邪気なマットは、王侯貴族の非道ぶりを聞くにつけ、ぞっとして髪の毛が逆立つ思いをしていた。

国務室は、最近皇帝の命を狙った男たちの裁きを劇的に見せる用意ができていた。豪華な彫り物をほどこした階段がある。フランソワ一世*の印である、サラマンダーがもぞもぞうごめいている彫り物で、見応えのある遺物だ。けれど、暑さで参った巡礼三人組はクロテッド・クリームの入った小さなポットに、興味をそそられた。ランチにそれ、つまりクロテッド・クリームが出て、それが新しいブドウの葉でおおわれ、バターカップとクローバーのおしゃれなフレーバー付きだったので、大変元気づいた。

クロテッド・クリームをほめたことで、アマンダは体格のいいギャルソンにすっかり気に入られてしまった。彼はせっせとお代わりを運んできた。三度も四度も、力のこもった勧め方なので、とても断れそうもない。

「でも、マドモワゼル、どうかもうひとつ。サンジェルヴェ〔モンブラン山麓の酪農地域〕のクリームのおいしさはどこもかないませんよ。パリでも、望まれています。大変望まれているんです。けれど、ああ！　とてもそんな遠くへは持っていかれません。デリケートな食べ物ですからね」

そういわれて、三人はいったいどれだけ食べたのだろうか？　それは触れないでおこう。多感なギャルソンはすっかり感動してしまい、そのあとも彼があれこれいい寄ってきたので、なかなか振り切ることができず閉口した。

もういらないキャンプ用の古いストゥールと、廃棄するつもりの古いブーツを見せられた彼は、すぐさまそれらをおみやげだと思ってしまった。両手を握りしめ、小さな息子をそのストゥールに座らせ、ブーツをかわいい妻に贈るという。妻は息子の姿を見て感動して、涙をこぼすだろう。

こんなメロドラマのような別れに、三人は別れがたい思いを味わった。最後に三人が目にした彼は、まだ門の前にぼーっと立ちつくし、汚れたナプキンを振っていた。大柄で素朴な彼は、最後の最後まで献身的だった。男らしい額には、暑さのあまり、汗が吹き出し、無帽の頭に太陽がぎらぎら照りつけていた。

「帰ったら、あのギャルソンたちのことを話に書きます」と、ラヴィニアがいった。つねに大作を書くといいながらも、決して実行に移せないのだったが。「ほんとうにいろいろな人たちに会いましたね。みんな、とても良くしてくれて、恩返しが必要ですよ。ほら、覚えてますか、モルレーにいた、もじゃもじゃ頭のギャルソンのこと？　カタツムリの料理をすすめてくれて、楊枝で気持ちの悪い中身をほじくりだして食べたらおいしいといった人のこと」

「ええ、覚えてるわ。袖が黒い麻の服を着てあたしたちをにらみつけた、暗い感じの人も。耳元でつまんない話ばかりささやいて、給仕をしながら、グレーヴィをこぼして、あたしたちにかけちゃったあの男も」アマンダが付け加えた。

「ランス川を下る船で出会った、色の浅黒い人も忘れないで。ものうい感じの、スペイン人ぽい目をして、髪がくるくるカールした人よ。とってもかっこよくて、丁寧な感じだった。船が揺れて、あたくしたちのビール瓶が甲板に転がってしまうと、いつもすぐに拾い上げてくださったじゃない」と、マットが口をはさむ。スケッチブックに、大きな、真っ黒い目をした、その浅黒い彼の姿をちゃっかり描いてあったのだ。

「トゥールで、窓の下にいる物乞いさんたちに炭酸水を、にこりともせずに振りかけたあのまじめくさった人、おかしかったわね。汚れた手で大皿を持って、よろよろしながら歩いていた小さな人もおもしろかった。小さいくせに、いちばん重たいのを持つといってきかなかったのよ」と、アマンダ。

「アンボワーズで会った、機敏な人には感動したわ。彼、とっても生き生きしていて、てきぱきしていて、愛想がよかった。大好きなギャルソンよ」マットがいう。

「そうそう、忘れないで、ブレストで出会ったすてきな彼のこと。興奮すると目がぽろりと落ちそうになった人よ。それから、マットに夢中になって、何も手につかずぼうっと見つめていた、フラボー家のぷくぷくした男の子。青いシャツを着て、キューピッドみたいだったわ」とアマンダがいった。

「わたしはその全部を覚えておきますよ」ラヴィニアはせっせとメモを取って記録していた。

オルレアンはきちんと整った小さな町だった。オルレアンの少女、ジャンヌ・ダルク*のすばらしい像を見たあと、広場でドラムを元気にたたいていた、子ども兵士たちに笑いかけ、三人はブールジュへ向かって旅を続けた。

アマンダがいった。

「さあ、今度の町は古くて、ぱっとしないけど、いいところよ。着いたらすぐに散歩をしましょう。どうやら雨が降りそうだから。時間とお金は大切に使わないとね」

たとえ楽しみのためとはいえ
節約は忘れない彼女だった＊

そこで、昼食のあとすぐに三人は散歩に出た。見ると、そこらじゅうが水びたしだった。町じゅうの男たちがホースで水まきをし、女たちは戸口を掃除し、子どもたちは水たまりの中で楽しそうにカエル跳びをして遊んでいた。

黒ガラスのラヴィニアはぶつぶついった。

「なんて汚い、びしょぬれの町！」ぞっとした顔をいつものグレイのショールに隠し、服をかき寄せた。三人は濡れた車道の石の上をあぶなっかしげに跳ねながら歩いた。歩道には石がなかったからだ。

「でも、ほこりと暑さのあとだから、ほっとするわ。見て、マットをあそこの店の窓から引き離したほうがいいんじゃない？　さあ、早くして。さもないと、何も見ないうちに暗くなってしまう」つねに快活なアマンダがいった。

マティルダはありとあらゆる宝石店の窓に張りつかんばかり。あとのふたりに引きはがされるまで、陳列されている美しい豪華な宝石に見入っていた。しかし、このときに、彼女の夢中ぶりが役に立ったのだ。あとのふたりが九つめの店の窓から彼女を引き離そうとしたとき、ふたりの目を同時にとらえた、風変わりなアンティークの指輪があった。マットが驚いたことに、いきなりそのふたりが小さな店に飛び込み、それを見せてほしいといったのだ。淡色のエメラルドが、銀台にはめ込まれた小さなダイヤモンドのかけらで囲まれている、木の葉模様の太い金色の輪っかの高価な指輪だった。

「マダム、これはフランソワ一世の指輪です。高貴な、しかし没落した家族が売ったものです。たった百フランですよ」おしゃれな外国人と見るや、実際の価値の四倍もふっかけて、店主がにこやかに誘った。

「とても無理です」あっさりラヴィニアは断った。しかし、賢いアマンダは、お高くて手が出せないと、いかにも残念そうに、ため息をつき、肩をすくめながらいうのだった。

「なんて、すてきな指輪でしょう。でも、ああ、やっぱり無理！　手持ちはたった四十フランなんですもの」

店主はがっくりした。どう考えても、八十フランが限度だと思っていたからだ。マダム、またおいでくださいませんか？　妥協点はないですかね？

ありません！　マダムは明日朝早く出ることになっているので、もう戻らない、と答えた。

「おう、なんてことだ！　それなら、こんなレアな出物なので、六十フランでどうでしょう？」と、店主。

マダムは考え込んだ。でも、やっぱりだめ。四十フランが限度。

それじゃ、失礼します。ごきげんよう。

「あ、待ってください。どこへお送りすればいいですかね？」店主はあきらめたらしく、でも本音はいわず、おずおずと申し出た。

ありがとうございます！　マダムはすぐに払うと答え、お金を渡すと、にこやかにお辞儀をし、指輪をはめ、さっさと退出した。

「参りました！」ラヴィニアは声を張り上げた。おたおたしながら、もごもごフランス語で何か交渉しようとしても、うまくいかないので、いつも蜘蛛の巣にかかった虫のような気持ちになるのだった。

「とってもおもしろかった」アマンダがいった。店主とやりあって成功したので、満足そうに指輪を見せびらかした。そして、木靴をカタカタ鳴らして歩いている年配のマダムに、声をかけた。

「えーと、マダム、ジャック・クール*の家はどこでしょうか？」

「左側に気をつけて、まっすぐ行きなさい」婦人はフランス語で答え、にこっとし、ぺこんとお辞儀をしたので、帽子についた吹き流しが風になびいた。

三人はいわれたように歩いていったが、道に迷ってしまった。そこで、家の戸口でスープを飲んでいる別の年配の女性にたずねた。

「右の道を行きなさい。そうすれば左手にあるでしょう」女性は手にしたスプーンをコンパスのように振って、あらゆる方向を指し、フランス語でそういった。

「なんでしょ、あのことば！」ラヴィニアは憤慨した。どちらへ向かっても、水のあふれる溝につき当たるので、体がふらふらしていた。

そうこうしているうちに、やっとその家が見つかった。大変古びた、神秘的な感じのする家で、変わった窓があり、それに彫りがほどこされ、まるでシャッターが半分あいているように見せている。ひとつの窓から男の人がのぞき、もうひとつの窓からは女の人がのぞいている。それも彫り物なのに、まるで本物のようで、三人はびっくり仰天した。マレイのガイドブックによれば、この人たちは召使で、主人のお帰りを待ちこがれているのだそうだ。主人のジャックは、王に多額の金を貸したあと、突然姿を消した。王が借りを返す中世のやり方の結果だろう。

教会でミサが行なわれていた。三人は中へ入り、腰をおろして聞き入った。音楽がすばらしかった。赤と白がふんだんに使われたどっしりしたカーテンのおかげで、聖所が明るい客間に見える。不敬者のラヴィニアは、聖職者たちを赤い家具になぞらえてみた。体のいちばん大きい神父はソファ、四人の助祭は肘掛け椅子、お付きの三人の少年は足台。どれもみな、真紅の絹張りで、きれいなレースのカバーがかかっている。

そんなことを考えていたラヴィニアを非難するかのように、いきなりどこからか、美しい声が響いてきた。聖歌隊は隠れて見えなかったのだが、その中からひとりの声だけが聞こえたのだ。ヒバリの鳴き声のように、すーっと天に上がるように聞こえ、あまりの美しさに聞いていた人たちは鎮まりかえった。その間、ごてごてした教会も、家具になぞらえられた聖職者たちも忘れ去られ、天国へ通じる甘やかな響きにのって心が運ばれていった。他の声が加わっても、そのひとりの子どもの声は他を凌駕して澄みわたって聞こえた。あたかも、小さな天使がアーチ形の天井の上の方で、こだまと遊んでいるかのように。

現地の人が、得意そうに三人にいった。あの少年は貧しい家の出だが、美しい声は町の誇りであり、いずれ名をなして、大きな富を得ることだろう、と。礼拝のあと、聖歌隊の少年たちが階段を競って駆け下りてきた。走りながら、粗末な礼服を脱ぎ捨てた。ラヴィニアはその中に、さっきの小さな天使を見つけたいと思ったが、すぐにがっかりしてやめてしまった。小さくて丸い頭の、赤茶けた小僧さんたちばかりだったからだ。

雨に降られ、三人はホテルへ戻ってきた。ここでひと晩泊まることになっていたのだ。狭苦しい三つの部屋のうちで、いちばん広い部屋に火をたいてもらい、居心地を整えた。寒くなってきていたし、あちこちに数えきれないほどある隙間から、風がぴゅうぴゅう入り込んでは出ていく。ラヴィニアはワインを温めて飲もうといいだし、大きめのコップに入れて飲んだ。元気は出たが、酔いはしなかった。アマンダはシェイクスピアの本を取り出し、あとのふたりがワインを温めたり、ちびちび飲んでいる間、声に出してそれを読んでくれた。マティルダはソファに横たわった、気品ある司令官のようなアマンダの姿をスケッチしていた。エジプト風の横顔を見せて、貴族のはくような赤いスリッパがちらりと見えておしゃれだった。大きな灰色の猫がみんなに挨拶するためにやってきた。炉辺にくるんと座って、幸せそうにニャーと鳴き声をあげたので、その場が一気に家庭的な雰囲気になった。

「マンディ、何かおもしろいことを提案してちょうだい」マットがいった。コップのワインもなくなり、モンタギュー家とキャピュレット家の物語〔『ロミオとジュリエット』〕も沈黙に入ったからだ。

「それじゃ、爪の文化を取り上げましょう」アマンダはそういって、爪磨きと粉と爪切りを取り出した。

三つのカップにぬるま湯をいれ、三人はしばらく爪先をそれに浸して、いい気持ちになって座っていた。そのあと、爪を整えたり、磨いたりが始まった。猫は首をかしげ、お湯の中に前足を入れてみた。

こういうのがアメリカの習慣なら、何かご利益があるかと思っているかのように。

「うちのお母さまは、こんなあたくしたちを見て、なんておっしゃるかしら？」長い指の先の、ピンク色のきれいにとがった爪をうっとり眺めながら、マットがいった。

「外国へ行くと、不道徳なことを覚えてくるものだといわれたから、これが堕落の最初の一歩でしょうね」ラヴィニアはそういって、自分の堕落の証拠を思って、やれやれと首を振った。

「いいえ、もう第二段階よ。さっき子牛の脳を食べたじゃない。それに、もうひとつはカエルの脚とマッシュルームだったわ、あれはぜったいにそう。今まで、あたくしたち、そんなおそろしいものは決して食べないといってたけど、なんだか好きになってきちゃった」マットが告白した。

一皿ずつ「お・いしーいっ！」を連発していたのだった。

「でしょう！　あたしは、詩を書いちゃおう！」アマンダが声をあげ、ソファからぽんと降りて、ペンをつかみ、紙ばさみをとって広げ、一気にこのような即興の詩を書き上げた。

堕落への道

ヤンキーの平凡な女たち
旅に出ようと野心に燃え
フランスの地へ船出した
故国の寒い冬を避けるため

初めて、見知らぬわけのわからない地を訪れ
地元の風習をばかにし
地元の食事を嫌い
地元の馬車に乗るのもいやがった

「ああ、ふるさとのプディングが食べたい！
もっとシンプルな料理がほしい！
ここの油ぎとぎとの変な料理はこりごり

どうしてこんなものがおいしいの？」

ふたりにそういわれても
アマンダは黙って静かに食べていた
ついにある日
ふたりが問いつめた

あなたはどうしてこんなひどい食べ物を食べられるの？
自然の法則に反しているわ
爪をそんなにとがらせてかぎ爪のようにして
なぜ食べ物をまともに食べられるの？

アマンダは怒らずに答えた
「いいですか、もう少しお待ちなさい
あなたたちにも、わかる日がきます
爪も食べ物も悪くないということが」

そしてひと月がたち
その通りになった
文句の多いふたりは
すっかりおとなしくなった

最初にマティルダが陥落した
浅黒いギャルソンに誘われ
おそるおそる、毛嫌いしていた料理に
スプーンをつっこんだ

そしてたった一週間だけ
爪をのばすといった
良くないことだと思うけど、という
但し書き付きで

ところがとうとう思い切って
罪と妥協し

爪をのばし続けた
フランス風が勝ったのだ

ラヴィニアはマティルダにならい
自分もそうすることにした
甘いパンを最初に食べ、子牛の脳も
ウナギもマッシュルームも、カエルのピクルスも食べた

そして声をあげた「ふるさとの料理は味けない
こちらのおいしいものを食べてわかったわ
プディングも野蛮な骨付き肉も
前はおいしいと思っていたのに！」

今、三人は時間があれば
せっせといそしんでいる
朝、昼、晩の爪磨き

このままひと月もたてば
また別の変化があらわれるだろう
お次はいったい何？
何年もこちらにいたらどうなることか？

拍手喝采！　アマンダのすばらしい詩は称賛を浴びた。それから、アマンダとラヴィニアはすぐさま才能を発揮して、どんどん詩を書きはじめた。ひとりずつ、交替に一節ずつ書いたのだ。有名な合作者のボーモントとフレッチャー*のように。それがすばらしい効果をあげた。マティルダも何かおもしろいことをしてよ、といわれたが、優雅にあくびをしていった。

「もう寝ましょう」

そこで三人は解散し、アマンダとマティルダはそれぞれ自分の小部屋に下がった。黒ガラスのラヴィニアは楽しい時間を過ごして気分が高揚し、暖まった部屋をせわしげに、うきうきしながら騒々しく歩き回ったので、眠たいふたりはうんざりした。暖炉の火かき棒を落としたり、猫に歌をうたって聞かせたり、家具のとびらをバタンと閉めたり、ちっとも静かにせず、どうにも落ち着けないラヴィニアは、まずひとりの部屋を訪れて、なぞなぞを問いかけ、もうひとりの部屋へも行って、冗談をいい、おもしろい話を聞かせるから、自分の部屋へ来てほしいなどといった。とうとう、ふたりは無茶な要求にへきえきし、こちらの堪忍袋の緒が切れないうちに、睡眠薬を少し飲んでおとなしくしてほしいと、ラヴィニアに告げた。ついにラヴィニアは降参し、しばらくうろうろしたり、ひとりでしゃべったりしていたが、とうとう眠って静かになった。

そのあと、この愉快な旅における、最もスリリングな事件が起こったのである。夜明け前のいちばん暗いときに、マットは目を覚ました。中央の広い部屋から何やら怪しげな音が聞こえたのだ。ラヴィニアがまた騒ぎだしたのかと思い、声をかけてみたが、返事はない。耳をすますと、低い、カサカサ、ゴソゴソという音がする。

「泥棒よ、間違いなく。腕時計や財布はテーブルの上にあるわ。ラヴィニアお姉さまが部屋のドアに鍵をかけ忘れたのかもしれない。ちょっと見てこよう」そういって、マットはぱっと起きあがった。泥棒だろうが、幽霊だろうが、こわがるような娘ではなかった。

短刀、これまではペーパーナイフとして使っていたものだが、山賊や泥棒やけだものをぐさっと突きさすつもりだったそれをつかむと、マットはとびらのほうへ忍んでいき、中をのぞいた。暖炉のぼうっとした明かりで、部屋の向こう側の戸口にうずくまっている黒い姿が見えた。そのとき、ピストルのカチッという音が耳に入った。すぐに飛びすさった勇敢なマットは、ラヴィニアのベッドに吊るしてあるカーテンに隠れ、きつい声を出した。

「出てきなさい。さもないと刺すわよ！」

「やめて！　なんだ、あなたなの？」聞き覚えのあるアマンダの声がした。レインコート姿で飛び出してきて、マッチを擦った。

「どうしてうろつきまわっていたの？」マットは問いつめた。

「あなたの脳みそを吹きとばすため」あげていた両腕をおろしながら、マンディがいう。「あなたこそ、なぜここにいるのよ？」

「あなたをつき刺すため」と答えながら、マットは敵を刺しそこなった短刀をさやにしまった。

「変な音が聞こえたのよ」

「あら、あたしもよ」と、アマンダ。「何があったか、見にいきましょう」

ろうそくに火を灯し、アマンダとマットは薄暗い部屋を恐れることなく見回した。

ラヴィニアは掛け物にくるまれてぐっすり眠っていた。いつもあらゆることに批判の鼻をつっこむのがラヴィニアだったが、その鼻先だけが、もう若くはない顔をふんわり包み込んだグレイのショールの上にちらりと見えた。外へ出るドアは閉まっていたし、シャッターも降りている。カーテンの下から、ブーツをはいた足など見えなかったし、壁にかかったサケ肉色の聖者の肖像画の中で生きた目がぎろぎろ光ってもいなかった。ただ、ゴソゴソ、ガサガサした音は続いている。安らかに眠っている人を守らねばと思ったアマンダとマットは、思い切って、隅にあるテーブルへ向かった。

真夜中に泥棒が入っていたのだ！　大きな猫が、悠々とコールド・チキンをかじっているではないか！　明日の朝早く出るので、ランチ用にとっておいた大事なパンが引っぱり出され、そこらじゅうに散らかっている。

「ラヴィニアさん、起きて。あなたのペットがしでかした不始末をごらんなさい！」

「これまでだって、お姉さまが気づかないうちに、あたくしたちは殺されたり、何度か連れ去られたりしていたかもしれないわね。まったく役に立たない付き添いだこと！」

怒り心頭に発したふたりは、何も知らず眠っている、あわれなラヴィニアを揺さぶったり、つねったり、耳元で叫んだりした。眠りをさまたげられたラヴィニアは、片目だけをあけ、不機嫌そうに事の次第をたずねた。

ふたりは起こったことを、短くまとめて説明した。ところがラヴィニアは、ふたりが短刀やピストルを持って勇敢に戦おうとしたこともほめず、感謝の意もあらわさず、眠たそうに、開いた片目をまたつぶり、怒ったようにもごもごというのだった。

「もう寝なさいといわれたから、わたしは寝たんです。今後は、ふたりでどうにか処理して、わたしを起こさないで」

「猫を窓から追い出して、あたしたちも寝ましょう、マット」アマンダはピストルの撃鉄をおろした。感謝のことばを期待したのが間違っていた、とあきらめたのだ。

「その猫にちょっとでも触ったら、許しません！」即座にラヴィニアが起きあがった。

テーブルの上にしゃがんで、けんかを見物していた猫は、あわてて体を起こすと、ひょいとラヴィニアの腕に飛び込んで、ややこしい事態を収めた。彼女の腕の中こそ、最も安全な場所だと知っていたからだ。うんざりしたマットは黙ったまま、自分の部屋へ引き上げた。黒ガラスのラヴィニアは耳元でミャーミャー鳴くふわふわの友に慰められて、すやすやと寝入ってしまった。

翌朝、汽車で出発してからマットがいった。

「昨夜の経験のせいかしら、なんだか冒険がしたくなっちゃった」

「もう充分ですよ」ラヴィニアがうなる。

「新聞でも読みましょう。ヒバリのように明るく、いいことを待ちましょうよ」

じっとり湿った新聞の束に埋もれて、アマンダがいった。

ラヴィニアも新聞をひとつ取り上げ、声に出して少しマットに読んできかせた。マットは、ボタンが四つ付いた、派手な黄色の汚れた手袋を繕っていた。

「訳しながら読んでちょうだい。フランス語じゃいや」まったくフランス語をやる気のないマットがいった。

そこで、ラヴィニアは適当に好きなように翻訳しながら読みはじめた。アマンダは新聞に顔を隠して笑いころげた。

こんな文があった。「いくつかの大変な出来事がありました」というフランス語を、読み手はこう訳した。「いくつかの出来合いの墓が到着しました」そしていった。「あらまあ、フランス人の習慣て、なんておかしいの！」さらに「わたしの亡き父の肖像画」というのをフランス語で読み、「これって、『肖像画が燃えてしまった』という意味かしらね」

アマンダが押し殺すような笑い声をあげたので、もう若くないラヴィニアは思わずいった。

「お大事に！」アマンダがくしゃみをしたのだと思ったのだ。

「青い綿糸が少し欲しいわ。服を繕いたいの。ムーランに着いたら、買うようにいってね。ところで、それが欲しいとフランス語でどういえばいいの？」マットは裂け目ができてしまった青いスカートを見ながらいった。

「あら、それなら、こういえばいいのよ。青いフィス〔糸・フィルというつもりだった〕はありますか、って」ラヴィニアが得意そうにいった。

「やだ、青い息子〔フィス〕だって！　何いってるんですか、おばさんたら、いうに事欠いて」

あまりのおかしさに笑いをこらえながら、アマンダが小声でいった。

「え、何？　なんていったの？」即座にラヴィニアがきく。

「ほら、『ヴィルヘルム・マイスターの修業時代』に有名な台詞があったでしょう？　覚えてないかしら？『涙とともにパンを食べたことがない者』「食べた」という単語を吹き出しそうに、いいながらも、丁寧にアマンダが答えた。

「ゲーテは英語で読みましたからね、ドイツ語なんて、わかりませんよ」ラヴィニアはつんとした。〔ドイツ語の「食べた・アース」と英語の「ばかもの・アス」を混同した〕

　きゃあ、もう無理！　アマンダは新聞をとり落とし、声をあげて笑った。さもないと息がつまりそうだったからだ。あとのふたりはぽかんとした顔でアマンダを見つめた。アマンダはやっと息をつき、笑った理由を説明した。やっとわけがわかったふたりがゲラゲラ笑いだし、それを聞きつけて、車両のガードマンが顔を出した。うっかり頭のおかしい女の人たちを汽車に乗せてしまったのか、とでもいうように。

「ああ、おもしろかった！　さあ、すてきな殿方が乗り込んでくるみたいだから、頭を冷やしときましょう」途中駅に着くと、アマンダがいった。

そのすてきな殿方が乗り込んできたが、彼の目に入ったのは、三人の女性たちが夢中で新聞を読んでいる姿だった。三人とも、目の前の文字に没頭しているように見えた。しかし、入ってきたハンサムな若い男性が、やけにえらぶった様子で挨拶をしたのはちゃんとわかっていた。褐色のビロードの服、膝までボタンで留めたゲートル〔脚を包むおおい〕、派手な青いネクタイ、もみ革の手袋、そして、肩から弾薬入れの袋と火薬の入った角をかけている。また、犬を二匹連れて、鉄砲を持った付き人が、帽子に手をやり、とびらを閉めていった。

「承知しました。伯爵さま」

それを聞いて、身じろぎもしなかった三人はどきどきした。それぞれが、このエレガントな貴族がどんなふるまいをするか、興味津々になった。やがて、彼の目は向かいに座った三人にじっと向けられ、一応満足すると、今度は自分も新聞を取り出して、読みはじめた。しかし、マティルダはその大きな黒い目が何度か新聞の縁から自分たちの方を向いているのに気づいた。自分もまた、同じようにしていたからだ。

「この人、嫌い。だから、あたしたち、フランス語はしゃべれないことにするからね」用心深いアマンダがささやいた。

「もちろん、わかっています」ラヴィニアが思わずにやっとした。さきほどの「青い息子」を思い出したからだ。

「でも、目では語れるわ。ずっと新聞の陰からじろじろ見られていたら、たまらない」マティルダがいい返す。その美しい金色の巻髪に、すてきな相手の目が吸い寄せられているのを知っていた。

伯爵の口元がほんの少しゆがんだように見えたので、三人はびくっとした。アマンダがそっと聞こえないようにいった。

「この人、言葉がわかるみたい！」

「それはまずいですよ」悲観的なラヴィニアがいう。

「あら、わかったほうがいいわ。少しは注目されたいもの。刺激になるわ」マティルダはこれまで自分に目を向けてくれたのに、さよならしてきた男たちを思い出しているのだ。

慎重なアマンダと厳しいラヴィニアは心を石にして、そのハンサム紳士に対して、こわばった顔を見せていた。しかし、社交的なマティルダは、彼がわざわざカーテンを引いてくれたりして、親切なふるまいをしてくれると、思わず「メルシ、ムッシュー」といい、荷物から落ちたヘア・カーラーの棒を拾いあげてもらうと、顔をほころばせた。彼が黒い瞳でやさしく見つめながら、新聞を渡してくれたときは、丁寧にお辞儀をした。

だめ！というように、アマンダが顔をしかめたが、役に立たなかった。ラヴィニアがマティルダの足をわざと踏みつけても、だめだった。マティルダは知らん顔。どうしようもないとふたりは思ったが、それでも彼女はフランス語がわからない、というのだけは救いだった。

「この男がすぐに汽車を降りなければ、マティルダをショールでぐるぐる巻きにして、この娘は頭がおかしいので、といってやりましょう」ラヴィニアはきっぱりいった。独身女性のつねとして、男の人に色目を使うことには抵抗があるのだった。

「もしこの人が英語をしゃべれたら、マットはやりたい放題になってしまう」と、アマンダは思った。自由奔放のマットに、あれこれしゃべるなと誓わせたことを思い出していた。

ところが、心配しているふたりにとって、困ったことが判明した。男はすぐに汽車を降りなかったのだ！　そのうえ、英語もしゃべることができたのである。十分もすると、マティルダはすっかりうれしくなって、端綱《はづな》が外れた子馬のように、暴走しはじめた。あとのふたりが心配しながら見守っているのがかえってそれに拍車をかけ、そのうえ、この紳士がマティルダを、明らかに三人のうちの中心人物だと思っているのがわかったからだ。（黄色い手袋、おしゃれな帽子、文句のつけようのないすてきなブーツを見て）あとのふたりは地味な灰色と黒の服なので、おそらくメイドと付き添いだろうと思ったらしい。そこで、マティルダはすっかり調子にのってしまい、思い切り気どった態度で、思う存分、相手に色目を使って楽しんだのだった。

伯爵はマット以外のふたりに無視されたことへの腹いせと、マットに対しては関心を寄せてくれたお礼の気持ちを込めて、せっせとこのマドモワゼルに尽くすことにした。狩猟のこと、自分の領地のこと、そして、マットたちを招待して、自分の城を見せたいとまでいったのだ。もし、三人が彼の住む町に立ち寄るのであれば、そこに彼の夏のすばらしい住まいがあるともいった。マットはすっかりうれしくなって、にこにこしながらうなずいている。しかし、ついに彼が名残惜しそうに汽車を降りることになり、別れのときがくると、マットは消え入りそうなため息をもらした*。

彼は丁重なお辞儀をし、元気な声で「ごきげんよう、みなさん」といった。そして、固まって身じろぎもしないふたりの女性たちの顔を見つめると、その黒い瞳を愉快そうに光らせた。

「ああ、楽しかったわ。いい気分だった」褐色のビロードの服をまとった、ハンサム紳士の姿が見えなくなると、マットがいった。

「あなたはあたしたちとアメリカの恥さらしよ、まったく」アマンダがきついことばを発した。

ラヴィニアは何もいわなかったが、妹のマットを強く揺さぶったので、帽子が頭から吹き飛んでしまった。それでもマットはあえぎあえぎ、またこんなチャンスがきたら、これに懲りず、きっと同じことをするつもりだ、というのだった。

「わが伯爵」を肴にして、お説教やら、笑いやら、あこがれやら、そんなことをしゃべっているうちに道中の気がまぎれた。白い家畜をあちこちに配した絵のような、ベリーの緑の田園地帯を気持ちよく進み、ムラング（マットはムーランをこう発音した）へ着いた。たいして見るものはなかったが、町はひなびて静かなので、アマンダが例によって、おもしろいアイディアを考えついた。

「ねえ、小さな家でも見つけて、そこに一週間か二週間くらい、住んでみるのはどう？　あたし、ここでしばらく白い雌牛たちに囲まれて、ゆっくり楽しみながら暮らしてみたい。洗濯もしたいし、そしてまた次の冒険に出かける準備をしたいわ。次はリヨンよ。そこで気楽なショール・ストラップス〈手荷物だけの旅〉にさよならをしなくちゃならないの」

「いいでしょう、そうしましょう」ラヴィニアが賛成した。あきらめたようだ。旅の天才アマンダの突飛な意見や行動をかわすための最良の方法は、あきらめることだと学んできていたからだった。そのうちに、実現性がないとわかれば、おさまるだろうから。

　アマンダはすぐに宿のおかみに、ひなびた小さな田舎家はないかとたずねてみた。即座に、みすぼらしい小柄なおかみは、薄汚れた小さな手をすりあわせ、お望みにぴったりのいい家があるといった。ほんとですとも。すかさずおかみは身づくろいをし、馬車を頼み、三人にその美しい家を案内することにした。

　あれこれ不安材料はあったが、三人は四角いかご形の馬車にぎゅう詰めになって乗り込んだ。体は大きいが、やせた白い馬に引かれた馬車は、しましまの服を着た少年が手綱を握り、おかみは塔のようにつっ立った帽子をかぶっている。果物、花、野菜がごてごて飾られている。ラヴィニアが見たところ、トマトが三つ、ブドウがひとかたまり、ポピーとパンジー、小麦の穂、ブラックベリーのつる、真っ赤な真っ赤なバラ、小さなレタス。レタスには、ガラスで作った露と緑色の虫がいっぱい付いていた。なんともはや、ごりっぱなシャポー〈帽子〉だ。一度見たら忘れられない。

一行は石のごろごろした道や、ほこりっぽい道や、空き地、沼地、さびれた公園などを通っていった。かご形の馬車は小径へ曲がり、やっとやせた馬が止まったのは、高い赤い壁にあるドアの前だった。

「ごらんなさい！」おかみは叫び、鍵音をガチャガチャたてながら、三人をキャベツ畑へ案内した。野菜が雑然と置いてあるところに、小さな物置小屋が立っている。床はれんが敷き、汚れ切った窓、墓場のように陰気だ。種袋、手押し車、玉ネギ、ほこりなどでごちゃごちゃしている。古いテーブルには、空瓶がいくつか、葉巻の吸い殻が暖炉にどっさり、暖炉棚にある明るい色の焼き物だけが飾りだった。

「見てください、ここがサロンです。涼しくて、静かですよ。上に寝室があります。庭には、いつでも座って休んでいただけます。メイドが朝食を用意しますし、夕食はわたしの馬車が宿へお連れしますよ。いかがです、とてもすてきでしょう？」

「ひどすぎる」マットはげっそりした声をあげた。

「アマンダ、あなたの好きにしたらいいでしょう。わたしはこんなじめじめしたところには長くいられそうもない」ラヴィニアは苦笑い。鍬《くわ》の取っ手を足の裏で押さえ、三本足の椅子に生えた青かびをこすりとった。

「ここはだめね。ラヴィニアさんは病人だから、敏感で大変だといっておくわ」アマンダはいい口実を思いついたので、おかみにやんわりとそう告げたのだった。

「わたしの神経痛も、一応役に立つものですね。ああ、よかった！」ラヴィニアはいい、見つけたゴキブリをつまんでぽいっと窓から投げ捨て、スズメバチをかわし、太ったクモを踏みつぶした。

その口実はいろいろな面で、役に立ったのだった。汽車で車両を占領したいときは、ラヴィニアおばさんが横になって、苦しげにうめくことになった。他の旅びとたちは気の毒な病人を避けるようになった。ホテルの部屋が気に入らないときは、マダム・ラヴィニアが日の当たるところを要求し、さもなければ死ぬかもしれない、というのだ。ランチは遅く食べ、馬車はすぐに手配され、毛布も追加された。そういう快適なものはすべてラヴィニアのためだった。本人がそれを望むかどうかは別の話だ。

「病人でいたほうがいいの、元気なほうがいいの？」

何かご招待があったときに、まず最初に出ることばはそれだった。「姉の体調が悪くて……」というのが、パーティがおもしろくなくて、失礼したいときや、いいドレスが用意できないときのお定まりの言い訳だった。

アマンダがキャベツ畑でおかみといろいろ話をしているとき、マットは、そばの草原にいる白くてきれいな牛が、相当気が荒く、人を寄せつけないのを知った。また、近隣に他の家は見えず、この年老いてやせた馬では、夕食に宿に行ってまた戻るのは無理だ。ラヴィニアは家の中をあちこち見て回り、ファニー・ケンブル＊がいった「昆虫学的不都合」をもたらす、すべての昆虫がそこらじゅうにうようよいるので、この家があるがために、ムーランの住人にコレラが流行っても当然だと結論づけた。

「これで決まったわ。宿に戻りましょう」とアマンダがいわんこっちゃない、という顔でいった。そして、まだ熟していないカランツ〔スグリ類〕を食べ、日が沈むと、カエルが鳴き、涼しげな霞が立つすばらしい沼地が見える、いやな虫がはびこるあずまやもほめて、がっかりしたおかみをなだめにかかった。

夕食のチキンは硬かった。ワインは苦く、パンは酸っぱかった。しかしだれもアマンダを、さっき断ったせいだと責めたりしなかった。次の日、おかみが、ほほえみもなく三人を送り出すと、三人は宿を出て、馬車を走らせた。心の中では、からくもこのムーランのキャベツ畑のそばで、かびだらけで朽ち果てることなく、ここを去ることができて、ほっとしていたのだった。

「やっと便利なもの、いい服、まともなクリスチャンの食事のあるところに戻れるんですね」

一行がリヨンに着き、グランド・ホテルのりっぱな部屋を眺めまわすと、ラヴィニアはほっとしたようにいった。

「手紙もトランクもよ」と、アマンダが付け加えた。メイドが手紙の束を届け、ポーターがふたり、トランクをゴロゴロころがしながら階段を上がって、運んできた。

「あたくしは充分楽しんだわ。ただ、特筆するようなことは起こらなかったけれどね」

さっそく、自分のトランクをうれしそうにのぞいて、マットがいった。

「家族からときどき手紙が来さえすれば、わたしはもっと長いこと、知らない土地を歩いてみたいと思いますよ」ラヴィニアは長い旅をして、よれよれになった分厚い手紙の封を切りながら、いうのだった。

「では、この旅は成功ってことね?」アマンダは、顔にたかったほこりを払いながら得意げにいった。

「ええ、完全な成功ですとも！　計画通りにやってきたし、事故もなかったし、見たいものは充分見て楽しんだし、けんかもせず、いっぱい笑い、いつもにぎやかで楽しかったですよ。あなたのおかげです。ありがとう。われらがアマンダの勇気と能力と、わたしたちアメリカ人の独立宣言の成功をたたえて、わたしのお城の壁にショール・ストラップをかけておきましょう」と、ラヴィニアがほめたたえた。

「あたくしも同じく」マットがうなずき、百回めに、これで最後と自分の手荷物を広げた。

「そういっていただいて、うれしいわ。ありがとうございます」トリオ一行のリーダーはお辞儀をし、はずかしそうにタオルの陰に顔を隠した。

4 スイス

「おふたりさん、手遅れになる前にわたしの忠告をお聞きなさい」

ジュネーヴで忙しい一日を過ごし、部屋着を着てやっとくつろいだとき、ラヴィニアがいった。

「はい、聞きまあす。どうぞ」やんちゃ娘たちがいった。

「これからさらに一週間もここに滞在したら、わたしたちは破産します。理由のひとつめ、このメトロポル・ホテル*は大変高価なところですし、わたしが嫌いな、騒々しくて、おしゃれな気どった人たちばかり。ふたつめ、宝石店がたくさんあって、ものすごい誘惑があります。さっさとここを離れないと、持ち金を使い果たしてしまうでしょう。三つめ、うわさされているように、ライン川の方でもし戦争が勃発したら〔普仏戦争と思われる〕このジュネーヴに人がどっと押し寄せます。その人びともそうですが、わたしたちの予定や計画もめちゃめちゃになります。したがって、さっさと湖〔レマン湖〕の向こう側のヴェヴェイかモントルーへ行って、そこで快適な宿を捜すのがよいと思います。たぶんそこで冬を越すことになるでしょうから」

「賛成、賛成！　ぜひそうしましょう。あたしたちがローマに着く頃にイタリアで革命*が収まっていなかったら、そのあたりにいるしかないわね。大陸の中でも、旅びとにとって他に安全な避難場所はないんですもの」アマンダがいった。

「でも、あたくしはジュネーヴがとても好き。食事のときに、かっこいいウェイターたちが、舞踏会が始まる前に整列した若い紳士みたいに入ってくるのは、見るだけで楽しい。どこの家もきれいだし、とくにお店がすてき！　ああ、こんなに贅沢なものを見たのは初めてよ。さらにあと一週間滞在して、もう少し買い物をしたいわあ」マティルダは祈るようにいうのだった。ここに来てからというもの、宝石を眺めてうっとりしたり、姉のラヴィニアに要りもしない安物の装飾品を買ってほしいとおねだりしたりしていた。

「いいえ、だめです。明日、ここを発ちます。ヴェヴェイに良いペンションをいくつか知っています。そのどこかにはきっと泊まれるでしょう。すぐに荷作りして、ここを出ましょう」ラヴィニアはきっぱりいい返した。すでに時計と、指輪と、ロケットを買ったので、もうこの地を離れるときが来たとわかっていたのだった。

　というわけで、三人は出立し、まずベイにひと月滞在した。そこはローヌ渓谷の上の小さな町で、暑さと土ぼこり、そしてすばらしい景色で有名だ。しかし、すごいのは、住人に甲状腺腫〔首の瘤《こぶ》〕があったこと。ほとんどの人が、醜い瘤を蓄えていて、それにリボンをつけ、顔をそむける旅びとに得意げに見せるのだった。旅の一行は、オテル・ド・バンという、古めかしいホテルに逗留した。バルコニーや庭があり、小さな部屋で三人はひとまず息をついた。ポーランド人の伯爵夫人とその愛人、娘、家庭教師が逗留していて、ホテルに風格を与えていた。ゼノビア〔古代パルミラの女王〕の直系であると勝手に思い込んでいる、ハンガリー人の伯爵もまた、宿に華やぎをもたらしていた。ふたりのかわいらしい少年を連れた画家もいた。少年たちの名前は、有名な画家にちなんだのか、アルフレッド・コンスタブル・ランシア・レイノルズと、オールストン・ウェスト・コイプ・ヴァンダイクという。マティルダは大喜びした。

イギリス人の母親たちもいた。三十歳くらいのつんととりすました娘たちを連れており、娘たちはいまだ母親にべったりで、親子はそこらじゅうに出没した。また、フランス人たちが戦争だ、戦争だと騒ぎ立てていて、髪をかきむしりながら、ふたことめにはコーヒーがまずい、とわめいている。

アマンダは、いくつかの新聞を読み、年配の伯爵と政治談義に花を咲かせた。ラヴィニアはアプリコットを紙袋に入れて片脇にかかえ、ディズレーリ*の小説をもう一方の脇にはさみ、バルコニーから庭へ出て、暖かい日を浴びていた。あれやこれやの憂さを忘れるひとときだった。

いっぽう、マティルダは仲良しの友だち〔アマンダではない〕と一緒に、サン・ベルナール山に登った。ところが、風と雨と嵐と雷鳴という、とんでもないおまけがついて、さんざんだった。しかし、この懲りないアメリカ娘たちは、途中で引き返した慎重な旅びとたちの忠告にもかかわらず、先へ進んだのだった。一頭のラバと、ガイドをひとり連れて、熱にうかされたようなふたりは、氷のように冷たい水に膝までつかりながら、ふくれ上がる水をかきわけて進み、つるつる滑る道を登り、渦巻く山風に直面した。しかし、そんな自然の荒々しい攻撃をものともせず、ホスピス〔宿泊所。修道院でもある〕へ向かい、こんな嵐の中を男性でさえ、ましてや女性など連れていったことはなかったとガイドのモーリッツはびっくりしていた。

ホスピスに着くと、ぬれねずみになった一行は親切な修道士の温かいもてなしを受けた。旅びとたちの世話をしているのだ。乾いた服を借りたが、背の高いマティルダには丈が短いので、いろいろな色合いのスカートを何枚も重ねて、はいた姿がこっけいだった。それから、温かい食べ物をもらい、ほっとひと息ついた。外は嵐が吠えたけっていたが、燃えさかる暖炉のそばに座ると、そのやさしい修道士がいろいろな話をしてくれた。これまでに救った旅びとたちの話、ここのとてつもなく厳しい冬の冒険談、そして、助けてもらったお礼に旅びとたちや泊り客たちからもらった贈り物のことなど。

プリンス・オブ・ウェールズ〔イギリスの皇太子〕はお礼にピアノを贈ってきたそうだ。部屋の壁には、有名な人びとから贈られた絵が所せましと並べられている。何度も夏休暇をここで過ごしている、年配のイギリス婦人は、ふたりの娘たちの冒険談に興味を示したが、保護者はいったい何をしているのだろう、といぶかしがっているのがはっきりわかった。

楽しい、思い出に残る夕べがあった。それぞれが自室へ戻ると、ベッドが気持ちよく温められていた。マティルダは感激した。

「こんなすてきで、ロマンティックで、居心地のいいところは見たことがないわ。アルプスの山と湯たんぽのコラボ、ほんとにすばらしいっ！」

翌朝五時に、みんなは目が覚めた。姿は見えないけれど、修道士たちの合唱が聞こえたので、チャペルへ行ってミサに参加した。外へ出て、岩場をよじのぼっていくと、大きな犬が七、八匹、吠えながら寄ってきて、ふたりの周りを飛んだり跳ねたりし、手をぺろぺろなめ、けがでもしていないかというように、服の臭いをふんふん嗅いだ。そのきらきらした、やさしそうな目を見て、昨日聞いた、犬たちの勇気や賢さのすばらしい話はほんとうだったのだと信じられた。体はすごく大きく、力もあるが、犬たちは子猫のようにおとなしく、犬好きのふたりは四つ足の勇敢な動物たちからこんなに歓待を受けて大喜びし、やさしく頭をなでてやった。

箱の中に、もてなしのお礼として、何かしら考えたものを残して、ふたりは出立した。朝日を浴びながら、下へ降りていくと、登ったときとはまったく違った景色が見えた。すべてがくっきりと静かだった。なんとも美しく、雄大な景色だ。Mというところで立ち止まって、すばらしい版画を求め、それをあのかっこいい修道士に送ることにした。ふたりのロマンティックな心をときめかした男性だ。湿気にやられ、服はしわくちゃになり、くたくたになったが、サン・ベルナール山に登ったという充実感に満たされて、心配して待っていたみんなのいるホテルに戻った。

戦争が始まってしまった。すべてにびしっとしているウェイター長のアレクサンドルはたちまちナプキンを手放し、銃をかつぐと出ていった。オテル・ド・バンはとたんにさびしくなった。

暑さですっかり日焼けした三人組は、小さな町に見切りをつけて、ヴェヴェイへ向かって出立した。そして、疲れた旅びとにとって最高のペンションに逗留することにした。

周囲の景色は美しく、湖を見下ろすところに立つペンション・パラディスは、その名の通り、天国のようだった。清潔で、居心地のよい部屋、おいしい食事、親切な女主人と年配のほがらかな主人。ほんとうにすばらしく、これ以上、何が望めようか。

ヴェヴェイには難民があふれていた。ドン・カルロス*（マドリッド公爵とも呼ばれている）も、妻の公爵夫人とお付きの者たちとともにヴェヴェイに来ていた。彼は自分の館で、町をうろつく、いかめしい顔をした、みすぼらしい男たちと何かを企んでいるらしい。

イサベル女王*が滞在しているホテルもあり、スペインの貴族たちがそこらじゅうにいた。ペンション・パラディスにも何人かが滞在していたが、その人たちが何者なのかは、祭りの日まではわからなかった。こわい、暗い顔をした男たちが、またたくまに、りっぱな伯爵や侯爵や、紋章、星、十字勲章などで飾りたてた将軍に変身した。

頭を剃って、にこりともしない、きれいな黒い瞳をした、無口でみすぼらしい小男がいた。その彼が祭りの日に、大きな金色のバッタを幅広の緑色のリボンで結んで背中につるし、りっぱな制服姿であらわれたときは、みんなびっくりした。この人、だれ？　背中のバッタはどういう意味？　豪華な馬車でいったいどこへ行ったのだろう？　彼の部屋にひっきりなしに出入りしていたカルロス主義者たちと一緒に、何を企んでいるのだろうか？

ペンション・パラディス（メイ・オルコットのスケッチ）／ Louisa May Alcott's Orchard House

だれも何も知らなかったので、若い女の子たちとクロッケーを楽しんでいた、その若いスペイン人からいろいろ聞き出そうとしたが、無駄だった。あまり明らかにはならなかったが、そのミランドーラという若者は王位継承権を持っており、そのせいで、暴動に巻き込まれて、スペインへ送還され、命か自由を奪われる恐れがあるかもしれないということだけはわかった。そう聞くと、自由の国、アメリカの女性たちにとって、黒い瞳の若者はますます興味深い存在になるのだった。ラヴィニアは彼の厳しい運命をあわれみ、アマンダは彼にトランプのホイスト・ゲームを教え、運勢を占ってやった。マティルダは、真っ黒いインド・インクで、彼の肖像をスケッチブックに残した。気の毒な運命を背負ったこの小柄な若者が、笑った顔を見せたことのないのもみんなの記憶に残った。しかし、みんながトランプのマギンズ・ゲームを教えたときは笑ったのだ。マギンズ〔阿呆という意味あり〕という名前を覚え、おもしろがって何度もそれを口にした。そして、ゲームの最初に「マギンズ」となり、おかしさのあまり、ほがらかに声をあげて笑ったのだ。しかしすぐに元に戻り、それから二度と笑わなかった。保っていた威厳を損ねてしまったことを後悔しているように。

恥ずかしがりのロシア人がいた。りっぱな高級ラシャの服をまとい、マナーも完璧だった。彼もまた、女性たちに温かく迎えられ、英語を教えてもらっていた。みんな、彼をこっそり「男爵」と呼び、テーブルについたときにみんなの前で何かしゃべってほしいといって困らせていた。

しかし、ここに集まった人びとの中で最もおもしろい人物は、リヨンからきた美しい未亡人のマダムAだ。まるでかわいくない、幼い子どもふたりと、太った年配の母親を連れている。この母親は、オレンジ色のストッキングをはき、大きな紫色のアスターの花が周囲についた奇妙な黒いレースの服をまとっている。マダムAはかつてイタリア人の画家と結婚したのだが、美しい金髪の妻がローマの男たちをとりこにしたので、夫の画家は大変なやきもちを焼いていた。絵のモデルだった男とちょっとしたけんかをし、夫は刺されて死んでしまい、美しい妻は何事もなくその地を去った。

背が高く、マリー・アントワネットのような横顔のレディだった。白い服にスミレ色のリボンをつけ、アンティークの宝石をたくさん身につけている。声の大きな、パワフルな感じの女性で、リヨンの家を略奪されたと悲しんでいて、子どもたちをしかりつけ、同じくドイツ人をもしかりつけるようにののしっていた。黙っていれば、美人の貴族に見えるだろうに、そうはいかなかった！　彼女の声ときたら、せっかくの魅力も、上品なマナーもぶちこわしだった。そのうえ、彼女が何をしたといったら！　真珠のようにきれいな歯をヘアピンでせせったり、食事のときに子どもたちが邪魔をしたら、肘でさっと払って椅子に押し倒したり。そんなことは、彼女のやったとんでもないことの、ほんの一部に過ぎなかったけれど。

しかし、彼女は話がうまかった。家族のためにどれほど自分が尽くしているかを、とうとうと語り、自分の不幸をけなげに受け留めていた。そこまでは認められる範囲だったかもしれない。

まだ幼い子どもたちを見ると、目につくのは不細工な顔と、風変わりな服装だけだった。姉はだいたい、いつも汚れ切った絹の上っぱりを着て、髪をひもで縛って上げている。弟は黒い斑点のついた黄色いキャラコ地の上下服を着てあらわれたが、まるでインク壺に落ちてしまったカナリヤのように見えた。祭りのときには、赤いリボンをそこらじゅうにくっつけた白い服をまとい、丈高い、赤いブーツをはいていた。

しかし、なんといっても、いちばんへんてこりんなのは、年配の母親だった。しょっちゅう階段をのしのし上がったり降りたりしていた。だから、つねにオレンジ色のストッキングが人の目をひくのだ。それ以外のときは、サロンで昼寝をしているか、または、食卓についてむしゃむしゃ食べているかだ。夢中になって食べては、指をちゅうちゅう吸うのだが、その指のどれにも、高価なアンティークの指輪が光っていた。彼女の髪型は、観察好きのラヴィニアにとって途切れない興味の的だった。ふくらんだ頭をいくら見ても、帽子なのか、ボンネットなのか、はたまた地毛なのか、まったくわからない。マダムはずっとその髪型のまま、外へ出ていたし、一日じゅう、そうだった。きっとそのまま寝ているのだろう。少なくともそうだとラヴィニアは思っていた。その老いた顔をアスターの花が光輪のように囲み、マダムが寝ているところを想像して、ラヴィニアは眠れない夜に気持ちをまぎらせていた。

別のグループで、宿の人たちの興味をひく人たちもいた。アメリカ人の女性とその病気がちの娘だ。女性はかつては美人だったに違いないが、偏愛的で感情が激しかった。娘はこわもての道楽者の小柄なロシア人と婚約していた。彼は毎朝、娘に大きな花束を贈り、犬のように娘のあとをついてまわり、ロマンティックなレディの表現を借りれば、「真珠を散りばめた」ような巻き毛の、白いモスリンの服を着たかぼそい娘に、他の男が少しでも目をつけたら、恐ろしい顔つきでにらみつけるのだった。

名前にいっさいの母音がないこのロシア人が、金目当てでこのマドモワゼルと結婚しようとしているのは明らかだった。だが、頭の弱いママは結婚を期待して喜んでいる。他の人たちから見れば、いかにも疑わしい婚約で、このか弱い娘が、体じゅうに「関白亭主」と書いてあるような、世慣れた感じの小男を夫にして、ロシアへ行こうとしていると思うと、娘に憐憫の情を抱くのだった。このフランス系ポーランド人は残虐さを隠せなかったし、大量の花束も、彼が新しい妻をサンクトペテルブルクの屋敷に連れていく鎖をおおい隠すことはできなかった。

このようなくせのある人びとの輪の中に、われらがトリオの同郷人が入ってきた。陽気な若者で、アルジェから来たという。冒険をしてきたらしく、各地ゆかりの遺物を携え、彼の話は「アラビアンナイト」よりおもしろかった。楽しいひとときになり、「ペリ」（この若者についたあだ名）は、長旅で得た成果を披露してくれた。パリで見てきたオペラを全部うたって聞かせ、ベルリンで見たダンスを披露し、ムーア人*に囲まれて怖い目にあった話を語り、地球の各地から聞いてきたうわさ話を語って聞かせ、そのうえ、会話をするときは、そこにいる人たちそれぞれの言語で話したのだった。

ペリは、こんな明るい人で、みんなの人気者になった。今ではみんながヴェヴェイの町でほとんどの時を過ごし、ブドウを食べたり、この元気な医者の冒険談に聞き入ったりした。彼はヨーロッパじゅうをギターをかかえて吟遊詩人《トゥルバドール》のように放浪し、知識を蓄えてきたようだった。

モロッコで、ヴェールをかぶった姫の胸の音を聞いたのも、彼の冒険譚のひとつに過ぎなかった。これまで集めてきた宝物について話を聞き、ラヴィニアはありとあらゆるロマンスの材料をもらった気がした。カルタゴの遺跡で拾った大理石のかけらで作ったカフスボタン、トレドで買ったダイヤモンドのティアラと耳飾り。アンティークに目のないアマンダは、あまりのすばらしさに目がくらむ思いだった。コンスタンティノープルの美女たちの写真、ムーア人のコインやパイプ、インドの珍しい刺繍。何よりすばらしかったのは、そのひとつひとつを見つけたときの語り口が大変具体的だったので、あたかも、アジアのバザールや、遺跡や宮殿が、魔法の物語の語り手がたくさんいた昔と同じく、目の前に立ち上がってきたように思えたことだ。ところが、まもなく彼は荷物をまとめて、全員に、ストラスブール大聖堂の聖人像の鼻か耳のかけらを持ってくるからと約束して、ペンション・パラディスをあとにした。「ペリ」との別れをみんなは悲しんだ。

イタリアでの小さな騒乱はどうやら平和裡に終わり、旅びと三人組は、さんざん相談した結果、アルプスを越えて、冬をローマで過ごすことに決めた。そこで、宿に残った人たちと涙ながらに別れを告げた。残った人たちは三人にもっといてほしがり、これから起こるであろう困難をあれこれ述べ立てたが、この頑固三人組はそれをものともせず、ブリークへ向かって小さな箱型馬車に乗り込み、ゴロゴロと出立した。

一日、ローヌ川の渓谷を通って、楽しい旅を続け、山のふもとのちょっと風変わりな小さな町、ブリークでその夜は一泊した。

翌朝、日がのぼる前に三人は起きあがり、石造りの食堂でそそくさと朝食をとり、寒さに震えながら、まだ暗い外へ出ていった。狭い通りを、あちこちにぶつかりながら歩き、やっと駅へ着いた。カンテラの明かりが揺れて広場を照らしていた。やがて大きな乗合馬車が二台、ぬっとあらわれた。馬たちが脚を踏みならし、男たちが声をあげている。早く出発したい旅びとたちが先を争って座席をとろうとしている。薄暗い事務所の中では、たくさんの人たちが切符を求めて群がっている。遅いとどなる人もいれば、隅っこで暗い顔をしてじっと待つ人もいた。片目だけつぶり、もう片方の目は御者に鋭い視線を送っている。

「すごくロマンティックじゃない？」すっかり目の覚めたマティルダが、わくわくした声をあげた。

「ううう、とてつもなく寒い。二台とも満杯だから、わたしたち、いつ出発できるかわからないですね」ラヴィニアが、紫色になった鼻先をこすりこすり、しゃがれた声で不満をこぼす。明るい日のあたるイタリアへ行く前に、マフを買うことを思いつけばよかったと後悔していた。

「切符は手に入れたわ。雪山の向こうで、だれかが迎えにきてくれるはず。『神さまのご加護と人の親切を信じましょう』よ。あたしたち、無事に出発できるわ、大丈夫！」アマンダが力強くいった。薄暗闇の中で、何か霊的なものに出会ったらしく、それをすっかり信じているのだった。

乗合馬車が一台、ゴロゴロと出発し、それにもう一台が続いた。最初の一台は七頭の馬に引かれ、二台めは五頭立てだった。馬が一頭で引く小さな荷車が後ろについていく。しかし、寒さに縮こまっている三人の女性たちは、暗い広場の、冷たい石の台に座ったまま、アマンダのいった霊的なものが約束を守ってくれるのをひたすら待っていた。

それはまさしく人間としてあらわれた。いきなり、古い納屋のドアがバタンとあき、なんと、がっちりした小さな馬二頭に引かれ、鈴の音を響かせながら、乗り心地のよさそうな馬車がガラゴロと出てきた。きりりとした御者が帽子に手をあて、三人に感じのいい声で挨拶し、乗りなさいといったのだ。先に出発した二台の重たい馬車など、あっという間に追い越せるときっぱりいった。

「アマンダ、わたしはもう二度とあなたのいうことを疑いませんよ」黒ガラスのラヴィニアはそういうと、うれしそうにそそくさと、年配女性用の隅の席に着いた。

「馬車の幌を下ろしてもらえれば、外の景色をなんでも見られるわね」マティルダは、はおるもの、本、瓶、ランチバスケットなどをがさがさ持ち込みながら、前の席に陣取った。

「もちろん、幌は下ろしてもらいましょう。なんでも見たいものは見られるようになるわ。ただ、今は暗くて寒いから、ひと眠りしておくのがいいわね」

物知りアマンダはそういうと、暖かいはおりものにもぐって、眠り込んだ。けれど、あとのふたりはそうはしなかった。マティルダは窓から頭を突き出し、何か目に入るたびに、わあ、すごい、と声をあげた。リヴィは荘厳な星空を眺め、空がしだいに明るくなるにつれ、色あせていく星を見つめていた。痛みやものうさのたまった、暗い谷間から上へ上へとのぼっていき、安らぎと休息の新しい世界へ到達できるような気がしていた。

じっとり湿った松の森が朝の風を受けて身じろぎしている。くねくねした道をゆっくり登っていき、朝空を見上げると、寒々とした灰色の空がバラ色に染まり始めていて、三人が初めて見る太陽のお出ましが近づいていた。

これまで何度も見てきた輝かしい朝
山の頂を美しく照らし出す、荘厳な日の出よ＊

しかし、その日のすばらしい日の出は群を抜いていた。はるかな峰々がほの赤い光に包まれてからも、馬車はしばらく影の中を進んだ。ところが曲がり角を曲がったとたん、深い谷間の隙間から、太陽がまぶしく光りだし、三人はそのすばらしさに圧倒された。

幌が下ろされたので、三人は思わずぴくんと立ち上がった。そして、太陽のおごそかな美しい姿を目に焼きつけた。シンプロン峠越えは一生記憶に残るものとなるだろう。馬車が進むにつれて、ベルナー・オーバーラントの峰がひとつひとつ、後ろから立ち上がってくる。青く澄み切った空を背に、銀白色にそそりたつ。目の前には、モンテ・ローザ〈山〉が見え、赤い朝日を受けて光っている。日光を浴びてきらめいている広い氷河の周りには、深い切り立った谷間があり、高いところから水が滝となって激しい勢いで音をたてて流れ落ちている。かつての地すべりや洪水の名残りがいまだに、根こそぎ抜かれた木々や、そこらじゅうに転がっている岩石や、壊れた羊飼いの小屋に見られる。それらは、今は羊が静かにえさをはんでいる、くぼんだ草地にあった。

道はくねくねと山をはう。あぶなっかしげな橋を渡り、見下ろすとめまいがしそうな深い谷間を越え、岩盤をくりぬいたトンネル、または、周囲に窓がある回廊のようなところを通ってい

モンテ・ローザ（メイ・オルコットのスケッチ）／Louisa May Alcott's Orchard House

く。窓からは、ずっと上にある、そそりたった氷河から水が滝のように流れ落ちているのが見える。この道はいわば奇跡の道だった。自然があらゆる方向から抗い、そのどれもが、道を阻もうとしているように見えるからだ。しかしながら、ナポレオンのような男だけが、豪胆な決意で、道を通すという夢を叶えられたのだろう。*彼にしかできなかったことであり、これが美しい土地へつながる王の道なのだった。

小さな馬車は、前を行く二台の馬車を追い越して、どんどん進み、まもなく三人は周りにだれもいないところへ出た。さっそく、ラヴィニアとマティルダは馬車から降りて、大きな谷間をぐるりと巡る平らな道を歩き出した。

「先へ行って。あまりにすばらしくて、もう息が止まりそう。ちょっと休んで、体じゅうでこの美しさをたっぷり受けとめたい」ラヴィニアが声をひそめていった。

マットはうなずいた。彼女自身、魂を奪われる思いがしていたからだ。黙ってそっと姉にキスをし、歩いていった。姉は残り、人間の手では造れない、自然の荘厳な寺院に身をおいて、うれしそうに早朝のミサを受けていた。

日の光があたってはいたが、寒さは相当なものだった。三人がまた一緒になったとき、みんなの鼻は年長のペックスニフ嬢〔ディケンズの『マーティン・チャズルウィット』より〕さながら「暁の女神オーロラがそのバラ色の指で鼻先をつまんでひねった」かのように見えた。少し青白くなった、興奮さめやらない顔で元の席に戻った三人は、しばらく口をきかず、聞こえたのは、鼻づらを白い霜におおわれた馬たちが鳴らす鈴の音だけとなった。エジプトの女性のように、目の位置まではおりものを上げて体を包み、リヴィとアマンダは座っていた。いっぽう、マティルダはモンテ・ローザをスケッチしようとしていたが、うまくいかずあきらめ、かわりに、あとのふたりがコールド・チキンを食べ、昔のように瓶に口をつけてワインを飲んでいるところを漫画にして描くことにした。

これまでの荘厳な雰囲気が、急にこっけいなものに転じた。どだい、人間というものはおごそかさが過度になると、もう耐えられなくなり、肉体の欲求が高まって、疲労を感じ、果てしなく続く丘の上にいても、腹は減るのである。というわけで、三人は夢中になって骨付きチキンを食べ、ワインをすすり、やっと、腹がおさまると、熱くなった頭がほぐれた。荷車の少年が、食べ物の匂いに鼻をうごめかし、さっそくアルプスの淡色の花を摘んで持ってきてくれたことに大笑いした。少年が食べ物を欲しそうに眺めたからだ。そして、もらったものを少年がパクパクみごとな勢いで食べてしまったのを見て、ますます三人は笑いころげた。

避難小屋や宿泊所がちらほら見えるようになってきた。馬を代えるのを待っている間、そこの住人たちが、感情をあらわさず、薄汚れてだらしなく見えるのはなぜか、と三人は思った。山で暮らす人びとはきっと賢く、行動的で、屈強で揺らがない、と思っていたのだが、ここの人びとはあまりにも見てくれが悪い。ラヴィニアは自分の思い込みが崩れてがっくりしてしまった。

シンプロンで食べた昼食は、他のときならひどいと思っただろうが、ゴンド谷というすてきな〝デザート〟のおかげで、もう何もいらなかった。大きくそそりたつ崖の間を縫うように激しく流れる川に沿って馬車は速度を増して進み、イタリアへ向かった。イタリア！　そここそが約束の地への入口だとみんなは思っていた。

国境のイゼッレで、入国管理事務所の職員のためにちょっとした工作をした。ラヴィニアとアマンダは古いパスポートを持っていて、それが必要だといわれていたが、マットは持っていなかった。そこで、マットをふたりのメイドということにしたのだ。事務所に着く前に、マットは耳飾りを外し、巻き髪を汚れたスカーフで包み、レインコートをはおり、いかにもおとなしいメイドのアビゲイル（マットの本名）に見えるようにしたのである。

現地に着くと、マットだけが馬車に残って、はおりもの類を見張り、あとのふたりはトランクを持って、事務所へ向かった。きっとあれこれもめるだろうと予想していた。何しろ、世情が不安定だったので、いろいろ邪魔が入るだろうことはわかっていた。ところが、あっけにとられるほどスムーズに通ってしまった。パスポートを要求されることもなく、トランクの中身のチェックもいい加減で、あっさり終わってしまった。そこで、マティルダはさっさと仮装を解き、元の姿に戻って乗合馬車に乗り込んだ。しかし、残念なことに、居心地のいい小型馬車と、気さくな御者と、鈴をつけた馬たちとはここでお別れだった。

何台もの込み合った馬車には、ふたり分の席しか残っていなかった。しかし、さすがアマンダだ、騒いでさんざん交渉していたら、後ろにふたり分の広い座席を確保していた、愛想のいい紳士がアマンダに声をかけ、上の席に乗せてくれたのだ。そこで、ふたりは神学から政治にいたるまで、思う存分話をすることができ、お別れするときに、その奇特な紳士は、自分の本をふたつに切って、ひとつをアマンダに渡したのだ。ドルイド教徒の遺跡、原形質《プロトプラズマ》、また洪水の前の教会の状況などについて読んで、気分をリフレッシュしてほしいといった。いかにもまじめで味けない内容ではあったが……。

こんなふうにいろいろ対照的なことがあって、イタリアへ入るのが楽しみになった。アルプスの壮大さと、ゴンド谷の荒々しい不気味さのあとだったため、ドモ・ドッソラへ下っていくときに、このほほえましい様子が、なおさら楽しく思えたのだ。疲れ、飢え、眠けはすっかり忘れられ、ついに、月明かりに照らされたマッジョーレ湖に着いたときには、三人とも幸せいっぱいのため息をつき、あまりの美しさに目が離せなくなった。

「ここまであたくしたちには勝利の女神がついていてくださったに違いないわ。こんなにすばらしい旅は生まれて初めてですもの。アルプスを越えながら、日の出も昼間も日没も、まして月夜まで見られた外国人なんて、めったにいないでしょうよ」その夜、興奮の一日を終えてくたくたに疲れ、ベッドに倒れ込んだマティルダはいうのだった。

「おかげで、心豊かな、良い女性になれた気がします。これからイタリアに十年いることになっても、こんなに満足するものは見られないと思いますよ」ラヴィニアはそういい、分厚い赤い毛布を「軍隊のコートのように*」はおった。

「リヴィおばさん、ローマの魔力につかまるまでは待ったほうがいいわ。どんなものが見られるか！」アマンダはその魔力につかまった経験があり、いまだ魔力にとりつかれたままなので、予告するようないい方をした。

「まさか、わたしはそこまではいかないと思いますよ」リヴィの考えは変わらない。芸術より自然を好むリヴィだったが、アマンダはそれが気に入らなかった。

「まあ、そのうちにわかるでしょう」知識の豊富なアマンダは、むっとしながらも、おだやかにいうのだった。

「そうでしょうとも！」会話を結ぶように、リヴィはナイトキャップのひもをぎゅっとしめた。

5 イタリア

魅惑の湖〔マッジョーレ湖〕は、聖人カルロ・ボッロメーオ*の慈悲深い霊に守られているかのようで、おかげで三人はぐっすり、夢も見ずによく眠り、心身ともにすっきりして目覚め、今日を楽しもうと期待が胸に広がった。午前中は、ボートで湖に出た。座り心地よくしつらえられ、鮮やかな天幕を張ったボートで、見るからにかっこいい漕ぎ手が、イゾラ・ベッラ〔島〕へ連れていってくれた。その岩場の上は小天国のようなところだとは、だれもが知っている。だから、咲き乱れる花、大理石、かごいっぱいのおいしそうな果物、花や果物を差し出す、薄汚れたかわいらしい子どもたちなど、そんなものは不要なのだ。

午後、フィレンツェにトランクを送り出してから、三人はボートでルイノへ向かい、モンテ・ローザをこれを最後と目に焼きつけた。このイタリアの湖で、イタリアの豪華な日没を心ゆくまで楽しんだ。ルイノで小さな箱型馬車に乗ったが、若いふたりは、気どった付き添いのラヴィニアと馬車の中にいるより、上にあがって御者の隣に座りたい、といいだした。

「やっぱり周りの美しい景色を見て、月光を浴びたいわ」とアマンダはいい、御者席に上がった。

「赤と黒の装束の山賊みたいな御者が、肩に角笛をかけて、四頭の元気いっぱいの馬を駆って丘を駆け下っているのよ。その隣に座れるなんて、最高！」そういって、マティルダも身軽く前の座席に飛びのった。

「おふたりさん、落ちてけがをせずとも、寒くて凍えてしまいます。気をつけないと、看病したり、埋葬したりする人が必要になるでしょうよ」だめといおうが、なだめすかそうが、無駄だとわかったラヴィニアは、やれやれとあきらめのため息をつきながら、馬車に乗り込んだ。

御者が角笛を吹きならすと、周りの人たちがわーっと声をあげた。ふたりはにこやかにそれに応え、馬車はゴロゴロ音をたてて旅立った。少なくともふたりは大変ご機嫌だった。あたりの妙なる美しさときたら！　まず、たそがれの薄闇がふわりと周囲を包み込み、やがて、神々しい満月がゆっくり姿をあらわし、周囲の平々凡々たるものすべてが魔法の光に包まれた。高い席に座ったふたりが感嘆の声をあげると、馬車の中からリヴィも声をあげて応えた。夜気にあたるのも気にせず、体を半分乗り出したり、馬車が森の坂道をのぼっていくと、頭に枝があたったりした。と思うと、今度はくねくね忙しく曲がる道を駆け下りたりする。馬車ががくんと揺れるたびに、身の軽いふたりが振り落とされないのが不思議なくらいだった。角笛を「トゥートルトゥトゥー」と吹きならしながら、馬車はいくつかの静かな小さな町に入っていった。それはいかにも目をひく楽しい光景で、そのたびに人びとがまるで地面から湧き出たかのように、たちまち集まってくるのだった。少しの間しゃべって、馬たちに水を飲ませ、「お休み、いい夜を！」と、角笛をまた吹きならし、馬車は車輪の音を響かせて、夏の月明かりの中、さらなる旅を続けたのだった。三人はそのすばやい行動に胸を弾ませていた。

赤いベストに、ボタンがいくつもある裾の広がったコートを着て、帽子の縁に大きな黄色いふさをゆらゆらぶら下げた、褐色の肌の御者が、隣に座ったアメリカ娘ふたりをどう思っていたかは、だれも知らない。しかし、最初はとまどった御者も、結局は楽しんでいたように見える。アマンダはイタリア語ができるのをひけらかして、あれこれ質問を浴びせかけた。いっぽう、マティルダは折に触れて、お国の歌をうたってほしいと頼み、ふたりとも彼をほめちぎった。まるで、小さなかわいい子どもをほめるように。

ラヴィニアはひとりでずっとひそかな疑いを抱いていた。はらはらした夜だったが、自分は危うく難を逃れたと思っていた。というのは、しょっちゅう、歌声が聞こえ、馬が速歩になったので、きっとアマンダが角笛を吹きならし、マティルダが手綱を握っているに違いないと思ったのだ。または、かっこいい御者がついに心乱れて、おかしくなったのではないか、と。しかし、どのつまりは愉快だったので、さすがのラヴィニアおばさんも楽しくなった。そして、もしもラヴィニアのきらびやかな妹分ふたりがロマンティックな気持ちで暴走しても、アントニオ医師〔イタリアの作家ルフィニの同名の小説に出てくる医者〕がたちまち駆けつけ、骨折しても介抱してくれて、ふたりのどちらかと結婚し、すべてを丸くおさめてくれるだろうと思ったりした。

結局のところ、幸いなことに何も起こらなかった。夜九時、一行は無事にルガノに到着した。親しくなったかっこいい御者につらい別れを告げ、影のようにあらわれた、だれかに導かれて宿へ行くと、食事をあてがわれた。そこは、三メートルもある背の高い像がいくつもある、大理石のホールで、三人が食べている間、像たちににらみつけられている気がした。そして、それぞれの部屋に案内された。薄緑色のとびらをあけると、赤いカーペット、青い壁、黄色いベッドカバーが目に入った。やけに華やかな色合いで、虹の中で眠る気分になった。

窓の下にはまた別の湖〔ルガノ湖〕があり、月光がふんだんに降りそそぎ、まだ足りないかといわんばかりに、音楽が響いてきた。ラヴィニアはこんなときに寝るなんてもったいないと思い、部屋を歩き回ったり、バルコニーへ出てみたりした。ロマンティックなムードに浸るなんて、もはや若くない彼女にとってはみっともなかったかもしれない。しかし、その音楽がどこから聞こえてくるのかに気づいたのは、彼女のお手柄だった。それは宿の向かい側からで、戸棚の奥の窓をあけたところ、劇場をのぞくことができ、舞台が見えたのである。

そこで三人はいっせいにひとところに集まって、オペラ〔モーツァルト作曲『ドン・ジョヴァンニ』〕を思う存分、鑑賞したのだった。こんな場所から見られる特権をおおいに楽しんだ。歌手の歌を存分に聞けるだけでなく、カーテンが降りたあとの姿まで見えた。ドンナ・アンナがどんなふうに黒髪をアップにするか、ドン・ジョヴァンニがジッグを踊り、堂々たるオッターヴィオが黒い瓶から飲み物を飲むしぐさ、幽霊になった騎士長が操り人形の道化役みたいに踊りはねる姿など。

ルガノ湖（メイ・オルコットのスケッチ）／ Louisa May Alcott's Orchard House

やがて、若いふたりは眠けに耐えられず、寝てしまったが、ひとりリヴィだけは真夜中を過ぎても幽霊のように、美しい湖の見える表向きのバルコニーから、オペラが楽しめる戸棚の窓ぎわへと行ったり来たりして、胸を躍らせていた。こんなすばらしい夜の思い出はぜったいに忘れたくないと思っていた。黄色いベッドカバーをはおって、オペラを見ることができた旅びとなど、よもやいないだろう。

翌日、朝食の前にルイノで写真を何枚かとり、そのあといくつかの湖でボート遊びをし、おしゃれな馬車に乗ってメナッジョへ向かった。そこから、車輪のない、市場の馬車のようなボートに乗って、カデナッビアへ渡った。こうして、コモ湖のほとりに一週間、ゆっくり滞在した。

ここでの宿は、常夏のリゾート地なのに、大理石の壁に囲まれて冷えびえしていた。雨ばかりで、とても寒くて、ベッドで暖まりたくなってしまった。石の床はカスチール石けん＊のようにごちごちで、リウマチでつらい体にはありがたくなかった。手回しオルガン、踊るクマ、二軒のホテル、屋敷が一軒、道はなく、あるのは湖だけ、ヤナギの木立で片目をつぶって寝そべっているボート漕ぎは、もしもだれかがやって来ようものなら、とたんに、にこにこして飛び出し、客をつかまえようとするのだった。そのくらいが、カデナッビアの思い出に残ったことだ。

ラヴィニアは旅の日記をつけていたので、ここでその中から少し引用すれば、ローマに着くまでの三人の旅の様子がわかるだろう。また、途中で見た有名な場所や絵画について、思い切った批評をしているので、それも含めて紹介する。

ミラノ：まるでウェディング・ケーキのように豪華な大聖堂。《最後の晩餐》〔レオナルド・ダ・ヴィンチ作〕は、馬小屋のようなところにあり、さすがに「ぞっと」しなかった。でも、それはしかたない。だって、あまりにも色あせてしまっていて、よく見えないのだから。アンブロジアーナ図書館。L〔ルクレツィア〕・ボルジアの髪の毛。紅茶色で、ごわごわしている。本物かどうか信じられない。おもしろそうな古い本がたくさん。でも、さわれなかった。ダンテの威光がそこここに感じられる。派手な明かりの灯った大聖堂を見た。わざとらしい感じ。ローマからきた偉い人たちに向かって人びとが騒いで声をあげている。なぜ明かりを灯すのか、なぜ、人びとが大声をあげるのか？　たずねはしなかったけれど。男たちはハンサムだが、失礼なところがある。女たちはヴェールをかぶり、帽子をかぶらない。太って、みっともない。手袋はとても物がいい。平和のアーチ。* イタリアにとってはもっと平和が必要で、アーチはもういらない。

ラファエロの描いた処女マリアの結婚。堅苦しい、おかしな絵。ラファエロは好きになれない。やさしく、聖らかで単純な、フラ・アンジェリコの絵の方がわたしは好きだ。

A〔アマンダ〕と一緒に公園へ行く。長いピンク色の脚をした、黒いダチョウを見た。ひょいひょいと歩く姿がオペラの踊り子みたいで、柵に座って、ふたりで大声で笑った。

パヴィア：一三九六年に建てられた、古いカルトゥジオ会の修道院〔チェルトーザのこと〕を見に行く。回廊、庭、二十四の小さな住まいがある。修道士ひとりひとりにチャペル、寝室、居間、庭があり、彼らは決してしゃべらず、週に一度だけ姿をあらわす。主とそのしもべたる貧しき者たちのために尽くす、仕事の多い忙しい暮らしは、なまけ者には良いだろう！　なんだか、彼らを揺さぶってやりたくなってしまった。でも、長い上着とフードをつけ、薄暗い回廊と教会をそろそろと歩く姿はとてもいい。おそらく、そのために彼らはそういう格好をしているのだろう。

パルマ：コレッジョ*のフレスコ画がある教会のドーム。天地がすべて、さかさまになっている。太った天使たちが逆立ちし、聖者はまるで殺戮者のようで、殉教者は弱々しく、にたにた笑いをしている。コレッジョは赤ちゃんのほうがずっといい。そもそも、天国など描けるわけがないのだ。描こうとするのはやめるべき。ジローラモのマドンナ*はきれいだ。女子修道院長の部屋があり、バラ色の頬の子どもたちが格子窓からのぞいているのがかわいらしい。《スープ皿の聖母》〔コレッジョ作〕、少年キリストがとてもチャーミング。古いファルネーゼ劇場は大変おもしろかった。かびくさい場所からカンバスの切れ端を手にいれた。パルマは古めかしいところだ。

ボローニャ：どしゃ降りの中、馬車でアカデミーへ行き、たくさんの絵を見た。グイドー*のピエタは実に印象的だった。膝に亡くなった息子を抱いて、絶望している母の顔がその後もずっと脳裏から離れない。ラファエロはそういう絵には合わない。エリザベッタ・シラーニ*の聖ヒエロニムスと幼子イエスが気に入った。ラファエロはそういう絵には合わない。悲しいことだ。わたしはモデルのような顔をしたマドンナとか、かわいらしい赤ちゃんらしさのない、むくんだような赤ん坊は好まない。

フィレンツェ：毛皮を買った。天候がよく、病人を連れてくるには最適。ずっとイタリアはわけのわからないところだと思っていたが、その通りだった。そこらじゅう絵だらけだ。山のような絵の中で気に入ったのは六点くらい。ヴィーナスや、その上にかかっている、ティツィアーノの有名なおてんば娘の絵*は気に入らなかった。でも、彼の描いた肖像画はとてもいい。ローマ皇帝の胸像はどれもおもしろい。しかし、なんとおかしな頭！　ユリウスも、ファウスティナも、そしてアグリッピーナ*も。眉毛の上に大きなスポンジをのせたみたいな頭はこっけいだ。いくら見ても飽きない。最近のとてつもないヘアスタイルの原点がわかった気がする。

哲学者たちは興味深い。キケロはウェンデル・フィリップス*のようで、わたしは思わず拍手して、「ヒア！　ヒア！」と叫ばずにはいられなかった。

A〔アマンダ〕にカンパニーレ〔鐘塔〕はまるではめ込みの道具箱みたいといって、がっかりさせてしまった。石の松はりっぱですばらしかったが、その半分も良くない。何より良かったのは、古いサン・マルコ修道院で、フラ・アンジェリコ*の絵をたくさん見たことだ。わたしは彼の絵が好き。純粋な心を作品に込めているから。それは絵を見てわかり、感じることだ。たとえ、彼の描く聖人に、指の関節が六つあろうと、ありえないような鼻を持っていようと、構わない。《プロヴィデンザ〔神の摂理〕》というすばらしい絵があった。何も載っていないテーブルについた貧しい修道士に、天使がパンを持ってくる絵である。

アンジェリコの絵は今まで見た中のどれよりも心に残った。厳しい、復讐心に燃えた神も、とぼけた顔のマリアもなく、ただ、子どものように楽しそうに踊ったり、うたったり、笛を吹いたり、心底から幸せそうにしている姿がいいのだ。

ジローラモ・サヴォナローラ*の遺物。彼の独房、胸像、ビーズ、髪の毛を編んで作ったシャツ、彼がその上で焼かれた薪の残り。実際に生きて、働き、苦しんだ人の遺物のほうが、天使の群れや、大勢の神や女神を見るより好きだ。

心楽しい馬車の旅。芸術家たちに会い、カーサ・グイディ*〔詩人ブラウニングの家博物館〕の窓、ドアに人形の名前を書いた小さなモデルハウス、有名な像を作ったその手〔ブラウニングの息子〕による階段を見た。「パパの小さなモデルハウス」は彼のどの作品よりすばらしいと思った。小さな地震があり、雪がはらはら散って、このすてきなところが、ますます魅力を増した。

シアドア・パーカー牧師*の墓を訪れた。こんなに醜い、ごちゃごちゃした墓地の中にあったのがいやだ。だが、それはどうでもいい。肝心なのは、彼を愛し、彼が癒した人びとの心の中に彼が生きていることなのだから。わたしがそこに立っていると、小さな茶色の鳥が墓を覆っているつる植物の上で、はね飛んでいた。朝ごはんに、乾いたさやの種をついて食べ、墓石に止まって、うれしそうな鳴き声をあげた。食事のあとのお祈りのように。そして、ぱっと飛んでいってしまった。そのささやかな祈りの儀式にわたしの心はなごんだ。

「あなたの気持ちを損ねたくはないけれど、もしここがローマなら、なんてひどいところだと、いいたいですね」ラヴィニアがいいだした。一行は、永遠の都ローマにやってきたのだが、大きな、まだ未完成のごちゃごちゃした停車場は泥でぬかるみ、転びそうになったからだ。

「雨の夜の十時、それも墨を流したような真っ暗な中では、まともな判断はできないわ。とくに、おなかが空いて、疲れ切って、そして、ごめんなさいね、いらいらしている人には無理でしょう」と、アマンダが切り返した。三人は馬車に乗り込み、スペイン広場へ向かった。

「神々しい噴水！　なんて、すばらしい宮殿！　あ、あれは何かの像よ。あそこの黒い影はきっと修道士だわ。何があろうと、あたくし、ここがぜったいに気に入るわ」マティルダはすっかり興奮して、馬車の窓に鼻をぺたんとくっつけて外を見ている。

実は、昼間にローマに着けなかったのが残念でたまらなかったのだ。昼間なら、両手を握りしめ、大声をあげ、何か見えるたびに、息をはずませて、感情を爆発させただろうに。「ローマ！　ローマ！　永遠の都があたくしの目の前にある！」

そうなるはずだったのだ。夢の都が目の前にあるというのに、こんなありきたりのつまらない入り方ではあまりに悲しい。

翌朝早く、ぐっすり眠っていたリヴィは喜びの声にたたき起こされ、びっくりして起きあがると、画家の妹が部屋着姿で、髪の毛はぼさぼさのまま、窓辺から外を見て、わけのわからないことを口走っている。

「スペイン広場の階段よ。あそこにモデルがよく座るの。プロパガンダ*、有名なイエズス会の学校ね。おもしろい帽子と上着をまとった小さな生徒たちを見たいわ。あ、あれは処女懐胎議論を収めるために建てられた像よ。とてもすてき。でも、使徒たちはそれを支えるのにうんざりしているみたい。感じのいい、古い家々！　あらっ、どこかの食堂の男の人がだれかの朝食を頭にのせて運んでいる！　だれも民族衣装など着ていないわね。羊皮のスーツは？　赤いスカートに頭をおおう白い布は？　花を持った娘たち。ああ、なんてかわいい！　あ、大変。警察官かだれかがこっちを見上げてる。あたくしは見てもいなかったのに」

金髪の頭はすぐにひっこみ、青い部屋着は、そのかっこいい兵士の目からは見えなくなった。彼は背の高いブーツをはき、灰色と赤の外套をはおり、剣をカチャカチャ鳴らし、おしゃれな軍帽を見せた。夢中になって見ている外国人のためのポーズだ。

「リヴィお姉さま、もう最高よ！　早く起きて、こっちへいらっしゃいな。少し曇ってきたから、早く外へ見にいきたい。さもなけりゃ、おかしくなりそう」マティルダはいつになくパワフルで興奮している。

「ここにしばらくいるんだから、雨には慣れないとね」黒ガラスのリヴィがさとす。

実に、その通りとなった。それから雨はなんと二カ月も続いたのだ。ときたま雪がちらちら混じり、雷もあり、また大嵐、アルプスおろしの北風、地中海特有の東南風、そのほか、イタリアの冬特有のあらゆる天候がやってきた。何ひとつ欠けてはならない、とでもいうように、ご丁寧に洪水までがおいでになった。それが十二月二十八日だった。

その日の朝、居心地のいい宿で、三人はのんびりと朝食の席についていた。暖炉では、松ぼっくりとオリーブの薪が楽しげに燃えさかり、ジョケレッラという名の大きな猫はラグの上で喉をゴロゴロ鳴らし、小さなコーヒーポットが、バターとパンと卵とフルーツの間に置かれて、得意そうに出番を待っている。三人は部屋着とスリッパ姿で、肘掛け椅子にゆったりと腰をおろしていた。それぞれ、赤、青、黄色に色分けされている。と、そのとき、三人はぎょっとして目を見張った。メイドのアグリッピーナがいきなり爆弾のように部屋に飛び込んできて、一気にいったのだ。テヴェレ川が氾濫したので、町じゅうが浸水したそうだ。命の危険が迫っている、と。

三人はあわてて窓辺へとんでいった。入口の階段まで完全に水に浸かって、もはや逃げ場はないのか、それを見ようとした。しかし、少しほっとしたことに、水があるところは半分凍っている噴水くらいで、その上には鼻先につららをぶら下げた、三人お気に入りの海の神トリトンが傾きかげんに立っていた。

「行って、見てこなくては。気の毒な人たちはさぞ困っているでしょう。何かできるかもしれない」神経痛など忘れたかのようにリヴィがいいだし、さっそく毛皮のブーツを取り出して、はいた。まるで、ローマの運命が自分にかかってでもいるように。

他のふたりもそれに続いた。猫のジョケレッラがテーブルの上のものをほしいままに食いちらかすのも構わず、テヴェレ川がどうなっているかを見にいくことにした。いかにも愚かな行動というべきだ。なぜなら、町の低い地域はすでに水に浸かっていて、大通りにはボートがたくさん浮かび、まさしくヴェネツィアのようだったからだ。

コルソ大通りは、深い水におおわれ、ものすごい勢いで水が流れていた。店主たちは水の中を泳ぐようにして品物を少しでも救おうと必死になっている。

「わたしたちのドレス、あの新しいきれいなドレスはどこへ行ったの？」マッゾーニというりっぱな店が、バルコニーまで水に浸かっているのを見て、三人はあえぐようにいった。すでに多くの帽子屋たちが集まって、両手をもみしぼって嘆いていた。

ポポロ広場はさながら湖のようだった。四頭のライオンの石像はまだ見えていて、口から水を吹き出していた。それこそいちばん見たくないものなのに。開いた門からは泥水が流れ込んでいる。干し草の束やら、ちぎれた枝やら、溺れた動物などがコルソ大通りを流れていく。人びとはバルコニーに立って、いったいどうしたものか、途方にくれている。まだ朝食なしのまま。食堂のボーイたちだって、こんな水路を通って、コーヒーポットを運べるわけがない。荷物を積んで、あわてて脱出しようとする馬車が少し水の低いところを選んで、バシャバシャ水をはね返しながら通っていく。もっと乾いたところへ行きたいのだ。はしごを使って下のボートに降りる人たち、大事なものを持って順番を待つ、大勢の人たち。

兵士たちがいっせいに出動して、人びとの命と財産を守るべく、勇敢に働いている。いかだをこしらえたり、人を背中におぶったりしている。浸水した通りにボートを浮かべ、家が壊れたり、沈んだりして、飢えた人びとに食料を運んでいる。こういうことは、普段は司祭が主導してやるのだが、今日はぼうっと立ったまま、見ているだけだ。この災厄は、人びとが教皇をないがしろにしたからだ、などといっている。人びとは、司祭たちがみんなのために祈りを捧げようともしなかったので、不満を感じていた。そして、ヴァチカンの渋顔の年配の司祭たちに向かって、指をぱちっと鳴らして抗議の意をあらわした。そんな薄情な司祭たちよりも、きびきび働く勇敢な兵士たちのほうがよっぽど町に尽くしている、とラヴィニアは思った。

ゲットー〔ユダヤ人居住地区〕では、災害がもっとひどかった。洪水がいきなり襲って、一時間のうちに地区全体が水びたしになったのだ。見るからに無残な状況だった。なぜというに、ユダヤ人たちは缶詰のサーディンのようにくっつき合って暮らしていたからだ。なんの警告もなくいきなり洪水に襲われて、呆然としている。なんともみじめだ。ある通りでは、夫婦が腰まで水に浸かって、古ぼけたマットレスをつかんで泳いでいた。その上に、小さな子どもたちが三人乗っかっていた。助かったのだ。

その日もあとになって、食料などが積まれたボートがやってきた。女も子どももわーっと窓ぎわへ寄って、「パン！　パン！」と叫んだ。しかし、市当局の努力にもかかわらず、その人たちには行きわたらなかった。すべてを失ったある年配の女性は、救出に来た人たちに追いすがって、後生だから嗅ぎタバコを、と懇願していた。いかにもイタリア人らしい。あわれな男がいた。病気の妻と幼い子どもたちを助けようと、手押し車に乗せようとして、うっかりひっくり返してしまい、家の戸口で赤ん坊たちが溺れてしまったのである。喜劇と悲劇がとなり合わせだ。

市の外では、たくさんの家が水に押し流された。大勢の人たちが行方不明になり、亡くなり、橋は流れ落ちた。あまりにも突然のひどい洪水だ。大雨と暖かい風が山々の雪を溶かし、川をあふれさせ、一八〇五年以来、水位が最も高かったという。*

クリスマス休暇でローマに来ていた外国人たちは、りっぱな宿にいても、食料も火も明かりも、友だちさえもなく、ボートで救出されるのを待つか、または物資を運んでもらって、窓から受け取るかしかなかった。

「あとしばらくは、このままでどうにかなるでしょう。ここは丘の上だし、ピーナ〔アグリッピーナ〕が数日分の食料なんかを用意してくれたから。でも、もし洪水が長びいたら、物資が足りなくなるわ。薪置き場も水をかぶったし、鉄道も動かないから、農民たちは作物をこちらへ運べなくなってしまう。ロバを泳がせて運ぶ以外はね」アマンダが状況を説明した。

「それならしかたないわ。とにかくすごく興奮するわね。ただ、あたくしたち、今日はローストピッグ・オーロラを見に行くことになっていたのよ、それを忘れないで」マティルダはロスピリョージ宮殿をローストピッグと間違って発音していたのだ。

「わたしは、あなたたちの好きな、凍りついた芸術作品より、こっちのほうがずっと好きですよ。大勢の兵士たちが泥だらけになって、女たちや赤ちゃんたちを助け出しているのに胸をうたれます。大昔から、あえぐ姿をさらしている、大理石の『瀕死の剣闘士』をたくさん見るより、よっぽどいいですよ」ラヴィニアがいった。こないだ、ラヴィニアは有名な像を鼻であしらって、いつまでも、もがき苦しむことなく、さっさと死んでしまったほうが楽になるのではといい、芸術好みのふたりをぎょっとさせたのだった。

「マット、気にしないこと！　おばさんは芸術がわからないの。わかってもらおうとしても無駄よ」と、アマンダはいった。すべての偉大な絵画についてつぶさに本を読み、すべての有名な像について詳細に調べ、何がすばらしいのか、どんなときに胸がときめくのか、どこで感情が湧き出してくるのかを知りつくしている者として、おだやかにマティルダにさとした。

そこで、マティルダとアマンダは、壁ぎわに張りついたままふたりにマフを振ってさよならしている、はずれ者を置いていくことにした。残されたひとりは、「自然は偉大だ！」などと、とんでもないことを叫んだ。イギリス婦人が聞いたらぎょっとしただろう。ローマじゅうがひっくり返っているのを見たら、ひどく興奮したに違いないからだ。

その夜、ガス灯が消えた。そして、どこからか、どの家でも朝までランプを灯しておくようにという、お触れが回ってきた。泥棒が暗躍し、三人はさっそく武器を用意した──ひとりはピストル、ひとりは短刀、そしてもうひとりは大きな雨傘。そのあとは、ぐっすり寝た。台所でガサコソ音がするのにもまったく気づかなかった。そこには、猫、ニワトリ、ピーナの五人のおばあちゃんたちが勝手にただで暮らしていた。

アマンダが最後のこわい予告をした。もしかしたら、真夜中にポルタ・ピア〔古代ローマの城門〕あたりで体がぷかぷか浮いているのに気づくかもしれない、と。マットは、朝、ギャラリーに張りついている自分を想像していたので、そこが水没すると思って泣いてしまった。リヴィは、教皇が法衣を濡らして溺れそうになり、洪水をものすごく恐れればいい、という罪深い想像をめぐらせた。何しろ、クリスマスの祝いはすべてとりやめにし、枢機卿たちの赤い馬車をすべて車庫に入れたままにしていたからだ。

次の日、水はしだいに引きはじめた。人びとはまだ世界の終わりが来たわけではなかったと、確信した。紳士たちは、屈強な兵士たちにおぶさって、あちこちに出かけ、女性たちはボートに乗って買い物に出た。二階の家には、窓から家族の食べ物が、なんの説明もなく差し入れされた。こうして、人びとは即座にどうしても必要なことに対応していった。

洪水騒ぎが収まらないうちに、早くも次の新しい出来事があり、市は再び騒がしくなった。

王は一月十日までは姿をあらわさないことになっていたのだが、道が通れるようになるや、待ちきれなくなった王は気の毒なローマ市民たちのためにと、三十万フランを持参して、やってきたのだ。王は早朝四時に到着した。思いがけないことだったにもかかわらず、その知らせはたちまち市中に広がり、群衆がトーチを掲げてどっと押し寄せ、王宮*までついていった。

再び、突撃ピーナがその知らせを持って、三人のところへやってきた。今度は、感涙にむせびながらである。なぜなら、だれも王が激励に来るとは思っていなかったので、この災害の最中に、王の突然の訪問がことのほか、うれしく、感激したのだった。美人のピーナの様子は見ものだった。片手にレードルを持ち、もう一方の手にアーティチョークを持ったまま、教皇に向かってはこぶしを振り上げ、王に対しては歓声をあげ、きれいな目を燃え上がるようにきらきらさせ、やさしい声を震わせた。フライパンの中で、ポレンタ〔コーンミールのおかゆ〕がとんでもない状態になっているのもかまわず、しゃべり続けた。

三人は帽子をかぶり、外へ出ると、急ぎ王宮へ向かった。王をひと目見ようと、人びとが固唾《かたず》をのんで待っていた。

並みいる役人たちの中で大きな動きがあり、真新しい制服をまとったかっこいい人たちが、あらゆる方向に向かって走りはじめた。豪華な馬車が次々に到着しはじめた。位の高い、力のある、王に忠実な人びとがあわててやってきたのである。マルモラ将軍*──やせた、みすぼらしいが、エネルギッシュな男──はそこらじゅうを歩き回っている。新体制はまだ危ういからだ。平民たちは高貴なドーリア家やコロンナ家〔イタリアの名門貴族〕の人びとの姿を目にして喜んだ。人びとは、見るものすべてに歓声をあげていた。司令官から、馬丁が人込みをかきわけて持ってきただれかの朝食のことにまで、敬意をあらわにして歓声をあげている。

その一時間ほど、三人は降りしきる雨の中に立って見ていたが、やがて引き上げた。自由の国のアメリカ人にできることといったら、一張羅《いっちょうら》の帽子をぐしょぐしょにすることくらいだと思ったからである。そこで、三人は、ピーナが作った美しいイタリアの旗（こっそり王のために作ったものだ。だんなは教皇の兵士だから）を掲げ、それを小さな星条旗二枚で支えた。星条旗を見て、ピアッツア・バルベリーニ〔広場〕にいた、歓声をあげていた少年たち、ロバたちは、これはなんなんだとびっくりしたことだろう。

けれども、人びとの興奮が若いふたりにも伝染したので、やっぱり王を見たいという気持ちを抑えられなくなった。そこで、リヴィは暖炉と猫を相手に残ることにし、あとのふたりは馬車で、王のあとを追いかけ、カンピドリオの丘*でやっと追いついた。王がちょうど長い階段を降りてくるところを見ることができた。お付きもつけず、ほとんどひとりで、命の危険もかえりみなかった。群衆が大歓声をあげ、白いハンカチの波で通りが白くなった。

ふたりともすっかり夢中になり、御者の隣席に上がった。そして、大声をあげて、心から声援を送った。やはりそうなってしまうのだ。さすが見応えがあった。市中に敵がどれだけいるか計り知れない中、自分を信じる王の勇気は、人びとの心に強く響いた。とにかくここへ来ようという素直な気持ちがしっかり伝わり、王は人びとの目に聖なる者と映った。

次にふたりが王の姿を見たのは、王が王宮のバルコニーに立ったときだった。大衆が「王さま《イル・レ》」のお姿をもっと見たいと声をあげて望んだので、急ぎ、教皇のビロードの垂れ幕が広げられて、ヴィットリオ・エマヌエレ*が姿をあらわし、人民に挨拶したのだ。アマンダのことばを借りれば、「人びとは狂喜した」のである。

一般市民の服をまとい、がっちりして、褐色の肌をした、兵士のような風貌で、肖像画で見るほど不細工ではなかった。だが、とうていアポロンには見えなかった。

儀式や豪華なしつらえを嫌う王は、用意されたりっぱな部屋を断り、かわりに簡素なところを選び、いった。

「りっぱなところは息子にとっておけばいい。わたしはこちらの方がよい」

そして、王は馬車でゲットーを訪問した。それから、市内の貧しい地域を回り、自分の目で洪水の被害を確かめたのだった。そして、市の重鎮たちに、市が王のために用意しておいたもてなしの費用を、貧しい人びとに分け与えよ、といった。

王の滞在はたった一日で、その日の夜、王はフィレンツェに帰っていった。ローマ市民は打ちそろって停車場に集まり、王を見送った。花で飾った馬車に乗った淑女たち、兵士の一団、王を聖人のようにあがめる貧しい人びとの群れがいた。王が被災した人びとへ心を寄せたことが、すべての民の心をつかんだのだった。

「もし王が華々しくおいでになったら、バルコニーを飾りたてて、ここの六つの窓を全開し、ヤンキーの忠誠心をもって、『心正しき王』に喝采を浴びせましょう。みんなが、ヴィットリオ・エマヌエレと呼んでいる方に。これこそ王に対する最高の賛辞だわね」

などと三人は話していたのだった。そして、その時を待っていた（結局そうはならなかった）間、三人はとりあえずローマ市内で行かれるところへ行って、時間を過ごしていた。

いくつもの画廊を訪れたが、寒いこと、寒いこと！　延々とフレスコ画を見上げているうちに、首が「痙攣《けいれん》」してしまった。とてつもなく古く、ときにはほとんど何も見えないような色褪せた絵を眺め、目に入るのはマホガニー色の脚と、脂ぎった顔と、またはピンク色の天使たちが吹きおこす風に包まれた、緑がかった聖人のぼやっとした輪郭だけだったので、目をこらしすぎて、視神経をやられてしまった。

カタコンベ〔古代ローマ時代の地下墓所〕をいくつも訪れ、中に入り、すっかりかびくさくなってしまった。チェチーラ・メテッラの墓*へ行き、皇帝たちの宮殿をはしゃいで歩き回った――望ましい態度ではなかったけれど――月の出る頃にコロセウムを見て、寒くなった。カラカラ浴場ではスケッチをした。いつものように、最後に紳士淑女たちがお互いの姿を描き合い、「いとしきローマ」の芸術を学んで帰ってきた。

おしゃれで華麗なパーティにも参加した。芸術家たちが自分の作った像や絵画のような扮装をし、中世のしつらえをして、もてなしてくれた。残念ながら、もう世の中は元には戻らないけれど。称号を持つ人たちとブラックベリーのように濃いお茶をどっさり飲んだ。よかったのは、鉛筆やペンのみで名声を得た人びとがいたことだ。また、宮殿へも行った。そこでは、馬が地下に住み、裕福な外国人は一階、芸術家は二階、王子は屋根裏部屋ということだった。

さらに、ハンティングにも行った。真っ赤な上着を着た人たち、すばらしい馬たち、乗馬の下手な人たち、ハウンド犬がたくさん、でも、キツネは見つからなかった。

ちょっと気分を変え、三人の宿の小さなサロンで、リトル・アテネ〔文化や芸術を楽しく語る場〕を真似てゲーム・パーティを催した。七つの丘のローマで、パントマイム、ジェスチャー、かの有名なジャーリー夫人の蠟人形ショー〔『骨董屋』より〕を楽しんだのである。

そして、参加した人びとにヤンキー風朝食をふるまった。フィッシュ・ボールとジョニー・ケーキ〔コーンブレッド〕、ディップ・トーストだ。ふるまった部屋は大変きれいなところで、淡い緑色の壁には葦やイグサが描かれ、背もたれが貝殻の形をした椅子、サンゴで縁取りした鏡があった。三人にとって慣れ親しんだ朝食でも、それを有名な宮殿のようなところ〔バルベリーニ宮か〕で食べるというのは心躍ることだった。階下には偉大な画家グイドーのベアトリーチェ・チェンチの肖像画*があり、三人の少年たちが給仕をつとめてくれた。そして、「ティツィアーノ・T」が食事を主導し、そのあと、ナイル川のナツメヤシ〔デーツ〕を食べ、エジプトのスケッチを見たりして、最後はもうベッドで、ピラミッドを訪れる夢を見ることにした。

そんなこんなの愉快な会話と食事のあと、それに飽きると、今度は自分たちだけでカンパーニャへ馬車で出かけ、楽しい時を過ごした。

実は、社交的ではないラヴィニアにとっては、そういう静かなドライブのほうがずっと楽しいのだ。精神的に乱れやすく、すぐに環境に順応できない彼女は、にぎやかな社交や、古代の遺跡や、芸術を見たり聞いたりしての飲めやうたえの大騒ぎには、すぐにくたびれてしまう。古代ローマのほうがよっぽどいいと思うのだった。モダン・ローマは浅薄と熱狂、困窮と豪華、不潔と非道、死者の偉大さ、生者の愚かさ、それらがごちゃごちゃまじりあっている。ラヴィニアは巨大な墳墓の中で、かびの生えた空気を吸って、体にも心にも毒が回ってくるような心地だった。

たったひとつの慰めは、ローマが新しく得た自由だった。新鮮な空気をたっぷり含んだ風がローマの上を吹いていったように、自由が感じられた。以前からの住人たちは司祭のつかさどる盛大な式典や、祭りや、儀式などがなくなったことを悲しんでいたが、独身女性ラヴィニアはローマが軍隊に守られ、王に統率され、王の指揮のもとで市の通りが修復され、噴水に水が満たされ、学校が再開され、さまざまな良い施設がまた使われるようになったことのほうが、教皇の紫の権威の下に貧困や無知や迷信が隠されたままになっているより、よっぽどすばらしいと考えた。かつては枢機卿たちの赤い馬車がそこらじゅうを走っていたが、今は、キリスト教の大学をやめて、自由な学校への入学を希望する若者が増えたのを見るとうれしくなる。また、以前は高らかに吹きならされるラッパだけが幅をきかせていたが、ローマでかつては禁止されていた自由の歌を、そこらじゅうでうたっている人びとの幸せそうな声があふれるさまは喜ばしいことだった。

こんなことや、もっと過激なことも考えたのだが、ラヴィニアはそれを妹のマティルダだけにそっと伝えた。ふたりでカンパーニャへ行ったとき、打ち明け話をし合ったのだ。週に一度はそういう機会が必要だった。あちこちのアート・スタジオを見学し、パーティに参加し、見たことについて、失礼にならないようにうそも方便を使ったあとで、なんらかのガス抜きの手段を持たずにはいられなかった。巨大な水道橋を見て、マティルダはため息とともにいうのだった。天才というものは、スタジオで見つかるようなものでは決してない、と。スタジオで学びたいと思っていたのだが、すべてを学べるはずなどないことを悟ってしまったようだ。ラヴィニアも、自分が思うところをきっぱりいった。うわさとお茶と音楽――そして音楽とお茶とうわさ――と順に繰り広げられるパーティ、そんなのは自分が考える知的な社会の姿ではない、と。ふたりの名前をけがすことなく、絵画や像について批評した内容をすべて書き留めることはできない。ただ、そういう破壊的な発言をしても、なぜ空は落ちてこないのか、なぜ、そんなとんでもない人たちに石がぶつけられないのか、今もって、理由がわからない。

ふたりはそんな不謹慎なおしゃべりを結構楽しんだが、あわれ、アマンダは蚊帳の外だったので、彼女の悶々とした気持ちは、想像に難《かた》くない。そこで、三月初旬に、ラヴィニアはこれ以上、モラルに反したことをしたり、勝手に真似したり、けなしたり、うそをついたり、ぶらぶら無為に過ごしたりするのをやめて、山の方へ移動しましょうと提案した。アマンダはすぐに賛成し、一行はアルバーノへ向けて出発した。アマンダはいうのだった。

「ローマ帝国の衰退と滅亡とは関係ないけど、あなたたちみたいに芸術鑑賞力のない人たちって、初めてよ」

こうして、三人はピアッツァ・バルベリーニ通り、二番地の家からゴロゴロと馬車で出ていった。階段の上でアグリッピーナがすすり泣きながら見送り、だんなはその下で何度もひょこひょことお辞儀をしていた。

「これからずっと、あのチェンチ像が頭から離れないと思うわ。ほかのいろいろなものも、もちろんだけど」マティルダがいった。うっとりした目で、褐色の肌をしたカプチン会*の修道士やベルサリエリ歩兵隊〔イタリア軍の部隊〕を見つめるのだった。彼らは、雄鶏の羽根を風になびかせ、腰につけたマスケット銃をきらりと光らせ、かっこいいブーツ姿で、泥道を軍隊風にリズムを崩さず進んでいくのだった。

「頭の中がきちんと整理されたら、きっとローマを見てきたことを大喜びすると思いますけど、たった今、はっきり覚えているのは、三つのこと。教皇が発作を起こしたこと、わたしたちの大事なロメオがある晩、酩酊したこと、そして、日蝕であたりが真っ暗になったときに、システィナ礼拝堂を見たことだけですよ」ラヴィニアはきっぱりいうのだった。「確かにこの古代の歴史のたまり場のようなローマを見ることができて喜んでいますとも。でも、そこから無事に生きて出てこられたのはもっとうれしい」そう付け加えて、山の空気を深々と吸うのだった。あたかも、聖なるローマの宗教臭さには、へきえきしたといわんばかりに。

アルバーノでは、風が猛烈に吹き、ロバばかりが目についた。それでも、三人はおおいに楽しんだ。日ごとに気分が良くなってきた。早朝には、散歩や運動をし、見た目だけの気どったお茶はやめ、冬が過ぎるとまもなく、かなり元気になった。

そして、三つ楽しいことが起こり、滞在に彩りを添えた。ひとつめは、到着した次の日に起こった。若いふたりはあたりを見て回ろうと、早朝に行動を開始した。隙間風の入る宿の部屋より快適な、小さなアパートが見つからないかと思ったのである。陸橋の下に見える、谷間へくねくねくだっていく草深い道を歩いていくと、美しい庭に出た。門があいていたので、さっそく入ってみた。小高い丘の上に、風変わりな古めかしい屋敷が建っている。バルコニーから男の人らしい姿が乗り出している。高いところからいい眺めを見下ろして楽しんでいるように。

「空き家だと思っていた。さもなければ、門の中へ入らなかったはずだもの。でもいいわ、とにかくこのまま行きましょう。もしだれかが何かいってきたら、あたしたちがアジャクシオ〔コルシカ島の港町〕へ行く途中で迷子になったといえばいいわ」アマンダはそういい、ふたりはだまって、かわいらしい花々の咲く丘をのぼっていった。

ふたりが思っていた通りになった。突然、バルコニーから人影が消えたかと思うと、次の瞬間、茂みの中から急にその人があらわれて近づいてきた。

若いハンサムな男性が、イタリア風に優雅な挨拶をしてふたりを出迎えた。いきなりの訪問を謝るふたりをにこやかに迎えて、どうぞお好きなように庭を見ていってくださいというのだった。「いつでも歓迎です」と彼はいう。地元の農民たちはこの道を花をめでながら通り、だれも葉っぱ一枚取ったりしない、と。そして、アマンダたちが小さな手ごろなアパートを捜していると聞くと、彼はすぐに、屋敷へ上がって、部屋を見ていくようにすすめた。彼の父親はフランスからの難民だそうで、屋敷の一部を貸したいと考えているとのこと。さあ、どうぞすばらしい部屋を見てやってください。

旅の途中の若い女性たちに、ここまで興味を示して熱心にすすめてくれたので、ふたりはとても断れなかった。なんだかすごくおもしろいことになったねと、お互いにびっくりした目を見合わせながら、ふたりはハンサムな男性のあとから、屋敷の中へ入っていった。

彼は気前よく、隅から隅まですべてを見せてくれた。母親の部屋、キッチン、子ども部屋。子ども部屋には小さな男の子がふたりいて、顔がナポレオン一世に大変良く似ていた。ふたりがそういうと、それに対する男性の答えは、さらに興奮するものだった。

「その通りです。わたしの母はボナパルトですし、父は××伯爵で」

「まあ、なんてすてき。ロマンティックねえ！」

「リヴィが聞いたら、なんていう？」

男性がサロンへふたりを案内し、父親を捜しに出ていくと、ふたりはささやき合った。

「こんなところへ来たと知ったら、リヴィは怒るでしょうね」アマンダは自分がいつか礼儀作法にこだわった話をしたのを思い出していた。

「そうね。でも、ナポレオンの話を聞けばすぐに許してくれると思う。あの小男はリヴィお姉さまのヒーローのひとりだもの」マティルダはそういい、サロンをうっとり見回しているふりをしたが、実のところ、ひそかに下の私室にいる女性をじっと観察していたのである。体格のいい、褐色の肌をした女性で、ボナパルト一家の特徴が体全体にあらわれており、さっきの若い男性のいったことを裏づけていた。

やがて、男性がおだやかな感じの年配紳士とともに戻ってきた。紳士がこの機会を逃すまいと思っているのは明らかだった。というのは、上品でやわらかい物腰にもかかわらず、賃貸料についてはかなりの額を要求したからだ。特別な肩書もない外国人は、ボナパルトの家系の家に住まわせてもらえることをありがたく思うべきだと考えているらしかった。

アマンダは、今ここにはいないが、自分たちの付き添い人に相談しますと答え、さんざんほめちぎって、ふんだんに感謝のことばを並べ、退出した。若い伯爵がわざわざ門まで送ってくれて、ふたりの手に花をたくさん持たせ、物思わしげな瞳でふたりが去っていくのを見つめていた。お高くとまった両親や、ここの田舎の人びととくらべてみて、晴れやかなアメリカ娘ふたりとことばを交わしたひとときを楽しく思い起こしているかのように。

ふたりはさっそく宿へ帰り、リヴィにこのすてきな話を興奮のうちにぶちまけた。そして、すぐにもしたくをして、伯爵が住み、イタリア風の庭にクロッカスなどが咲き乱れる、その屋敷を訪問しようと持ちかけた。

ところが、話を聞いたラヴィニアは、最初は興奮したものの、それが収まるや、その案に冷や水を浴びせ、反対を宣言した。えらぶって、何につけてもお金を要求し、危うくなったら、祖先の栄光に頼るような老貴族の屋敷に住むなどもってのほか、といい放った。そして、自分はそこへ行っても中へは入らないし、そのしゃれ者のハンサム男にこびたりなどしない、というのだった。

あとのふたりはがっかりしたが、とにかく、ラヴィニアを連れて陸橋を越え、薄汚れた小さな村を通って、最も見栄えのしない側から屋敷を見てもらった。すると、窓からナポレオンの末裔のふたりの小さな頭がのぞいている。大きな黒い目、きりっとしたあご、広い、黄褐色の額に、黒い髪がいく筋《すじ》もかかって見える。庭には、老父の姿があり、華奢な手に手袋をはめ、つる植物を刈り込んでいる。高貴な背中にみすぼらしいビロードのコートをはおっている。そして、少し向こうのバルコニーを見ると――おお、女性のハートをつかみそうな姿！――若い伯爵がアルバーノの方角を物思わしげに見つめていた。お目当ての女性たちが、石ころだらけの道をこっそり歩いて、庭の塀近くまで来ていることに気づかず、肩を落として、花咲く小径から屋敷に戻っていった。リヴィが失礼にもその古めかしい屋敷を「四つの指ぬきの墓」と呼んだのは、家の四隅の飾りが、石で作った大きな指ぬきの形に見えたからである。

アマンダはフランス語で丁重な手紙をしたため、付き添い人からとして、部屋の賃貸の件につき、お断りしますと伝えた。結局、さすらいのトリオにとって、楽園へ入るとびらは完全に閉ざされたのだった。

その後、三人はロバに乗って、ネミ湖、または他のもっと美しい場所を求めて、見物の旅を続けたのだった。

再びクロッカスの花むらを見た
高貴な部屋の窓辺に寄り
憂いの顔で騎士ランスロットは
キャメロットを見下ろしている
乙女らのヴェールが高々と舞い上がった
しかし、リヴィはそれを脇に留めつけた
「呪いはわれらが上に！」
シャロットの乙女たちは叫んだ*

ふたつめは、アマンダのみに起こったことだった。こんなふうに。

ある日、ローマに用事があったので出かけたアマンダは、汽車の中で自分が、ずっと新聞を読み続けている、見るからにりっぱな軍人と、おとなしそうな若者だけと一緒になっていることにはっと気づいた。背の高いその軍人は、グレイと銀色の制服姿だった。毛皮がつき、胸前のろっ骨状の飾りや、組みひも飾りのついた上着、おまけに丈高いブーツや見栄えのいい帽子というでたちで、ひとりぼっちのさびしい女性に大変丁寧な態度をとったので、アマンダは失礼な態度もとれず、黙っているわけにもいかなかった。そこで彼女は思い切りチャーミングに会話を始めた。向かい合っている相手の褐色の瞳と心地よい響きの声に、興味の色が浮かんだのを見逃さなかった。トリノの軍人たちは実にハンサムで、すてきなので、たくましい男性を見るのが好きな女性には、大きな喜びだった。

いろいろ話をしたが、ふたりはロスチャイルド男爵*のことも笑いのネタにした。男爵が小さなロバに乗り、後ろにふたりの召使を連れて、アルバーノ近郊を乗り回したこととか。男爵夫人は、目もあてられないほどの不細工な女性で、彼女にそっくりな、みっともない犬を連れている、とか。

しかし、ローマに着いたときに、ふたりがおもしろおかしくしゃべっていたことが、とんでもない結末を迎え、ふたりはぎょっとなった。というのは、もうひとりのおとなしそうな若者が、その男爵の秘書だと判明したのだ。だから、ふたりがべらべらしゃべった内容を本部に報告する可能性もあるだろう。そのハンサムな軍人が、しまった、とばかりに自分の額をひっぱたき、少年のように笑いだしたのを見て、このままずっと旅をしていたい、とアマンダは思ってしまったが、彼はアマンダを馬車に乗せると、軍隊式の敬礼をし、ブーツの金具と刀を鳴らしながら、行ってしまった。

アマンダは用事を終え、午後四時に駅に戻ってきた。そのとき、かの軍人の浅黒い顔が汽車の窓からのぞき、よく響くその声で同席してもよいかとたずねたときの、アマンダの浮き立つ気持ちは容易に想像できるだろう。もちろん、どうぞ、ということになった。さっきの男爵秘書はもういないので、ふたりだけで話ができる。シニョール・マルスはすっかり心を許し、親しげになって、わかる、わかるというふうにうなずいてくれるアマンダに、あれこれ悩みを打ちあけた。

彼はいう。部隊がアルバーノに数カ月も駐留しているのはつらいことだ、と。もう耐えられない。退屈でたまらず、日々の暮らしがいやでたまらなかった。しかし、もしもシニョリーナ・アマンダがいてくれるなら、そして、旅のお仲間に紹介してくれたら、どんなにうれしいだろうか。このシニョリーナは乗馬が好きだ。厩《うまや》でひまをしている、彼のすばらしい馬たちに、どんどん乗ってほしい。彼の仲間の軍人たちはみな、家柄のいい、勇猛果敢な者たちで、退屈な暮らしに飽き飽きしているのだ。彼らを女性たちに紹介できれば、きっと暮らしに生気が戻ってくるだろう。アルバーノは楽園になるだろう、などなど。

こんな熱い思いを聞かされて、慎重なアマンダもうれしくなったが、はっきりとイエスとは答えなかった。シニョール・マルスが、アマンダたちの知り合いのアメリカ紳士や、既婚の淑女たちと知り合いになっていれば、きっと彼の提案するお楽しみを受け入れられるだろうが、それまではなんともいえない。すると、大佐はすぐにもそれを実現させると約束した。そして、ふたりはアルバーノの人けのない、小さな駅に着いた。

実は、アマンダは帰りの馬車をそこで待たせていたのだが、まだ来ていない。結局、他の客がみんな出はらうまで待つしかなくなった。だれもおらず、ただ一緒に来てくれた勇敢な大佐だけが、まじめに外にいて、アマンダを守っているように歩き回っていた。とうとう、部下が馬に乗って迎えにきた。そこで、大佐はなぜ馬車が来ないのか、確かめに行かせてもよいかとアマンダにきいたので、彼女はうなずいた。夜になり、ここからリヴィとマティルダが待っているホテルまで、泥道を二マイル〔約三・二キロ〕も行かなくてはならないからだ。

即座に部下は走っていったが、主人は動かなかった。そのまま、駅舎の戸口に立ち、シニョリーナを守るときっぱりいうのだった。汽車はあと何時間も来ないからである。駅員も帰ってしまったので、夜遅く、女性ひとりをここに残しておくわけにはいかない。再びアマンダはほっとしたようにうなずいた。冒険の結末がどうなるか、不安だったからだ。大佐は再び外へ出て歩き回り、警備を再開した。景気よく歩きながらうたっている。そうすれば、自分の勇敢な行為だけでなく、良く響く声と見栄えのいい姿も見せられるからだ。

やがて、馬車がガラゴロと音を立ててやってきた。アマンダがいささか失望したことに、大佐の友人たちが三人、状況を察して、助けにきてくれたのだった。

彼らはさかんにお辞儀をし、元気いっぱいのりっぱな馬たちにまたがった。そして、アマンダは馬車に乗せてもらい、さっそうと馬を走らせるエスコートとともにホテルへ戻っていった。この一行が町に華やぎをもたらすだろう。

無事に冒険から戻ったアマンダが、あとのふたりにこれまでの話をすると、マティルダは頭をかきむしるようにして悔しがった。自分もそこにいたかったというのだった。いつもは厳しいことをいうリヴィも、少し暴走した娘に説教することもなく、ともに興奮を分かち合った。兵士の話はいつもリヴィの胸に響くものだからだ。

翌日、三人が勇んで出かけようとすると、三人の聖ジョージたちが、おとなしいロバにまたがったユーナ姫〔E・スペンサーの『妖精の女王』より〕*たちをぱりっとした制服姿で出迎えてくれた。それから毎日のように、旅の三人の青いヴェール姿が見えるや、彼らはあらわれた。ホテルの入口で馬の優美な動きが見られ、拍車やサーベルがぶつかる金属音が、三人の部屋の目の前の狭い小径から聞こえ、見るとりっぱな軍人たちが急に姿をあらわすのだった。乙女たちが散歩する草原の片すみにひっそり咲いたスミレの花むらを見つけたときのように。

すばらしい出会いだった。若いふたりは、なんだかアルバーノはローマに匹敵するくらい、すてきなところだと思いはじめていた。ところが、悲しいかな、いきなりがつんと鉄槌がくだされて、空中楼閣はたちまち崩れさり、ナイトたちは絶望した。

同宿の志の高いアメリカ人たちは、軍人たちと女性たちの間をとりもつ役目をしてくれるはずだったのに、それをきっぱり拒絶したのだった。大佐を仲間として招き入れることは断じてならないと決めたのだ。というわけで、若いふたりは悲しげなため息をつき、あきらめた。結局、夢を抱いていた娘たちは、さっきからずっと誘うように颯爽たる姿を見せていた、その美しい馬にまたがることはなかったのである。

それがいちばん良かったのだ。ラヴィニアがすぐに気づいたのは、無謀なマティルダがぼうっとなって、付き添い人なしに衝動的に、荷物も何も放りすてて、ドライブに行ってしまうかもしれない、ということだ。アマンダも同様にぼうっとなっていて、褐色の瞳の大佐に会って言葉をかわした。ほんのいっときだったが、実に危うい瞬間だった。百八十センチのマルス大佐が、緑の垣根越しに、いかにもやわらかく、やさしくイタリア語で天気の話をしたとたん、アマンダは我を忘れてしまった。すると、ラヴィニアがきっぱりいった。

「来週、わたしはヴェネツィアへ行きます。あなたたち、これからどうするかちゃんと考えておきなさいね。こんな重大責任を負わされるのはもうたくさん。ここにあとしばらくいたら、あなたたちふたりとも、きっとあのハンサムな、ちょっとあぶない軍人さんたちとトリノへ行くことになるでしょうよ。でも、わたしは心を決めました。あとはもう知りませんからね」

ラヴィニアの厳しい顔つき。彼女は若いふたりのロマンティックな気持ちをよく理解していたので、こういうときは旅の仲間のために、勇気ある分別が大事だと結論づけたのだった。

「もしも、マットがあの超ハンサムな（ジュピター神のように）、でも、貧乏な（旧約聖書に出てくるヨブのように）彼と出奔したりしたら、わたしは二度とふるさとへ帰れないし、両親に合わせる顔がありませんよ。アマンダの親戚は怒り狂って、きっとわたしに石をぶつけてくるでしょう。大事なアマンダをけしかけて、トリノでおそらく妻と十人の子どもが待っている、あの魅力たっぷりの大佐と結婚させたりしたら、とんでもないことになるでしょうからね。だから、あの人たちとはすぐ、さよならしなくてはなりません。さもなければ、わたしは付き添い人としての役目を放棄します」

そう心を決めたラヴィニアは、もはやふたりに何をいわれても聞かなかった。そして、手紙を書き、トランクを荷造りし、若いふたりを注意深く見守っていた。

最後の一週間をラヴィニアの監視のもとでふたりはどうにか無事に過ごすことができたが、もし楽しいピクニックがなかったら、どうなっていたかわからない。

町では、祭りが開かれ、ローマのアーティストたちが企画した、楽しいびっくりパーティがあった。大きな馬車で、二十五人もの人が集まってきた。にぎやかな飾りをつけた馬が四頭、御者たち、いくつものかごいっぱいに盛られたランチ、笛とホルンの演奏、そのほかお楽しみがたっぷり計画されていた。

それから、みんなは帽子に花やリボンの吹き流しをつけて、狭い通りを練り歩いた。いかにも芸術的なスタイルで、うたい、ジョークをとばして、祭りの雰囲気を醸しだした。

実は、野外でランチを食べるつもりだったのだが、空が曇ってしまったので、ホテルで食べることにした。そのあとで、思いがけず楽しい出来事があった。ボッカチオの『デカメロン』の場面が新しい近代ヴァージョンになったといえばいいだろうか。わいわい食事をしたあとで、人びとはそのドーリア・ヴィラ*の庭に集まった。そして、思い切り発散して、楽しく騒いだのだ。人生のいかなる苦労や災害も、過去の芸術品にうずもれた死も、すべてを忘れて、騒ぎに打ち興じた。好きな相手にいい寄ったり、踊ったり、ジェスチャーをしたり、うたったりした。物語、活人画*、詩や絵画、うわさや大はしゃぎ。まるで昔のようにいつまでも、いつまでもお楽しみが続いた。女性の服装は、ヴェッダー〔エリュー・ヴェッダー〕*の絵画のように目をひくものではなかったが、それでも、美しかったし、紳士たちは勇ましく見えた。『デカメロン』の茶会の描写より、態度はよっぽど上品だった。

急にぱらぱらっと雨が降ってきたので、佳境を迎えていたお楽しみはそこで止まってしまった。一行は四頭の馬を駆って全速力でホテルへ戻った。町の人びとがあきれて、ぱかんと口をあけて見ていた。旅の三人は、楽しかった一日を思い出して、すっかりいい気分になっていた。

この三つめのイベントがアルバーノ滞在の最後を飾るものとなった。一、二日後に三人はそこを出てしまったので、あのかっこいい軍人たちはがっかりしてしまった。しかし、それもまた新たに旅する女性たちが来て、慰めてくれるまでの間に過ぎなかったのだが。

ヴェネツィアには一週間滞在した。一日じゅう、いくつも古い美しい教会を見たり、ティツィアーノやティントレットの絵画を見に行ったり、小さな亀や写真やヴェネツィア・ガラスを買ったり、そして、砂糖漬けの果物を食べ、サンマルコ広場では、ハトがえさをもらっているのを見たり、ほこりをかぶったアンティークをどっさり並べている店をのぞいたり、リアルト橋沿いの出店でムーア人の頭の形をした指輪を捜したり、リド島まで、赤いサッシュをしめたジャコモのゴンドラに揺られていったり。そして夜は、窓の下の水面をわたって聞こえてくる、月明かりの中の合唱を子守歌にして眠りについた。

ラヴィニアは畜殺人、パン職人、郵便配達人がゴンドラで移動している光景に違和感をぬぐえずにいた。いっぽうマティルダは、幸せに浸っていた。たったひとりでゴンドラに乗り、しじゅう色が変わる水面に囲まれ、見たものすべてを描こうとしていた。ローマで消耗したエネルギーが戻ってきたようだ。アマンダはある店に何度も行き、他にいい名前がないのでとりあえず自分で「スプリガラリオ」と呼んでいる、ちょっとしたアンティークの、見た目の悪い宝石の価格交渉を続けていた。しかし、何度やってもうまくいかなかったので、ついにあきらめ、ドゥカーレ宮殿を訪れて気持ちをまぎらわした。

当然ながら、三人は「嘆きの橋」も見たし、その下にある牢獄を怖さにどきどきしながら見た。サンマルコ大聖堂のミサにも参加した。司教は太った老人で、赤い絹の服をまとい、靴も赤、胸の聖なる飾りハンカチまで赤だった。紫色の服をまとった六人の神父たちが、老司教をまるで人形のようにして服を着せたり、脱がせたりするところを見せるのも、ミサの一部だった。十二人の白いガウンを着た少年たちは、高いところにある金色の小さな屋根裏部屋で、ものうげな声でうたっている。そして、下の汚れた床には、多くの貧しい人びとがうめき声をあげている。

いったい、他の旅びとたちはイナゴを食するのだろうか？　だが、三人は食べたのである。天気のいいある日のこと、教会の段々に座っていたとき、占いで暑さを予言する予言者の食べ物が、実はその昆虫そのものではないことがわかったのだ。それは、長い、乾いた植物のさやのようなもので、イナゴマメというものだ。甘い味がするが、干しかいばのようだ。いくらか食べて、喉をつまらせたあげく、不敬なラヴィニアはそういった。

一週間が過ぎた。マティルダが滞在を延ばしたいといいだした。メイドのアンジェラと性悪《しょうわる》の大きなプードル犬ブリオとここに残りたいと訴えたのである。しかし、結局、引き裂かれることになり、ミュンヘンに行ったら、手袋をたくさんと、好きなだけボタンを買ってもいいといわれ、やっと機嫌を直したのだった。

「あのいくつかの湖は、イタリアへの入口としては最適な場所でしたし、ヴェネツィアはすてきな出口でした。長くいすぎると飽きてしまって、やがて出たくなるものです。それで良いのです。だけど、できればわたしは、こんな霊柩車みたいなものでなく、もっと明るい感じの乗り物でここを出たかったですよ」

駅の階段の下で、黒い、細長いゴンドラから降りたとき、ラヴィニアはいうのだった。

「あの美しい湖をなつかしいと思ってため息をついたり、アルバーノを思い出して、つい目をうるませたり、ローマを去りがたくて胸が痛んだり、そんなことはないの？」

もう若くないリヴィからイタリアを思う切ないことばを、ひとことでも引きだしたいと思うアマンダがきく。

「いいえ、ため息も涙も嘆きもありません。ここを離れれば離れるほど、ここが好きになるのです。そして、ふるさとへ戻った頃にはきっと『夢中になりました』というでしょうね。わかりませんけれども」

救いがたいリヴィのことばだった。そのとたん、アマンダはおばさんを、過去の遺跡の価値がわからない人のリストに加えることにしたのだった。

6　ロンドン

「ここからはもう、あたしはこの仲間の司令塔の役を降りるわ。リヴィはイギリスを愛しているし、ことばもしゃべれるし、お金の換算もできるし、ロンドンのことはすべて知っているんだから、リヴィがリーダーになればいいのよ。あたしはもうくたびれたから、休ませてもらいます」

アマンダはそう宣言し、栄誉ある役目を降りた。あとのふたりは、これまでのアマンダの活躍に惜しみない称賛と感謝を送り、彼女の像を作るべきだといい合った。

セント・キャサリン波止場に着くやいなや、ラヴィニアはさっそく、仲間の指揮をとることにした。実は、アントワープで船に乗って海峡を渡ったはいいが、荒波にもまれて十八時間もかかり、すっかり意気消沈していたけれど、その役目を引き受けることにしたのだった。彼女はイギリスを愛していた。ロンドンをボストンの次に、世界で最も楽しい町だと思っていた。泥道も霧も、魅力だった。ビーフとビールは、大陸でのまずい料理のあとでは、まさしく蜜の味だった。前だけを見てまっすぐに歩んでいるような、ぴしっとした市民の姿が、なんとも好ましく映った。

「わが家」とか「くつろぎ」ということばは、ここでは決して鼻であしらわれたりしなかった。

というわけで、ラヴィニアは、煙くさい空気をくんくんとかぎ、煙突の煙で黒くなっている家々をいとしげに見つめ、ついに捜し求めていた夫や兄を見つけたかのように、太った、赤ら顔のポーターに体を投げかけんばかりにした。

そのごつごつした体躯のイギリス人は、リヴィをしっかり受けとめ、チップを一シリング受け取った。それさえあれば、イギリスではあらゆることがスムーズに動く。彼は三人を駅へ連れていき、チケットを買い、トランクを預け、三人を一等車に案内した。さらに、三人が滞在するホテルについても細ごまと説明をしてくれて、汽車が出るときには帽子に手をあてて、なじみになったその赤ら顔に笑みを浮かべて送ってくれた。ラヴィニアはうれしくて思わず、さっきの一シリングにさらに六ペンスを足して渡したのだった。

「ほんとうに礼儀正しい国ですね。対人の態度の良さ、なんと品がよく、親切で、男らしく……」リヴィはおはこを持ち出してしゃべりはじめ、アマンダの抱いている偏見の口撃にそなえた。アマンダはイギリスについてはほとんど何も知らないので、実はイギリスが嫌いなのだ。

「さっきのポーターったら、あたしたちをだましたのよ。二倍も運賃を要求したもの」

アマンダは外套などで体をくるみ、霧をめでるなんてもってのほか、という様子でいった。

「そんなことありませんよ。トランクは特大だったし、どこへ行っても、あれでは超過料金をとられるでしょうよ。重さを測って、ポンドで支払っても同じですし、結局は時間も手間もかからないんですから。ほら、ごらんなさいな、あそこにいる、銀色の飾りプレートのついた制服姿のハンサムな守衛さんを。ぺちゃぺちゃうるさいイタリア男や、お世辞をいったと思ったら、次の瞬間には手のひらを返したようなことをするフランス男よりずっとすてきですよ。すっきりした、バラ色の顔、わけのわからないことばを乱発されるかわりに、良い英語をしゃべってくれるんですから」ラヴィニアは反論する。

「あたくしも、あんなに背が高くて、いい顔をした男の人たちを見たのは生まれて初めて。だけど金髪ばかり、それはあまりいただけないわ」マティルダがいった。ひそかに、トリノの黒い瞳の魅力的な男性たちを思うと、ため息が出るのだった。

こんなおしゃべりをしているうちに、たちまち三人は、鉄道の終点にあるG×××ホテルに着いた。駅から出ないうちに着いたと思ったら、もう居心地のいい部屋に収まっていた。なんという早さ。

「ほら、ほら、見てくださいませよ、洗面所のしつらえのすばらしさときたら。たらいが二種類、冷たい水が缶に二杯分、お湯が一杯分、大きなピッチャーがふたつ、たっぷりの石けん、テーブルクロスみたいに大きなタオルが六枚も。大陸では、カップとソーサーとナプキンだけだったじゃないですか」ラヴィニアは広い洗面台を見ながら得意そうにいうのだった。あたかもコップ、陶器、食卓用リネンが置かれて、大人数の食事のセッティングをしたテーブルのようだ。

「確かに、イギリス人は清潔好きな人たちだわ」アマンダが応じた。ブルターニュでさんざんたらいを捜したが見つからなかったとき、地元の人たちにイギリス人が水を使いすぎるから渇水になったのだといわれたのを思い出し、少し気持ちが収まったからだった。

「でも、他の国の人たちより、清潔を保つための工夫はもっと要るんじゃないかしら。こんなに顔が汚れるんですもの」マティルダは顔にはりついた煤《すす》のかたまりを払い落としながらいうのだった。

　そのあと、彼女がなんといいたかったかはわからない。なぜなら、リヴィが彼女の口を大きなスポンジでおおってしまったからだ。そして、三人は大変だった昨夜の船旅の疲れをいやすために、ひと休みすることにした。

「さて、おふたりさん、これからはまともなクリスチャンの女性にふさわしい食事ができるようになりますよ。水みたいに薄いスープはないし、酸っぱいワインも、レーズンが入った子牛のシチューとか、そこらに生えた草をほうり込んだ、油っぽいサラダとか、そんなものも出ません。自分が大食らいになったと思うくらい、おいしいビーフを食べ、心の底から楽しめるビールを飲みましょう。あまりのおいしさに感動するチーズもあるし、昔話に出てくる、えらぶったパンジャンドラムおじさん*の鼻みたいに、ローフのてっぺんに丸い小さなものがくっついているパンも」

　ランチタイムになると、ラヴィニアは調子に乗ってしゃべりながら、若いふたりを食堂へ連れていった。大きな窓ぎわの小さなテーブル席に着くと、ラヴィニアおばさんは食べ物に投げキッスを送りながら、イギリスをほめ続けるのだった。

「ほら、石の床のカフェで、時計が九つあるのにぜんぶ狂っていて、七つある鏡がぜんぶひび割れていて、そこらじゅうに壁掛けがかかっているのに、ぜんぶ汚れていて、ギャルソンが頭がおかしくなったみたいにばたばた飛び回って、食べ物は思い出すだけで震えがくる、そんなところがあったけど、ここのほうがどんなにましか、しれやしないでしょう？ ごらんなさいな、この上品な部屋。重厚な分厚いカーペット、楽しげに燃える石炭の火、小さめでこぎれいなテーブル、大きくて汚れのない窓、物静かでまじめで、やさしい父親みたいに、要求をきいてくれそうなウェイターたち、何よりいちばんいいのは、シンプルで栄養のある、よく火を通した食べ物ですよ」

そのとき、りっぱなビーフステーキと、ぴかぴかに磨いたジョッキに入った泡だったビールが運ばれてきたので、ラヴィニアのレクチャーはちょうどいい具合に結ばれた。さっそくラヴィニアは、まるで飢えた女性のような食欲を見せて、ランチをほおばりはじめ、肉がすっかりなくなり、ビールがジョッキの底に残るだけになるまで、口もきかなかった。

「ほんとにおいしい」アマンダも満足し、生まれながらのイギリス婦人のようにビールを飲み、美味なビーフを食べて、いいたいことはまだあったが、いわないことにした。

「ああ、ほっとする。子牛の脳だとか、豚足だとか、もう食べないですんでよかった。思う存分楽しめるわ。あちらにいらっしゃる、すてきな感じの老紳士たちのおかげで、なおさらおいしい気がするの」マティルダはさっきからずっと、矍鑠《かくしゃく》としたふたりの紳士たちを見ていたのだ。ふたりは堂々とゆっくり食事をしている。アメリカ人にはなかなかその真似はできそうもないだろう。

「みなさんが、物事を静かにおだやかに受けとめている様子を見ると、すごくほっとしますよ。食べ物をかき込んだり、走り去る機関車みたいにせかせかしていないのがいいですね。こういう中庸の暮らし方をしているから、イギリス人は心豊かで、ほがらかで、長生きするのでしょう。わたしたちアメリカ人みたいに、なんでもかんでも、とことん頑張ってへとへとになるのではなく、じっくり時間をとって、休んだり、運動したり、食事したり、遊んだりするんです。大変まともな考えを持った人たちです。ここで暮らすのは、羽根布団に寝ているみたいで、わたしのくたびれた神経も安まるでしょうよ」そういって、ラヴィニアはパンとチーズを食べた。あたかも、それこそが自分の使命であるかのように。

「おばさん、ほんの少しは急ぐ必要もあると思いますよ。持ち金をすべておばさんの安らぎのために使うつもりじゃないんですから。このホテルは快適だけど、すごくお高い。だから、さっさと別の宿を捜して、移動すべきだと思います」

経済観念があり、節約上手なアマンダがいった。ラヴィニアは快適さに舞い上がってしまい、お金のことを気にしなくなっていたからだ。

「明日の朝いちばんに、ブランク夫人が薦めてくれた部屋を見にいきましょう。でも、今日の午後はゆっくりして、手紙を書いたりしましょうよ。だれか、たずねてこなければ、ですけれど」

そういって、ラヴィニアはふたりを読書室へ案内した。そこには、眠けを誘うような椅子や、紙や筆記用具が置かれたテーブルや、新聞の束があり、旅びとを手招きしているようだった。

三人が座って落ち着いたと思う間もなく、ホテルの使用人が来客者カードを持ってやってきた。一行が来たのを聞いて、友人がすぐに会いにきてくれたのだ。慣れない外国で久しぶりになじみの顔を見るうれしさは格別だった。さらにうれしかったのは、そのC氏が、他の友人たちからの招待状やら、歓迎のメモやら、そして、たった今やっている数々の芸術展のチケットを持ってきてくれたことだった。

半時間ほどしゃべってからC氏が帰ってしまうや、次の来客者カードがもたらされた。そこに書いてあった名前を見て、三人は少なからず興奮した。ボストンにいるリヴィの友人が、ロンドンに住む弟に、三人が来英したらご案内するように、といってあったのだそうだ。その弟に三人が会うのは初めてだった。彼は自分の静かな暮らしを、見知らぬ女性たちに邪魔されるのは好まず、ロンドン観光案内を一手に引き受けるのは大仕事だと思っていた。それでも、気の毒な彼は男気を出して、文句もいわず引き受けることにし、自分の優雅でおだやかな生活をいったんあきらめて、スパルタ人のように果敢に黙々と使命を果たすことにした。

まじめな、色黒の小男で、目配りのききそうな目、おだやかな物腰、実直な考えの持ち主だった。ぶっきらぼうなリヴィとはうまが合う。見知らぬ三人の女性と会っても、彼は落ち着きはらっており、三人があれこれ無茶な提案をしてもおだやかに対応し、にこやかにその願いを聞き届けるべくコマネズミのように動いてくれた。いったいどうやって、そんなことができたのだろうか。三人は感謝しつつ、頭をひねったが、それはずっと謎のままだろう。

彼の最初の仕事は、三人を馬車に乗せて、手紙やお金の引き出しのために銀行へ連れていったことだ。このようにして、彼はそれから数週間というもの、三人のために尽くしてくれた。旧約聖書の時代にエジプトでつらい目にあった、ユダヤ人たちよりきつかったに違いない。

ケンジントンの宿に落ち着いてから、同宿の体の大きいふたりの女性たちが一行に加わった。しかし、それにもめげず、辛抱強い彼は五人をギャラリーや、劇場や、市内観光へ、さらには郊外のピクニックにも連れていってくれた。買い物にも付き合い、大きな荷物を持ち、細ごまとした用事をこなし、料金を支払った。まさしく、この一行の頼みの綱だった。あまり社交的でない男性が、注文の多い女性たちのお世話をいきなりすることになり、あちこち連れて回らなくてはならなくなったときの心情を想像してほしい。どこへ行くにも、馬車は二台必要だったし、はしゃぐ若い娘たちの気まぐれに付き合ったせいで、具合が悪くなった女性たちの面倒を見たり、好奇心丸だしの要求に応えたり、毎日のように、五人のおしゃべりに付き合わされたりして、献身的に働いたのだ。なんという苦行だったことか！

ビュルガー〔ドイツの詩人〕の「勇敢な男」も、こちらの彼にくらべたら臆病だったといえよう。なぜなら、こちらの彼は、何日もの間、夜昼なくみんなのために働き、果てしなく続くホイスト・ゲームに付き合い、出がらしのお茶をしこたま飲みながら、ありとあらゆる話題について、あることないこと話す、みんなのおしゃべりに付き合ったのだから。

この宿でのいわゆる社交界は、知的な人びとが楽しめるようなものとはいえなかった。旅の三人のほかには、若いエジプト人男性がふたりと、あれこれ口うるさい老婦人が三人だけだったからだ。婦人のひとりは、とてつもなく太っており、派手な緑色の帽子をかぶり、真っ赤なチェリーがいくつも頭の上で揺れている。ありとあらゆる話題についてしゃべり、機会あるごとに、自分が書いたたくさんの詩をのせた切り抜き帳を見せて回っていた。ふたりめは、「T氏のおば」の姉だったろうか、いかめしい感じだが、つかみどころのない人だった。角の椅子に座って、まったくの無表情であたりを見つめていたが、だれも何もたずねていないのに、いきなりしゃべりだすのだった。たとえば、こんなふうに。

「もし、あの柵が緑色に塗られていたら、もっと早く天国へ行かれるでしょうに」

「発作が起こる前はわたくしも、まったくもってまともだったのですが、娘が牧師と結婚したら、とたんにわけがわからなくなってしまいましてね」

三人めの老婦人は、ここの女主人だ。がっちりした体つきの女性で、華やかな服装と過去の栄光の思い出だけを身にまとっていた。

「宅の主人が公僕になる前は」とよくいっていた。そこで、外国人たちは、亡くなったK氏は議員か何かだったのだろうとすなおに思った。ところが、聞いているうちに、彼が質屋だったことがわかり、ちょっと引いてしまった。

エジプト人の若者たちはなかなかハンサムで、浅黒い肌をしており、良く響く声と輝く瞳を持っていた。性格は結構激しいらしく、食事のときに、パンをこちらへ回してくれるつもりか、もしくは肉ナイフで切りつけてくるつもりか、よくわからないところがあった。

こんな感じのぱっとしない社交の輪に、少しだけ彩りが加わったのは、スイスのペンション・パラディスにいたロシア人が、高級服を着こなして、前よりいっそう、さっそうとあらわれたおかげだった。旅のトリオは彼にローマでも会ったことがある。しかし、洪水の後で流行った熱病を恐れた彼は、宿を出ていってしまったのだ。

そして今、彼はここことは別の宿に滞在していたのだが、そこの女主人が、マクスティンガー（『ドンビー父子』より）さながら、彼に娘を嫁がせようと画策したため、そこから逃げてきたところだった。というわけで、多種多様な人たちが集うサークルができた。先に述べた献身的な男性は、一日の忙しい用事を無事に済ませたあと、集まって何時間もみんなとともに時を過ごした。だれかが彼に、身を粉にして尽くすのはつらいだろうと同情すると、彼はむかっとした気持ちを隠して、にっこりというのだった。

「兄のトムにいわれて、ここへやってきたのです。わたしは兄には逆らいません。それに、わたしはこの仕事を楽しんでいますよ」

そのうそは実に崇高なものだった。「カサビアンカ*」の名前も、ここまで兄に忠実で、どれほどきつい仕事であろうと、無私の心で従おうとする者を前にして、色褪せるほどだった。もしも、ときどきいわれていたように、イギリスが凋落していたとしたら、こんなふうだったろうか——

王子も貴族も詩人も姿が見えなくなり
どこかに埋もれてしまった
消えたひとりの高貴な男は
忠実なるW・N×××s＊

最初の頃は、観光熱が燃えさかっていたので、女性たちはウィンザー城からロンドン塔へ、ウェストミンスター寺院からマダム・タッソーの蠟人形館へと、現地の人たちをあきれさせるほどの熱心さで見て回ったものだ。午前中、ギャラリーをふたつ、みっつ見て、ドリーズ＊〔薄暗い、小さなミート・チョップの店で、古き良き時代には、ジョンソン〔?〕、ゴールドスミスなど名を知られた偉大な人びとがよく訪れた〕でランチをし、午後はリッチモンドへ行って、「スター＆ガーター」＊で食べたり、またはグリニッチで、かのロシア人が高名な魚だという「ホワイト・ベイト」〔シラスのこと〕を食べ、締めは、どこかの劇場で観劇をし、真夜中に馬車をつらねて帰還した。

このような最初の興奮が落ち着くと、今度はラヴィニアとマティルダはロンドンに友人がたくさんいるので、そちらに集中することにした。アマンダは相変らず、イギリスへの反感と偏見があり、一緒に行動ができなかったので、天気を理由に宿に残り、気持ちを鎮めていた。

「あたくしね、なんだか小説の主人公になった気分がするわ。お姉さまはデヴォンシャー公爵夫人、あたくしはレディ・モード・プランタジネット〔伯爵夫人〕＊で、これからバッキンガム宮殿の舞踏会へ行くところなのよ。ぜいたく豪華な暮らしをする運命が待っているのがわかっているの。そんな感じ、すごくあたくしに合っているわ」

そういったのはマティルダだった。ふたりはランプ、ガラス窓、サテン貼りの椅子というしつらえの四輪箱馬車に乗り込み、オーブリー・ハウス＊へ向かった。マティルダの長い青いドレスの裾はくるくる丸めて足元にあり、ローマ製の大切なイヤリングに明かりがあたってきらきら光り、巻き毛はなんとも芸術的に整えられ――そして、何よりうれしかったのは――六つのボタンがついたクリーム色の手袋が腕をおおい、幸せで胸がはちきれそうだった。あの洪水のあと、ローマでその手袋を買ったのだが、ほんとうにエレガントで、そのうえ、お安く手に入ったからである。

もう若くないリヴィは、ピンクのツツジの花飾りをつけた、銀ねず色の絹の服をまとい、重々しく、ふむふむというような顔をした。

「マティルダ、自由の国で生まれ育ったヤンキーで、余計な称号や名前を持たない身分であることをありがたいと思いなさいよ。バッキンガム宮殿は確かにすばらしいです。ザクセン＝コーブルク＝ゴータ家＊とかもいいけれど、それよりは、良い仕事をしている、新しい考えを持った国会議員の家を訪問したいです。T夫人はヴィクトリア女王よりずっと興味深い女性ですよ。人生をかけて同胞を助け続けているんですから。彼女こそ、模範的なイギリス女性だといいたいです。シンプルで、まじめで、洗練された女性です。良識と知識とエネルギーをあわせもっています。家はどんな人に対しても開かれています。友人、見知らぬ人、黒人、白人、金持ち、貧乏人と分け隔てなくね。その家で、偉大な男性たちが心の熱い女性たちと出会っています。マッチーニとフランシス・パウアー・コブ、ジョン・ブライトとジーン・インジロウ、詩人のロセッティと小柄で勇ましいエリザベス・ギャレット医師＊。歴史的なりっぱな家で裕福に暮らしているにもかかわらず、主人は高ぶらない方で、女主人はごくごくシンプルな装いをしています。財産は他のところに使われているのです。中でも、その家のすばらしい点は、学校です。貧しい女の子たちが教育を受けられるようにしているのです。T夫人は自宅の庭を開放して、そこで自身が先生として働き、友人たちの助けを得て、母親や姉のように、貧しい少女たちのために尽くし、その子たちが、『絶望の沼』に沈んでしまわないように手助けをしているのです。それに敵うものなど、バッキンガム宮殿では見つからないでしょう。そういうことですよ、マット」

「もし、その子たちが絵の先生を必要としていたら、あたくし、お手伝いしたい。とってもすてきなことだと思うわ」マティルダは、リヴィが長々としゃべったあとでひと息つくと、うれしそうにそう申し出た。

こうした新しい考えを頭に入れて、レディ・モード〔マティルダのこと〕はパーティを楽しみ、公爵夫人〔ラヴィニアのこと〕は思う存分、急進的な思想を語り合った。オーブリー・ハウスはそういう人たちの基地だったからである。全員が本気で議論した。独身女性リヴィは、五、六年前に訪英したとき〔第一回ヨーロッパの旅のこと〕から、さまざまなことがおおいに前進したのを目の当たりにして、うれしかった。そのときに、ジョン・ステュワート・ミル＊が下院に女性の権利条例の請願書を両腕にかかえて出した。人びとは嘲り笑い、こわもての女性たちでさえ笑ったが、こうもいった。「次の請願書はすごく大きなものになるから、手押し車が必要になりますね」と。だが今や、その同じ人たちが、その問題を真剣に語り合い、笑いごとではすまされないようにする方策を考えていたのである。進取の気質の人びとは、いくつかの条例がやっと通って喜び、それを馬鹿にした人たちも、真の栄光は勤勉な仕事によって得られるものであり、人気を得られずともりっぱな理由に支えられるものであることを知るだろう。戦いが終わるまでは知らんぷり、でも勝利の暁には何も貢献していないのに大騒ぎする人びとには真の栄光などないのだ。

（思うに、イギリス人はわたしたちアメリカ人より、騒ぎ立てずに、もっと仕事をこなせる人たちみたい。そんなことは大っぴらにはいわないけれど、おだやかで規則正しい生活をしている、ここの人たちのほうが、ふるさとにいる声高《こわだか》な主張の多い友人たちより、わたしにしっくり合うような気がする。のろのろ馬車といっているけれど、わたしたちより先に女性参政権を成立させても驚かない。ウサギとカメの昔話で、カメが勝つごとし、だもの）

楽しい夕べを過ごして、家に帰る馬車の中で、ラヴィニアは心の中でそう思ったのだった。もしかしたら、頭の中がさまざまな考えでがんがんするほど、あらゆる改革案を聞き込んだせいで、こんなアメリカ批判の思いが浮かんだのかもしれない。または、イギリス人の勤勉な態度を快く感じたからだろうか。とにかく、老いも若きも、とてもほがらかで、考え方に偏りがなく、健康で頑丈な体を持っているように見えた。だれも神経のストレスで苦しんでおらず、いらいらして無意識のうちにきついことばを発したり、青眼鏡《めがね》をかけて世間を見たりしないし、心の奥底にひそむ、やさしい気持ちに水をかけたりしない。海の向こうの女性たちにくらべたら、すばやさや、ひらめきの強さでは負けるかもしれないが、もっと女性らしさがあり、口のうまさでは劣るが、何かを成し遂げるための粘り強さはまさっている。

リヴィは少し風変わりな好みを持っているので、見た絵画もさして興味をひかず、装飾的な看板はいやで、見る気もせず、芸術を愛するあとのふたりと別れて、自分ひとりであちこちを見て回ることにした。その際、地図もガイドブックも持たずに行ったのだが、いったいどうやって目的地を見つけられたのだろうか？　もし、このロンドンに触れ役のような人がいるとしたらだが、あとのふたりはしばしば、道に迷ったリヴィおばさんを捜すために触れ役を呼ぼうとさえした。しかし、リヴィは必ず無事に戻ってきて、目の縁までほこりだらけになって疲れ切っていたが、ロンドンの魅力になおいっそう、とりつかれた様子だった。

ある日、リヴィはチャールズ・ハットン・スパージョン*の説教を聞くことにして、勇んで出かけた。ランベス区は危険な地域だといわれていた。そこの幕屋〔礼拝堂のこと〕は二、三マイル〔約三・二～四・八キロ〕先で、場所がわかってもなかなか入れないそうだが、そういわれるとなおさら行きたくなり、リヴィは出かけたのだった。スパージョンに会えなくても、冒険はできるのだからと思っていた。

もしも、乗合馬車の御者がリヴィを助けてくれなかったら、きっとハムステッドかチェルシーあたりに行ってしまったことだろう。ロンドンの乗合馬車は、通りと同じくたくさんあって、ややこしく、わけがわからない。しかし、この親切な御者は、旅びとが全面的に助けを求めているのがよくわかって、手をさしのべてくれた。おかげでリヴィはエレファント&キャッスルの十字路に無事たどりついた。すると、御者はくちびるをすぼめて、にやにやしながら、ぽんぽんとリヴィの肩をたたき、「ほうら、着きましたよ」と保護者ぶったことばをかけた。思いがけない態度に当惑し、リヴィはあわてて馬車を降りた。

その地域には確かに幕屋が必要だと思われた。いかにも貧しく、あぶなっかしい雰囲気が漂っていたからだ。まだ十代にもならない少年たちが、酒を飲ませる店のそばで、半ば酔っぱらったようにふらふら、ぶらぶらしている。無帽の少女たちが声をあげてうたったり、口げんかしたりしている。ほったらかしにされた幼児たちが溝で遊び、それ以上考えられないほどのぼろをまとい、汚れきった様子をした男女がいる。日曜の朝の明るさが台無しだ。

群衆が幕屋に押しよせてきていた。しかし、リヴィは友人の配慮のおかげで、座り心地のいい席へ案内された。片側にはやつれたマグダレン〔売春婦体の女性〕、もう一方の側には体に麻痺のある老人が座っている。あたりを見回すと、三方にふたつのギャラリーが広がり、説教壇は後ろや下からも見えるように小さな囲いに入って持ち上げられているので、集まった人びととみんなにスパージョンの声が聞こえ、姿が見えるのだ。

どの席にも、通路にも窓辺にも、階段にも入口にも、人がいっぱいで、見るからに変わった集団だ。民族、肌の色、年齢はばらばらだが、そのほとんどの人たちに共通しているのは貧困または犯罪の匂いである。人びとはうたい、お説教の中で感動したことばがあれば、それを大声で叫び、シンプルだけれど熱い、スパージョンのことばを熱心に聞いている。彼はこれら貧しい人びとを集める誠実な羊飼いになっているのだった。

だれもが、絵や写真でスパージョンの顔を知っていたが、説教壇の彼を見てリヴィはマルティン・ルター〔中世ドイツの宗教改革者〕を思い出した。四角い、血色の良い顔、がっちりした体つき、澄んだ、鋭い目、自然体のきっぱりした態度がとても印象に残った。力強い、はっきりした声に、ドラマティックな雰囲気も加わっている。説教壇を歩く姿が、テイラー牧師*のようだった。

スパージョンは「小さな誘惑」について説教した。実際の生活で起こるさまざまな事柄や例をあげて、人びとに説明した。彼らの名前を呼ぶ、その独創的なやり方が、人びととの好感を得ていた。彼はメモも持たず、説教というより、人びとに話しかける感じで、説教壇の手すりにもたれて、訴えたり、説得したり、祈ったり、よく響く声でうたったりした。それが非常に効果的であり、外国の高教会《ハイチャーチ》*のとりすました無言や、アメリカのユニテリアン教会の眠たくなるような説教とくらべると、新鮮だった。折に触れて、彼はことばを切り、集まった人びとに気軽な自由な言い方で、あれこれ指示をあたえるのだった。それを聞いて、旅の外国人の顔にもほほえみが浮かんだ。

「フラッカーさん、その子を控室へ連れていったほうがいいですよ。疲れているから」

「そこのみなさん、こちらへいらっしゃい。まだまだ場所はあいています」

「マニング、窓を全部あけなさい。暑くなってきました」

悲しげな叫び声が聞こえたとき、彼はことばを止め、てんかん症で体を震わせている老女を見下ろし、人びとに向かって静かにいった。

「あわてないように。ときどき彼女は発作が出るのです」

そういって、またおだやかに説教を続けた。

こうして、二時間、彼は大勢の人びとを前に説教をした。暑くなって、不快感があり、体調の悪い人たちもいたが、最後に全員を包み込むような温かい声でこういった。

「さあ、みなさん、今週わたしがしゃべったことを忘れないようにして、また次の日曜にはそれが無駄にならなかったことを示してください」

そして、その週、毎晩どんな集会が行なわれるかを読みあげた。リヴィがとくにすばらしいと思ったのは、母親たちのための集会で、子どもたちへの教育や訓練の良い方法について、彼と語る場があることだった。スパージョンは自分の時間や体力を惜しみなく使っている。信条はどうであれ、彼は良きキリスト者であり、自分より隣人を愛し、自分の手で出来る限りのことは、なんでもやる人であった。

「今までわたしが行った教会の多くは、有名な聖者たちにはいい席が用意されていても、罪人には席がなかったから、ここの教会のほうがよいと思いますよ」

宿に帰ったリヴィはそういうのだった。

「スパージョンの会衆の様子は、スパージョンの説教そのものよりもわたしに訴えかけるものが多かったですよ。マグダレンは胸がはりさけるくらい泣いていました。泣いたことで少しは罪が流されたんじゃないでしょうか。弱々しい老人は、震える手や体を支える杖が見つかったように見受けられたし、周りにいた孤独な大勢の人たちは、しばしの間でも、つらい重荷をおろして、父の家つまり教会で、休息と安らぎを得たのです。ロンドンじゅうの主教たちの説教や、セントポール寺院のりっぱな儀式よりも、そういう姿を見て、わたしは多くを得たと思いますよ。ですから、ほんとうに行ってよかったです。行きに御者がくちびるをすぼめて、にやにやして、いやな感じだったけれども」

このまじめなお出かけのあと、まもなく、リヴィは楽しい冒険をすることになった。ある日、親しい教授がリヴィに、ロンドンでいちばん会いたい人、行きたいところ、見たいものは何かとたずねてくれたのだ。

ぎゅっと両手を握りしめ、興奮した面もちでリヴィは答えた。

「あの不滅のセアリ・ギャンプ〔『マーティン・チャズルウィット』より〕の家。昔、わたしは誓いを立てたんです。ロンドンに行ったら、ぜったいにそこを訪れると。どうか誓いを実現させてください」

「もちろんですとも！」教授はすべて任せなさいといわんばかりに答えた。すぐさまリヴィは、レインコートを着こんで、出かけるしたくをした。

降りしきる雨の中、ふたりは出かけていった。その日、それを見た町の人たちが、びしょびしょになっても、行きたい思いで突き進むふたりの姿を、どう思ったかはわからない。しかし、たったひとつ言えるのは、あんな陰気な場所を訪れた人たちの中で、こんなに楽しそうなふたりはいなかった、ということである。途中でふたりは、古い知り合いに会ったり、見知った場所をいくつか通った。バグストック少佐と、いとこのフィーニックスは、クラブハウスの窓からふたりを見て目を丸くした〔『ドンビー父子』より〕。ティッグ・モンターギュの馬車が、リージェント通りを疾走していった〔『マーティン・チャズルウィット』より〕。この通りは以前よりいっそうきらびやかになっている。チアリブル兄弟〔『ニコラス・ニクルビー』より〕が腕を組んで町の中心に向かっていく。ほほえみをたたえ、貧しい人に会うたびに、半ペニーを渡している。ミコーバー一家が乗合馬車で通り過ぎた。おそらく、罪を犯して、牢屋へ連れていかれるウィルキンズについていくところだろう〔『デイヴィッド・コパーフィールド』より〕。

陰気で、静かな感じの通りで、ふたりは立ち止まり、いかにも由緒ありげな暗い家々を見上げた。どの入口にも名前は書いてなかったが、間違いなくドンビー氏がまだ住んでいると確信した。気性の荒そうな犬のダイが入口の階段に座っており、上の方の窓があいていて、カーテンが揺れている。ダイは眠りながらうなっている。その上の方にいる小さな息子ポールが壁を流れる金色の水を見つめ、忠実な娘フロレンスは歌をうたってやっている。スーザン・ニッパーは「ピプチン家の人びと」にあてつけて、大っぴらに鼻を鳴らしたり、隠れてウィンクしたりはしなかった〔『ドンビー父子』より〕。

さらに貧しい地域へやってくると、ふたりはタイニー・ティム〔『クリスマス・キャロル』より〕が松葉杖でコツコツ歩き回るのを見た。風が吹きわたる通りの角でトビー・ヴェックを追い越してから、泥だらけになって遊んでいるテタービイ〔『憑かれた男』より〕の子どもたちを全員見た。「こっちの通りを行きましょう。ロンドンの最悪の地域のセント・ジャイルズ地区を見にいきますよ」と、教授がいった。ついていったリヴィは、ほんの五分もしないうちにみじめな光景を目にして、その日はずっと胸が痛んだ。警察官がそばにやってきて、これ以上先に行ったらあぶないといった。

悪、貧困、汚染、苦しみが、にぎやかな大通りから石を投げたらすぐ届くところに、はびこっていた。アルセイシャ地区に足を踏み入れるのは危険だった。ここでも、ふたりはなじみの人びとの亡霊に会った。ひっきりなしに動いているあわれなジョー〔『荒涼館』より〕、頭にショールをかぶった、黒い目のナンシーに連れられたオリヴァー少年、戸口でぶらぶらしているビル・サイクスがいた。ごろつきそのものの顔つきをしている。アートフル・ドジャーが「育て甲斐のある」ふたりから目を放さなかった。ふたりが儲かるポケットを持つのをあてにしていたからだ〔『オリヴァー・ツイスト』より〕。

やがてリヴィと教授は、ここの状況を充分見てから、ハイ・ホルボーン通りを急ぎ、キングズゲイト通りへやってきた。ここはまさしく、ディケンズが暮らしていて、熱心にメモをとっていたところだ。すぐに件《くだん》の家は見つかった。鳥屋の上に薄汚れた窓がふたつあった。チェックのカーテンは引かれていた。しかし、もちろん、底のない帽子入れ、木製のリンゴ、緑の雨傘、そして、ハリス夫人の肖像画はすべて、カーテンの後ろ側に置いてあるのだろう（『マーティン・チャズルウィット』より）。あまりに本物っぽいので、なんだか、赤ら顔の、鼻をぐすぐすいわせている老いた顔がのぞくのではないかと期待してしまった。そして、「うるさいね、今、行くよ。ウィルキンズ夫人じゃないだろうね、何も持たずにいきなり来るんだから」と、眠たそうな声が聞こえることも。

リヴィが黙って満足そうに立ちつくしていると（ドアの上に書いてあった名前がペンダガストで、スウィードル・パイプス（『マーティン・チャズルウィット』より）ではなかったのが残念だっただけ）、教授はそばにいた女性に、丁寧に重々しくたずねた。

「ギャンプ夫人のお住まいはどこでしょう？」

「何をしている人ですか？」女性は興味を引かれたようだ。

「看護師です」

「小柄な太った人？」

「はい、太っていて、年もとっています」教授は答えた。少し童顔じみた顔に、ほほえみひとつ浮かべずに。

「それなら、角を曲がったところの五番地ですよ」

思いがけない答を得て、ふたりはちょっとあわてて、愉快そうに顔を見合わせた。

しかし、ふたりが歩き出したとき、その女性が呼び止めなかったら、きっと五番地へ行ってしまい、現代のセアリ・ギャンプに会っていたことだろう。女性はこういったのだ。

「そうそう、その看護師はブリトゥンで、ギャンプじゃありません。でも、きいてみたら」

いそいで「ありがとう」とつぶやいて、ふたりはそそくさと角を曲がった。それから、傘の下で大笑いした。そばで見ていた人たちは目を丸くした。

ディケンズゆかりの地巡りなので、今度はファーニヴァルズ・インへ行ってみた。この三階建ての家で彼は『ピクウィック・ペイパーズ』を書き、それを年取ったポーターに読んできかせたのだ。そのポーターがまだいて、覚えている限りをふたりに話してくれた。うれしそうに思い出しながら語ってくれた。体ががたぴしして、ひからびたような老人が、話しているうちに、世間がまだ彼を発見していなかった昔、自分に親切にしてくれたハンサムな若者のことを思い出して、顔がやわらぎ、生き生きしてくるのを見るのは、心温まるものだった。

「一八三四年に、それをあなたは読んでもらったとのことですが、その本がのちに有名になると思いましたか？」教授は、あたかも、最北のノーサンバランドのごわごわ尻尾のライオン＊の心も溶かしてしまいそうな、そんな心がライオンにあればだが、それほどにこやかな顔で老人にたずねた。

「あ、もちろんですわい。なんかいいなと思いましたし、笑っちまいました。でも、あの人はそれほどでもないと思ってましたね。だが、ひとつ、いいことを知ってますよ」そして、老人はしたり顔でうなずいた。まるで、かの有名な『ピクウィック・ペイパーズ』の評判がすべて自分にかかっているかのように。

「あの人はここに住んでいたときに、ホガース嬢と結婚したんです。その部屋をごらんになりたいですかい？」

急に、なんでもしますよ、という感じでいうのだった。六ペンス硬貨をもらったからである。そこで、古びた階段を上がって二階へ上がると、ドアに鍵がかかっていた。おそるおそる真鍮のノブに手を触れ、プレートを見ると「エド・ペック」と書いてあった。きたならしいマットで靴を拭いた。もちろん、なんだかばかばかしい。しかし、英雄崇拝はちっとも悪いことではないし、その英雄が世界の人びとに心からの笑いと涙を提供したのだから、暗い入口で、少しくらい感傷的になってもいいだろう。

次にふたりが訪問したのは、「サラセンの頭」〔宿〕だった。スクィアーズ氏〔『ニコラス・ニクルビー』より〕がロンドンに行ったときに立ち寄った場所だ。風変わりなところで、いささかも昔と変わっていない感じがした。外側に木製のギャラリーがあり、メイドが立って馬車を見送っていたものだ。寒い朝、あわれなニコラスがその下を通ったアーチがあった。オフィスというかバーがあり、みすぼらしい少年たちが、ひとつのマグから回し飲みをし、パンとバターを急いで飲み込むように食べていた。スクィアーズ氏が隠れてみんなを「いじめ」、人前では父親ぶってしゃべるからだった。リヴィはドアの外にぶら下がっている黒ビールのマグを記念に持ち帰りたいと思ったが、スクィアーズ氏がすが目で見下ろすかもしれないので怖くなり、かわりに泥んこの小石を拾った。

ミドル・テンプル〔法曹院〕とその庭も見にいった。噴水は上がっていなかったが、それでも楽しげな感じはあった。立って見ているうちに、太陽が顔を出した。いちばんきれいなときに見てもらいたいと思っているかのように。シェイクスピアの『十二夜』がミドル・テンプル・ホールで上演されたこと、ヨーク家とランカスター家*のバラがここに植えられていること、ジョンソン博士*がインナー・テンプル・レインの一番地に住んでいたこと、ゴールドスミスがミドル・テンプルのブリック・コートの二番地で亡くなったことなどを知るのはいいことだ。しかし、実際に起きた事実や存在した人びとなのに、ペンデニスとファニー〔サッカレーの『ペンデニス』より〕や、ジョン・ウェストロックと小さなルース・ピンチ〔『マーティン・チャズルウィット』より〕の場面の方が現実味があるように思われた。彼らの息吹を感じたくて、リヴィはここを訪れ、彼らのよしみで、今もって、ロンドンの中心部にあった緑の園を、その日に降りそそいでいた六月の日光とともに覚えているのだ。

ふたりのディケンズ巡礼は、息を切らせながらモニュメント〔ロンドン塔〕に登ったところで終わった。そこからロンドンの景色を眺めることができ、トジャーズ家もよく見えた。リヴィはその家をぱっと見つけ、チェリー・ペックスニフ〔『マーティン・チャズルウィット』より〕が、今はとがった鼻の年配婦人として裏の窓ぎわに座っているのを見た。どでかい帽子をかぶった、やせた、せかせかした感じの女性が、かごを持って庭を横切っていった。即座に教授がいった。

「あれはトジャーズ夫人ですよ。独身の紳士たちが食べた大量のグレーヴィがずっと気になっているのです」

すると、すべてを完璧にしようとするかのごとく、もじゃもじゃ髪の少年の姿がちらちら、ふたりの視界に入ってきた。地下のキッチンで、ナイフやブーツを磨いている。ロンドンじゅうの法律家がこぞって、この少年はゴキブリとかびの生えた瓶と毎日格闘している若いベイリー〔『マーティン・チャズルウィット』より〕ではないといっても、ふたりを説得できなかったろう。

雨の日に歩き回って、ディケンズ参りをし、その締めくくりにはもはや足りないものなどなかったが、教授はリヴィにたずねた。

「お昼は何にしましょうか？」

リヴィは思い切って答えた。

「子牛肉のパイと黒ビール」

実はどちらも好きではなかったのだが、今日、見てきた不滅の人びとに敬意を表するためにそういったのだった。ふたりは食堂へ入り、ランチを注文した。他のお客たちの注目の的になっているらしい。まるで泥だらけのマットのようになっていたからだ。ふたりは、さっきまであちこちを歩き回り、高いところに登ったり、感嘆のため息をついたりして、興奮に顔を紅潮させてはいたが、このような「物語巡礼」でサム・ウェラー〔『ピクウィック・ペイパーズ』より〕を忍んで「子牛肉のパイ」を食べ、このディケンズの日の終わりに、ディック・スウィヴェラー〔『骨董屋』より〕の健康を祝して、「黒ビール」を飲んだラヴィニアより、幸せな独身女性は他にいなかったろう。

さて、イギリス人の普段の生活の楽しみについてあれこれ書いてもよいのだが、この旅の記録者として個人的な暮らしの大切さは守るべきだと思う。なんでもかんでも見たこと、聞いたことを書いてしまうという、あさましい人たちがいるが、そのやり方はぞっとしないので、自分がするといったことを守り、詩人たちと郊外の散歩をしたり、有名な館の応接間で五時のお茶をいただいたり、広く名を知られた人たちに会ったことなど、楽しい話をひけらかすようなことはしないと決めたのだ。

このように控えめな方針をとったので、いちばん良いところは語らずにおくが、あとのふたりの旅びとたちの話は手短かに書いておこう。マティルダはこの地に留まって、絵の勉強をすることにした。ナショナル・ギャラリーでターナーの絵画を模写したり、夕べは、滞在先の宿にいる、八人の愛想のいい紳士たちと楽しむことになるだろう。

アマンダは友人たちとともに急いでアメリカへ帰っていった。コッド岬の新緑の草原で夏を楽しむ予定だ。マティルダとリヴィはさよならをいうのがつらかったが、いずれ近いうちに、再会の喜びがあるのだからと思い、リヴィは気持ちを慰めた。アマンダはほんとうに稀にみる、大事なすばらしい宝物のような友だとリヴィは思っていた。

「さよなら、大好きなおばさん、体を大切にして、早くふるさとへ戻ってきてくださいね」

裏口で、トランクが下に降ろされているときに、アマンダはいった。

「あなたもどうか気をつけて、無事にお帰りくださいね。わたしも早晩帰りますよ。あなたがいなかったら、どうせ何もできやしないんですから」リヴィは悲しげな声をあげ、去りゆくアマンダにすがりついた。もしもディオゲネス〔古代ギリシアの哲学者〕が彼に誠実な人間を見つけたら、きっとしがみついて離さないだろうというように。その哲学者より幸運なことに、リヴィは長年、心の友を捜し続け、ついに見つけたのだった。

「ふたりともおセンチにならないでよ」マティルダはそういいながら、目に涙をため、マンディを抱きしめてから、馬車に乗せた。

「さよなら、ローマとラファエロ！」アマンダは快活な声を出して、手を振った。

「ロンドンとターナー、万歳！」マティルダは勝どきをあげるような声でいった。

「ボストンとエマソン、万歳！」ラヴィニアは、こんなに悲しい思いの中でも、大好きな町と人のことを忘れず、涙声でいった。

やがて、三人は濡れた別れのハンカチを激しく振りあった。馬車の窓にはアマンダのエジプト風の鼻が見えていた。宿の窓辺でだれかがたらいをガンガンたたいている音に送られて、煤で汚れた馬車は角を曲がって見えなくなった。あとに残ったのは、ヨーロッパ全土をもってしても埋められない空白だった。

数週間後、リヴィもイギリスを離れた。マットはひとり残って、目的と仕事を持ち、しっかり生きていくアメリカ女性に対する信頼を守り、自由を謳歌することになった。

こういうわけで、トリオの旅は終わったのである。一年間、さまざまな得がたい経験をし、思い出深い日々を過ごし、当地の文化を享受した。このようなすばらしい旅の喜びを味わえる幸運な人びとには、世間や同胞だけでなく、自分たち自身を知ることができるという、ごほうびが与えられるのだ。

今回のトリオの旅の成功によって、満足感とともによくわかったことがある。うまくいくわけがないと思われていたにもかかわらず、あらゆる面でまったく合わないように見えた三人の女性は、十二カ月という長い期間、楽しく生活をともにし、陸路、海路とも、保護者もなく無事に旅をこなし、ふたつの大きな出来事〔普仏戦争とイタリア革命〕を経験し、さらに、地震、日蝕、洪水に遭遇したにもかかわらず、ことさら取りたてるほどの、なくしもの、失敗、けんか、絶望などはなかったのだった。

このように旅の成功を語ることで、この物語をひとつの教訓として伝えたいのは、まだ若く、臆病なところもある女性のみなさんには、自分の国に留まることなく、行動しやすくするために荷物は少なくまとめ、思い切って外へ出てごらんなさい、ということだ。保護者は必要ない。必要なのは勇気だ。ガイドはいなくても、おのれの良識を信じ、ヤンキーの才覚を持ち、女性の最大の武器である舌に、フランス語の素養を少し足せば、通訳など要らないのである。

世の中のアマンダたち、マティルダたち、そして、ラヴィニアたちよ、行動を起こすことだ。待つことはない。男性にかしずくことなく、蓄えたものを使うことだ。パリのおしゃれなもの、ジュネーヴの宝石、ローマの遺跡、そういうものよりもっと良いものを得るために投資するのだ。ふるさとへ帰るときはトランクが空でもよい。そのかわり、あなたの頭には前にはなかった新しい考え、広い視野や思想が育ち、心には世界の人びとを同胞として考えられる豊かな寛大さが生まれ、その手は、神が人間に与えてくださった人間性を大事にするために働きたくなり、魂は、芸術の驚異の美や自然の作り出す、神聖を超えるほどの神秘に触れて飛翔するだろう。

倦怠感、不満、軽薄、虚弱は、旧世界の遺跡の中に置いてくればよい。そして、新世界へ、洗練と文化と健康を持ち帰ってきてほしい。それらは、今アメリカ女性に欠けているものを与え、世界のだれよりも勇敢で、賢明で、幸せで、美しい女性にしてくれるだろう。

ナサニエル・ホーソンお気に入りの椅子と小径（メイ・オルコットのスケッチ）／ Louisa May Alcott's Orchard House

訳者あとがき

ルイザ・メイ・オルコット（本書ではラヴィニア）が『ショール・ストラップス』の最後に書いたことばをもう一度記します。

「世の中のアマンダたち、マティルダたち、そして、ラヴィニアたちよ、行動を起こすことだ。待つことはない。男性にかしずくことなく、蓄えたものを使うことだ。パリのおしゃれなもの、ジュネーヴの宝石、ローマの遺跡、そういうものよりもっと良いものを得るために投資するのだ。ふるさとへ帰るときはトランクが空でもよい。そのかわり、あなたの頭には前にはなかった新しい考え、広い視野や思想が育ち、心には世界の人びとを同胞として考えられる豊かな寛大さが生まれ、その手は、神が人間に与えてくださった人間性を大事にするために働きたくなり、魂は、芸術の驚異の美や自然の作り出す、神聖を超えるほどの神秘に触れて飛翔するだろう。」

初めて原書でこの箇所を読んだときに、「わが意を得たり！」と思いました。そして、この本を訳したいと強く思ったのです。

けれど、訳し終えてみて、ひとつ、大事なことをどこにも記していなかったことに気づきました。それは、『若草物語』はルイザの自伝的な物語であり、ルイザは主人公のジョーそのものであること、ルイザの姉妹はそのまま、メグ、ベス、エイミーのモデルとなっていることです。

ルイザの姉アンナは長女メグ、ルイザは次女ジョー、ベスだけは名前を変えず三女ベス、メイは四女エイミーとなりました。『若草物語』はノンフィクションではないので、ルイザたちオルコット四姉妹＝（イコール）マーチ四姉妹ではありませんが、ルイザの自伝的物語として読んでもさしつかえないほど、性格や行動は似通っています。ジョーの相手役ローリーについては、「ジョーおばさんのお話かご」第一巻『わが少年たち』の「ローリー」の最後に書きましたので、ここでは触れないでおきます。

メイ・オルコットは、『若草物語』ではエイミー、本書ではマティルダです。絵の才能があり、絵の道具を旅にたくさん持っていったのはご存知の通りです。あちこちでスケッチをしたり、似顔絵を書いたり、美しい景色や歴史的な美術作品を見ては、ため息のつき通しでした。ルイザ（ラヴィニア）は妹の才能をのばしてやりたいと願い、自分がふるさとへ帰ってからも、メイ（マティルダ）がヨーロッパに残って絵の勉強をすることを許したのでした。その後、メイはさらに二回もヨーロッパへ行きました。

実は、メイがヨーロッパで描いたスケッチは何枚も残っており、本書にも数枚、載せることができました。本邦初披露です。『若草物語』のふるさとである、アメリカのマサチューセッツ州コンコードにある、ルイザ・メイ・オルコットのオーチャード・ハウスミュージアム（通称オーチャード・ハウス）のご協力を得て、館所蔵のスケッチを転載する許可をいただきました。

トリオの大事なメンバーであるアマンダについても、少し書いておきましょう。アマンダは、メイの友人のアリス・バートレットのことです。アリスの父は医者、けれど、アリスが二十歳になる前に病気で亡くなりました。さらに、アリスの兄も二十八歳で亡くなり、その三年後、母まで亡くなってしまったのです。アリスは二十三歳にして、家族をすべて失ったのでした。この深い悲しみを吹き飛ばしたい思いが、アリスを、ヨーロッパ旅行へかりたてたと言えなくもありません。以前にもヨーロッパへ行ったことがあるアリスは、旅の経験が豊富であり、フランス語もイタリア語も自由に操りました。豊かな遺産を持ち、メイの旅費や宿泊費を払ってくれただけでなく、語学に堪能なアリスが、トリオにとってどれほど有難い存在だったかは容易に想像できます。アリスは、ルイザが一緒に来てくれれば、という条件つきでこの旅行を提案し、ルイザは、ヨーロッパで絵を勉強したいという妹メイの夢を叶えてやりたいと思い、同行を受け入れたのでした。

アンナ（『若草物語』のメグ）は、ジョン・プラット（『若草物語』のローリーの家庭教師のジョン・ブルック）と幸せな結婚をしましたが、ジョンは物語（『若草物語第二巻』）でも、また実生活でも、働き盛りのうちに亡くなってしまいました。ちょうどルイザがローマに滞在していたときに、ふるさとから、ジョン・プラットの死を知らされたのです。具合が悪いことは手紙で何度も知らされてきていましたが、彼はまだ三十七歳という若さでした。そこで、ルイザは残されたアンナの家族のために、『若草物語第三巻』を書くことを決意したのです。ジョンを追悼するために書かれた「ジョン・ブルック」という章は、悲しくも実に美しく描かれていて、『若草物語第三巻』の秀逸な章です。ルイザが帰国したその日に、波止場に停めた馬車に、新刊の大きなポスターが掲げられ、ルイザたちを迎えたのでした。すでに、五万部が売れたという、嬉しい報告ももたらされました。

ただし、作家としてのルイザの活躍については、ラヴィニアの物語（『ショール・ストラップス』）には一切書かれていません。そのあたりをきっぱり区別することで、ルイザは、自分の分身であるラヴィニアにいいたいことを自由にいわせたのでしょう。二回のヨーロッパへの旅を経験し、ローリーのモデルに出会い、ヨーロッパの市井の人々の暮らしぶりを見聞きし、旧世界の遺跡のすばらしさに圧倒され、新世界アメリカとの違いを目の当たりにしたルイザは、結局、最初に引用したような結論に達したのではないでしょうか。

本書の序に、この本のアイディアを思いついたのは二〇二一年の春と記しました。その企画にすぐ賛成してくださったのは、悠書館社長の長岡正博さんでした。旅がお好きで、ルイザのヨーロッパ旅の本のタイトル案をいくつかお伝えしたところ、「これは事実を並べた旅の記録ではないから、旅物語というのがふさわしいですね」とおっしゃり、本の発刊を大変楽しみにしてくださっていました。ところが、二〇二二年十一月に急病で亡くなられたのです。タイトルに「旅物語」ということばを入れるのは、長岡さんのご遺言だとわたしは思っています。ここに本が無事に出たことをご報告し、ご冥福をお祈りいたします。

編集者の小林桂さんには、細かい訳注の作成だけでなく、ほんとうに懇切丁寧な仕事をしてくださったことに感謝しています。また、ブックデザイナーの内藤正世さんは、十九世紀に出たルイザの作品を、二十一世紀の読者の目をおおっ！と惹くおしゃれな本に蘇らせてくださいました。ありがとうございました。

また、本書に載せた写真やイラストの使用を快く許可してくださったオーチャード・ハウス（Orchard House）の方たちに感謝いたします。オーチャード・ハウスは、ルイザ・メイ・オルコットが長らく暮らした家であり、そこは現在、オルコット記念館として世界じゅうのオルコット・ファンが訪れる場所です。写真やイラストの使用許可をくださった館長のジャン・ターンクィストさん（Jan Turnquist）、データの作成をしてくださったマリア・パワーズさん（Maria Powers）に心から御礼申し上げます。

さらに、ターンクィストさんには、本書の原書二冊の内容や言葉について、何度か質問メールを送り、その都度、電話でお返事をいただきました。毎回、ターンクィストさんと一緒に電話に出てくださったスタッフのミルズ喜久子さん（Kikuko Mills）にもお礼を申し上げます。

最後にひとつお知らせがあります。「若草物語クラブ」が最近、産声をあげました。オーチャード・ハウスミュージアム公認ファンクラブです。名誉会長はジャン・ターンクィストさん、会長はミルズ喜久子さんです。現在、ホームページ作成中です。

なお、翻訳に使用した原書は以下の通りです。

＊Alcott, Louisa May. *Aunt Jo's Scrap-Bag Vol.1, My Boys*, Roberts Brothers, 1872 のコピー版（第一編のうち、ポーランド青年について書かれたところを訳しました。）

＊Selected with an Introduction and Editor's Notes by Cornelia Meigs. *Glimpses of Louisa, A Centennial Sampling of the Best Short Stories by Louisa May Alcott*, Little, Brown and Company, 1968.（参考資料として）

＊Alcott, Louisa May. *Aunt Jo's Scrap-Bag Vol.2, Shawl-Straps*, Roberts Brothers, 1872 とそのコピー版（全訳しました。）

二〇二四年六月

谷口由美子

p.236 その家で、偉大な男性たちが心の熱い女性たちと出会っています……

ジュゼッペ・マッチーニ　(1805~1872) 共和主義によるイタリア統一をめざした革命家。

フランシス・パウアー・コブ　(1822~1904) アイルランド生まれの作家、社会改革者。女性参政権運動に関わる。

ジョン・ブライト　(1811~1889) イギリスの政治家。選挙法改正など自由主義的改革に尽力。

ジーン・インジロウ　(1820~1897) イギリスの詩人、作家。

クリスティナ・ロセッティ　(1830~1894) イギリスの詩人。当時、女児や女性への性的虐待が社会問題化したが、彼女は更生施設での勤務経験があった。画家・詩人ダンテ・ガブリエル・ロセッティの妹。

エリザベス・ギャレット　(1836~1917) イギリス最初の女性医師。女子医学校を開校、女性参政権運動に関わった。

p.236 ジョン・ステュワート・ミル　(1806~1873) イギリスの思想家、政治学者、経済学者。自由主義思想の提唱者。社会改革運動に関わり下院議員に当選。『The Subjection of Women (女性の隷従)』(1869) を刊行し、女性参政権請願を下院に提出。否決されたが、女性による参政権運動の契機となった。

p.238 チャールズ・ハットン・スパージョン　(1834~1892) イギリスの著名な伝道者 (バプテスト派)。民衆に人気があり教派をこえて影響力があった。

p.240 テイラー牧師　(1793~1871) エドワード・テイラー。ボストンで活動した船員たちの牧師。

p.240 高教会　アングリカン・チャーチの一派。教会の権威を重んじる。

p.246 ノーサンバランドのごわごわ尻尾のライオン　イギリス貴族、ノーサンバランド公の住居を飾るライオン (パーシー家の紋章のライオン)。

p.248 ヨーク家とランカスター家　イギリスの王位継承をめぐる内乱、薔薇戦争 (1455~1485) を戦ったランカスターとヨーク両王家はバラを家章としていたという。

p.248 ジョンソン博士　サミュエル・ジョンソン (1709~1784) 文学者、辞書編纂者。

p.218　E・スペンサーの『妖精の女王』　アーサー王物語を題材にした長編叙事詩（1590, 1596）。ユーナを助けて竜退治をする騎士が聖ジョージ（ゲオルギオス）。

p.220　ドーリア・ヴィラ　イタリア貴族ドーリア・パンフィーリ家の別邸。

p.220　活人画　扮装した人が静止して名場面などのポーズをとる。

p.220　エリュー・ヴェッダー　（1836〜1923）アメリカの画家。

6．ロンドン

p.227　パンジャンドラムおじさん　イギリスの俳優・劇作家サミュエル・フット（1720〜1777）が1755年頃に作ったナンセンスな詩に由来。後に子どもの本に登場した。

p.233　カサビアンカ　イギリスの女性詩人フェリシア・ヘマンズ（1793 〜1835）のバラッド詩『カサビアンカ』"Casabianca"（1826）は、英仏が戦ったナイル川の海戦（1789）でフランスの軍人カサビアンカの息子が、父の亡くなったことを知らずに、父の命令を守って船に残り死亡した実話を元にしている。

p.234　忠実なるW・N×××s　ルイザの本を刊行した出版社の社長ナイルズ（NILES）に掛けたか。

p.234　ドリーズ　肉料理専門のレストラン。アメリカの政治家トマス・ジェファーソン（1743〜1826）が1786年3月に訪れてステーキとエール（ビール）を味わった記録がある（Founders Onlineより）。ジョンソンと勘違いか。オリヴァー・ゴールドスミス（1728〜1774）はアイルランド生まれのイギリスの詩人、小説家。

p.234　スター＆ガーター　ディケンズなどが滞在した著名なホテル。

p.234　デヴォンシャー公爵夫人、あたくしはレディ・モード・プランタジネット……
デヴォンシャー公爵夫人（ジョージアナ・キャベンディッシュ、1757〜1806）ロンドン社交界の花形で政治活動にも熱心だった。レディ・モード・プランタジネットは、アルスター伯爵夫人（ランカスターのモード、1310頃〜1377）か。

p.235　オーブリー・ハウス　ケンジントンウェルズの敷地内に建つ私邸。1863〜1873年に自由党議員ピーター・テイラーと女権擁護論者である妻クレメンティアがそこを所有した時代には社会改革者や若い作家・芸術家らが集った。1866年にジョン・スチュアート・ミルがイギリス議会に提出した女性参政権の請願にも関与した。

p.235　ザクセン＝コーブルク＝ゴータ家　ドイツの同名の公国の君主の家系。子女が欧州各国の王室へ嫁いだ。ヴィクトリア女王の夫アルバート公も同家の出身。

p.193 シアドア・パーカー牧師　(1810~1860) アメリカのユニテリアン派牧師、神学者、社会改良家。超絶主義者。フィレンツェで死去。

p.195 プロパガンダ　1622年教皇グレゴリウス15世が創設した布教機関。

p.199 1805年以来、水位が最も高かったという　ローマは古代から幾度もテヴェレ川の洪水に見舞われ、1870年12月の洪水は56フィート(17.22メートル)に達したという。

p.202 王宮　クイリナーレ宮。ローマは1870年にイタリア王国が併合するまで教皇領で、宮殿も教皇が使っていた。

p.202 マルモラ将軍　アルフォンソ・フェレロ・ラ・マルモラ(1804~1878)イタリア統一に貢献した軍人、政治家。

p.203 カンピドリオの丘　ローマ七丘のひとつ。古代からの聖地で、王宮などがある政治の中枢。

p.204 ヴィットリオ・エマヌエレ　ヴィットリオ・エマヌエレ2世(1820~1878)イタリア王国の初代国王。イタリア統一を成し遂げた。

p.205 チェチーラ・メテッラの墓　巨大な墓で、共和政ローマ時代の三頭政治を行なったマルクス・リキニウス・クラッスス(または息子)の妻チェチーラを葬ったとされる。

p.206 グイドーのベアトリーチェ・チェンチの肖像画　グイドー・レーニ作とされる《ベアトリーチェ・チェンチの肖像》。16世紀のローマで父から性的虐待を受け続けたために父を殺害し処刑された貴族女性ベアトリーチェを描いたとされるが確証がない。

p.209 カプチン会　フランチェスコ会の分派のひとつ。

p.214 再びクロッカスの花むらを見た……シャロットの乙女たちは叫んだ　アーサー王物語を題材にしたテニスンの詩 "The Lady of Shalott"(1833, 1842)を下敷きにしている(原詩1842版の一節は下記)。アーサー王の居城キャメロットをのぞむシャロット島の塔に呪いをかけられた乙女が幽閉され、外を見ることを禁じられ魔法の鏡に映る外界を織物にしている。ある日鏡に円卓の騎士ランスロットが映り魅了される…。

'She made three paces thro' the room, / She saw the water-lily bloom, / She saw the helmet and the plume, / She look'd down to Camelot. / Out flew the web and floated wide; / The mirror crack'd from side to side; / "The curse is come upon me," cried / The Lady of Shalott.'

p.215 ロスチャイルド男爵　ユダヤ系国際金融資本家の一族。18世紀にフランクフルトで古銭商を始め、ナポレオン戦争時に巨富を築き、戦後一族に男爵位が与えられる。

は1800年のイタリア遠征で、アルプス越えの奇襲戦法によりオーストリア軍に勝利。その後シンプロン峠に馬車道を整備した。

p.183 軍隊のコートのように　アイルランドの詩人 、チャールズ・ウルフ（1791～1823）作 "The Burial of Sir John Moore after Corunna" の一節、'With his martial cloak around him.' より。コルナの戦いで戦死したイギリスの将校サー・ジョン・ムーア（1761～1809）への挽歌。

5. イタリア

p.184 カルロ・ボッロメーオ　（1538～1584）イタリアの聖職者。カトリック改革を推進。

p.189 カスチール石けん　スペインのカスティーリャ地方で中世から作られたオリーブオイルなど植物油製の石鹸。

p.190 平和のアーチ　19世紀初めにナポレオンの勝利を祝う凱旋門として建設に着手した。

p.191 コレッジョ　（1489頃～1534）イタリアの画家。フレスコ画は、パルマ大聖堂の天井画《聖母被昇天》のことか。

p.191 ジローラモのマドンナ　パルミジャーノ（ジローラモ・マッツォーラ・ペドーリ、1503～1540）の作品か。

p.191 グイドーのピエタ……エリザベッタ・シラーニの聖ヒエロニムスと幼子イエス　グイドー・レーニ（1575～1642）、エリザベッタ・シラーニ（1638～1665）。どちらもボローニャの画家。

p.192 ヴィーナスや……ティツィアーノの有名なおてんば娘の絵　フィレンツェのウフィツィ美術館にはティツィアーノ（1490頃～1576）の《ウルビーノのヴィーナス》、《フローラ》と、ボッティチェッリ（1445頃～1510）の《ヴィーナスの誕生》がある。

p.192 ユリウスも、ファウスティナも、そしてアグリッピーナも　古代ローマの貴族や皇帝の係累か。

p.192 ウェンデル・フィリップス　（1811～1884）アメリカの弁護士、奴隷廃止論者。

p.192 フラ・アンジェリコ　（1390/1395頃～1455）フィレンツェを代表する画家。

p.193 ジローラモ・サヴォナローラ　（1452～1498）ドミニコ会修道士、サン・マルコ修道院長。教会やメディチ家の腐敗を糾弾し市政執行者となるが、ローマ教皇と対立し火刑に処された。

p.193 カーサ・グイディ　イギリスの詩人ロバート・ブラウニング（1812～1889）の家。ブラウニングの息子は画家で、父親の頭像も制作。

p.141 ジャック・クール　(1395〜1456) ブールジュの商家に生まれ、レヴァント貿易で富を蓄積。シャルル7世に戦費を調達し貴族に叙任されるが、アニェス・ソレル毒殺等の嫌疑で投獄される。

p.149 有名な合作者のボーモントとフレッチャー　フランシス・ボーモント(1584〜1616)、ジョン・フレッチャー(1579〜1625)ともに英国エリザベス朝の劇作家。フレッチャーはシェイクスピアとも共作した。

p.158 消え入りそうなため息をもらした　スコットランドの詩人ロバート・バーンズ(1759〜1796)の "The Battle of Sherramuir"(1790)の一節の英訳 'My heart for fear gave sigh for sigh' より。1715年のジャコバイトの反乱でシェラムアで起こった戦いを歌っている。亡命したカトリック王ジェームズ2世を支持し、スコットランドの主権回復を求めた。

p.162 ファニー・ケンブル　(1809〜1893) イギリスの女優、著作家。アメリカの農園主と結婚するが奴隷制を批判し、その実態を記録した日記を1863年に出版した。

4. スイス

p.164 メトロポル・ホテル　1854年に開業した、レマン湖畔の高級ホテル。

p.165 イタリアで革命が……　イタリア統一運動のこと。1870年に統一を果たした。

p.166 ディズレーリ　ベンジャミン・ディズレーリ(1804〜1881) イギリスの政治家、小説家。野党時代の『ロゼアー』(1870) は国教会とローマカトリック教会、イタリア統一運動を取り上げ、ベストセラーになった。

p.169 ドン・カルロス　カルロス・マリア・デ・ボルボン(1848〜1909)。スペイン国王フェルナンド7世の王弟カルロスの次男フアンを父にもつ。のちに王位継承を巡る反乱に失敗しフランスに亡命。

p.169 イサベル女王　イサベル2世(1830〜1904) フェルナンド7世の娘。3歳で即位するが、フェルナンド7世の王弟カルロス(1788〜1855) を擁立しようとする勢力(カルロス主義者) と内戦になった。1868年九月革命で退位。フランスに亡命。

p.174 ムーア人　8世紀以降イベリア半島を征服したアフリカ北西部のイスラーム教徒のこと。

p.178 これまで何度も見てきた輝かしい朝……　シェイクスピアのソネット33番の一節、'Full many a glorious morning have I seen, / Flatter the mountain tops with sovereign eye.' より。

p.179 ナポレオンのような男だけが……道を通すという夢を叶えられた　ナポレオン

モンテーニュ　(1533〜1592) フランスの思想家。主著に『エセー(随想録)』。

ラブレー　(1494頃〜1553) フランスの作家。代表作に『ガルガンチュアとパンタグリュエル』。

ニノン・ド・ランクロ　(1620〜1705) 裕福な貴族で、恋多き自由な生活を送り、自宅サロンには名士や知識人が集った。

マダム・セヴィニエ　(1626〜1696) 書簡文学の作家。パリの社交界で才媛ぶりを発揮した。

ラファイエット　(1757〜1834) フランス貴族。アメリカ独立戦争でアメリカ軍を指揮、帰国後フランス革命で人権宣言を起草。

ベンジャミン・フランクリン　(1706〜1790) アメリカ独立宣言起草者のひとり。フランス駐在大使も務めた。

p.132 **ジャン・ジャック・ルソー**　(1712〜1778) フランスの思想家、作家。主著に『人間不平等起源論』『社会契約論』『エミール』など。

p.132 **ジョルジュ・サンドの祖母**　ルイーズ・デュパン (1706〜1799) を指すと思われる。実際は、ジョルジュ・サンド (1804〜1876) の義理の曾祖母にあたる。啓蒙主義者で、パリのランベール館やシュノンソー城のサロンにモンテスキューら知識人を招いた。フランス革命時にシュノンソー城を所有。ルソーは秘書、息子の家庭教師として雇われた。

p.134 **ギーズ公爵**　ギーズ公アンリ (1550〜1588) カトリック同盟を主導し、プロテスタント (ユグノー) を弾圧。1572年サン・バルテルミーの虐殺に関与。ル・バラフレ (傷跡のある) はあだ名。

p.135 **マリー・ド・メディシス**　(1575〜1642) アンリ4世の二番目の妃。夫の死後、息子の摂政として実権を握るが、1617年にブロワ城に幽閉された。

p.136 **フランソワ1世**　(1494〜1547、在位1515〜1547) 神聖ローマ皇帝位争いに敗れ、イタリア戦争でも大敗。文芸、芸術を保護しフランスルネサンスの父を自称した。

p.138 **ジャンヌ・ダルク**　(1412頃〜1431) 農民出身の少女で、百年戦争下のフランスでシャルル7世を王座に導いたが、異端と断罪され火刑に処された。

p.139 **たとえ楽しみのためとはいえ……**　イギリスの詩人 、ウィリアム・クーパー (1731〜1800) の "The Diverting History of John Gilpin" (1782) の一節、'though on pleasure she was bent, / She had a frugal mind.' より。結婚記念日に料理屋に行こうとするギルピンの滑稽話で、妻は家からワインを持参する倹約家。この詩を元にしたコルデコットの絵本 (邦題『ジョン・ギルピンの愉快なお話』) がある。

のこと。

p.111 マレイとブラッドショーのガイドブック　19世紀にイギリスで出版された旅行者向けハンドブック。どちらも旅行ガイド本の代名詞だった。

p.115 シャトーブリアン　(1768~1848) フランスの作家、政治家。ブルターニュ生まれの貴族で、アメリカ、イギリスに亡命し後に帰国。サンマロのグラン・ベ島に墓がある。

p.115 朝から晩までたゆまず集める……　アイザック・ワッツ(1674~1748) イギリスの牧師、讃美歌作家の教訓詩 “Against Idleness and Mischief” の一節、‘And gather honey all the day / From every opening flower!’ より。

p.120 獅子心王の妻、ベレンガリア　ベレンガリア・ド・ナヴァール(1170頃~1230) イングランド王リチャード1世(在位1189~1199、第3回十字軍を指揮) の王妃。ルマンでみずから創立したエポー修道院に葬られた。

p.122 聖アグネスと子羊　ローマのキリスト教徒で、4世紀初めに10代で殉教したとされる。子羊と共に描かれることが多い。

p.122 聖マルティヌス　(316頃~397) トゥール司教。ガリア最初の修道院を創設した。物乞いにマントを分け与えた伝説がある。

p.124 聖グラティアヌス　トゥール大聖堂の創設司教。

p.124 聖フランチェスコ　(1181頃~1226) アッシジの修道士。清貧を旨とし托鉢修道会(後のフランチェスコ修道会) を開いた。

p.127 カトリーヌ・ド・メディシス　(1519~1589) メディチ家出身、アンリ2世の妃。1560年、アンボワーズ城で息子フランソワ2世の誘拐が画策され、新教徒(ユグノー) が多数処刑される事件が起こった。

p.128 アンジュー家のマーガレット　(1429~1482) イングランド王ヘンリー6世の妃。夫に代わり薔薇戦争でランカスター派を率いた。

p.128 ウォーリック伯　(1428~1471) 薔薇戦争でヨーク派に与してヘンリー6世を破り、エドワード4世を即位させるが、後にヘンリーを復位させた。

p.128 アブド・アルカーディル　(1808~1883) アルジェリアの反仏指導者。フランスで幽閉された。

p.131 美しい城　シュノンソー城。フランソワ1世に献上され、彼が没した1547年、アンリ2世が愛妾ディアーヌに贈った。アンリの死後、カトリーヌ・ド・メディシスが城主となる。

p.131 アニェス・ソレルの胸像のレリーフや……ラファイエットとベン・フランクリンの細密画

アニェス・ソレル　(1421~1450) シャルル7世の愛妾。

訳注

〈凡例〉
・ページ番号は、＊の訳注の掲載ページ
・カッコ内の数字は西暦で、人名の後は生没年、作品名の後は制作年または刊行年
・以下を参考にした。オンラインではBritannica、Wikipedia、Poetry Foundation、英国バラッド詩アーカイブ、The Charles Dickens Page、ディケンズ・フェロウシップ日本支部ほか。事典・辞典類では世界大百科事典ほか（作成：編集部）

第1巻『わが少年たち』より「ローリー」

p.17　**青い制服**　南北戦争時に傷病兵の看護をしたルイザは、多くの青い制服姿の兵士たちと知り合った。

p.18　**こないだの反乱**　1863年、独立を求める最後の反乱。ポーランドは18世紀にロシアなど三国によって分割。19世紀に立憲王国として復活するがロシア支配下におかれ、たびたび反乱が起こった。

第2巻『ショール・ストラップス』

1．出発

p.50　**「洋上の旅」**　エペス・サージェント（1813〜1880）アメリカの編集者、詩人の詩 “A Life on the Ocean Wave”（1838）より。ヘンリー・ラッセルが曲をつけ（1840）、イギリス王立海兵隊の行進曲として英米両国で親しまれた。

p.52　**神よ、われらはなんと愚かな生き物でしょう**　シェイクスピア『真夏の夜の夢』3幕2場の妖精パックのせりふ、‘Lord, what fools we mortals be!’ より。

2．ブルターニュ

p.68　**アンヌ・ド・ブルターニュ**　（1477〜1514）ブルターニュ女公。父の死後、公位を継承するが、公国併合を目論むフランスのシャルル8世と結婚し、その死後ルイ12世と結婚した。

p.98　**ベルトラン・デュ・ゲクラン**　（1320〜1380）百年戦争で奇襲戦法などでフランスの劣勢を挽回し、フランス大元帥に抜擢された。ディナン出身の貴族。

p.99　**フナウダエ、コエトカン、ラ・ベリエール、ガンガン……**　原書には Hunandaye, Coétquën, La Bellière, Guingamp, …とある。

p.101　**聖イヴォ**　（1253〜1303）ブルターニュ生まれの司祭。

3．フランス

p.107　**グランディ夫人**　トーマス・モートンの喜劇の作中人物の名。口うるさい人

参考文献

Alcott, Louisa May and Alcott, May. Shealy, Daniel., ed. *Little Women Abroad, The Alcott Sisters' Letters from Europe, 1870–1871*. The University of Georgia Press, 2021.

Shealy, Daniel., ed. *Little Women at 150*. University Press of Mississippi, 2022.

Rioux, Anne Boyd. *Meg, Jo, Beth, Amy, The Story of Little Women and Why It Still Matters*. W.W.Norton & Company, 2018.

Cheney, Edna D., ed. *Louisa May Alcott, Her Life, Letters and Journals*. Little, Brown and Company, 1904.

Reisen, Harriet. *Louisa May Alcott, The Woman Behind Little Women*. Henry Holt and Company, 2009.

Eiselein, Gregory and Phillips, Anne K., eds. *The Louisa May Alcott Encyclopedia*, Greenwood Press, 2001. (『ルイザ・メイ・オルコット事典』篠目清美訳、雄松堂出版、2008年)

Ullom, Judith C., compiled. *Louisa May Alcott, An Annotated, Selected Bibliography*. Library of Congress, 1969.

Noyes, Deborah. *A Hopeful Heart, Louisa May Alcott Before Little Women*. Schwartz & Wade Books, 2020.

Matteson, John, *Eden's Outcasts, The Story of Louisa May Alcott and Her Father*. W.W.Norton & Company, 2007.

Myerson, Joel., Shealy, Daniel and Stern, Madeleine B., eds. *The Journals of Louisa May Alcott*. Little, Brown and Company, 1989.(『ルイーザ・メイ・オールコットの日記—もうひとつの若草物語—』宮木陽子訳、西村書店、2008年)

Myerson, Joel., Shealy, Daniel and Stern, Madeleine B., eds. *The Selected Letters of Louisa May Alcott*. Little, Brown and Company, 1987.

Kawanishi, Hiroko. *Louisa May Alcott's First Tour of Europe: Chronology*.『日本大学芸術学部紀要』(26)、1996年

Kawanishi, Hiroko. *Louisa May Alcott and Europe: Geographical Information*.『日本大学芸術学部紀要』(30)、1999年

川西弘子「ルイザ・メイ・オルコットのヨーロッパ旅行とその分析」『日本大学芸術学部紀要』(28)、1998年

ノーマ・ジョンストン『ルイザ—若草物語を生きたひと』谷口由美子訳、東洋書林、2007年

ウィリアム・アンダーソン『若草物語—ルイザ・メイ・オルコットの世界』谷口由美子訳、求龍堂、1992年

斎藤美奈子『挑発する少女小説』河出新書、2021年

大串尚代『立ちどまらない少女たち 〈少女マンガ〉的想像力のゆくえ』松柏社、2021年

図版出典

＊＝Louisa May Alcott's Orchard Houseの許可を得て掲載

〈本文〉

p.11　（上）Louisa May Alcott, 1858.*
　　　（下）*Little Women ; or, Meg, Jo, Beth and Amy*, Roberts Brothers, 1880.

p.37　（上）Louisa May Alcott, c1870.*
　　　（中）Alice Bartlett, c1870.*
　　　（下）May Alcott, c1870.*

p.112　St. Malo Cathedral, near Dinan, France（28 April 1870）, by May Alcott.*

p.170　Pension Paradis, Vevey, Switzerland（1870）, by May Alcott.*

p.179　Monte Rosa, Switzerland（5 October 1870）, by May Alcott.*

p.188　Lake Lugano, on their way to Milan（6 October 1870）, by May Alcott.*

p.253　Hawthorne's Seat and Walk, by May Alcott, from *Concord Sketches*（1869）.*

〈その他〉

カバー　*Aunt Jo's Scrap-Bag Vol.2 : Shawl-Straps*, Roberts Brothers, 1872.
　　　（略歴 上）Louisa May Alcott, by G. P. A. Healy, 1870–71, Oil painting.*
　　　（略歴 下）May Alcott, by Rosa(Rose)Frances Peckham Danielson, 1877, Oil painting.*

※本文タイトル下のイラストはフリー素材

［図版協力］

Louisa May Alcott's Orchard House
PO Box 343 Concord, Massachusetts 01742-0343 USA
https://louisamayalcott.org/

Used by permission of Louisa May Alcott's Orchard House;
Trey Powers, photographer

著

ルイザ・メイ・オルコット

(Louisa May Alcott, 1832~1888)

アメリカの作家。1868年、少女向けに執筆した『若草物語(*Little Women*)』(第1巻)で一躍人気作家となる。ルイザと3姉妹など家族をモデルにした青春物語で、主人公ジョーを当時女性に求められたステレオタイプではなく、自由な思考を持つ行動的な人物として描いた。一家の生活を支えるため働き続け、小説や童話、詩など300以上の作品を残した。オルコット一家が長年暮らしたオーチャード・ハウスは記念館として公開されている。主な作品に『若草物語』(第1~第4)、『8人のいとこ』、『昔気質の一少女』、『ライラックの花の下』、『仮面の陰に』など。

スケッチ

メイ・オルコット

([Abigail] May Alcott Nieriker, 1840~1879)

オルコット家4姉妹の末の妹(『若草物語』エイミーのモデル)。ルイザの第2回目旅の後、ヨーロッパで美術を学び画家として活動、パリのサロンにも出品した。1878年にエルネスト・ニーリカーと結婚し、翌年ルイザ・メイ(愛称「ルル」)と名付けた娘を出産するがパリで亡くなる。

構成・訳

谷口由美子

(たにぐち・ゆみこ)

翻訳家。上智大学外国語学部英語学科卒業。アメリカに留学後、主に児童文学の翻訳を手掛ける。著書に『大草原のローラに会いに―小さな家をめぐる旅』(求龍堂)、訳書に『若草物語 1&2』、『8人のいとこ』(以上、講談社)、『ロッタの夢 オルコット一家に出会った少女』、『長い冬』など「ローラ物語」5冊(以上、岩波書店)、『ルイザ―若草物語を生きたひと』(東洋書林)、『大草原のローラ物語―パイオニア・ガール』(大修館書店、2018年日本翻訳家協会翻訳賞佳作)、『わかれ道』、『アリスの奇跡―ホロコーストを生きたピアニスト』(以上、悠書館)など多数。

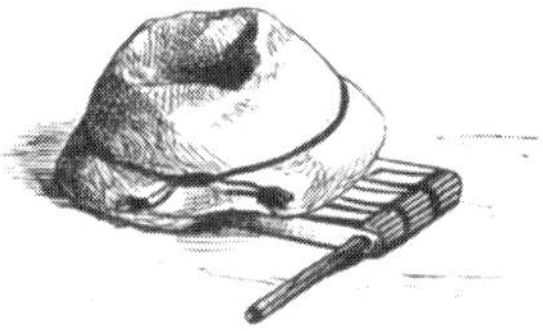

「若草物語」の
ルイザのヨーロッパ旅物語

2024年7月10日　初版発行

著　　ルイザ・メイ・オルコット
構成・訳　谷口由美子
発行所　　悠書館
〒113-0033　東京都文京区本郷3-37-3-303
TEL 03(3812)6504　FAX 03(3812)7504
URL　http://www.yushokan.co.jp/

装幀・扉・本文見出し　　内藤正世（アトリエ アウル）
影絵イラスト　　尾崎美千子
本文レイアウト・DTP　　戸坂晴子
印刷　　シナノ印刷
製本　　和光堂

ISBN978-4-86582-049-2
定価はカバーに表示してあります

わかれ道

ローズ・ワイルダー・レイン［著］　谷口由美子［訳］
本体1,800円＋税／四六判・420ページ／978-903487-24-3
✣日本図書館協会選定図書

ローラの娘ローズの、波瀾万丈の青春記！――舞台は19世紀末〜20世紀初めの活気あふれるアメリカ。女性が職業をもつことにはいまだ偏見があった時代に、〈小さな町〉を飛び出し、みずからの手で道を切り開いていった勇気ある女性の物語。ジャーナリスト・作家として活躍し〈大草原〉シリーズ誕生に寄与した、ローラの娘ローズの自伝的小説を初邦訳。「未来って、あたしたちが思っているよりきっといいものなのよ。それをわかっていなくちゃいけないの」（本文より）

アリスの奇跡――ホロコーストを生きたピアニスト

キャロライン・ステシンジャー［著］　谷口由美子［訳］
（序：ヴァーツラフ・ハヴェル）
本体2,200円＋税／四六判・304ページ／978-4-86582-006-5
✣日本図書館協会選定図書

途方もない悪と憎悪に蹂躙されながらも、音楽を心の糧に、そして唯一の武器として、誇らかに生きつづけたひとりの女性の、驚嘆すべき人生の物語――世界最高齢（当時）のホロコーストからの生還者で、110歳まで生きたアリス・ヘルツ＝ゾマー。ほほえみとユーモアを絶やすことなく生きた、感動的な旅路を描きだす。この取材をもとに2014年アカデミー賞・短編ドキュメンタリー部門賞受賞作“The Lady in Number 6 : Music Saved My Life”（「6号室の女性〜音楽が私を救った」）がつくられた。